中国科幻名家书系

TRANSFORM MARS

改造火星

何夕 等◎著

北方联合出版传媒（集团）股份有限公司

万卷出版公司

ⓒ 何夕等 2020

图书在版编目（CIP）数据

改造火星／何夕等著 . — 沈阳：万卷出版公司，2020.2
（2022.10 重印）
ISBN 978-7-5470-5159-7

Ⅰ . ①改… Ⅱ . ①何… Ⅲ . ①科学幻想小说－小说集－
中国－当代 Ⅳ . ① I247.7

中国版本图书馆 CIP 数据核字（2019）第 101949 号

出 品 人：王维良
出版发行：北方联合出版传媒（集团）股份有限公司
　　　　　万卷出版公司
　　　　　（地址：沈阳市和平区十一纬路 25 号　邮编：110003）
印 刷 者：辽宁新华印务有限公司
经 销 者：全国新华书店
幅面尺寸：160mm×230mm
字　　数：280 千字
印　　张：16.5
出版时间：2020 年 2 月第 1 版
印刷时间：2022 年 10 月第 2 次印刷
责任编辑：王 越
责任校对：尹葆华
装帧设计：宋晓亮
ISBN 978-7-5470-5159-7
定　　价：45.00 元
联系电话：024-23284090
传　　真：024-23284448

目录

王尚 ————● 搬运海洋
　　　　　　　　改造火星

海很平静，远远看去没有什么起伏。只有当海浪轻轻地打在脚下的沙滩上时，才能让人感觉到大海此刻平缓而又有力的脉搏。

一个年迈的老人由一个 10 岁左右的小男孩搀扶着，拄着拐杖在沙滩上散步。

天空中，一颗只有橘子大小的橘红色恒星已经落到了海面上。

"爷爷，您去过地球吗？"小男孩突然问道。

"嗯，去过几次。那是很久很久以前的事情了。"老人回答，扶着拐杖的右手有些颤抖。

"地球是什么样子的？"

"嗯，和火星差不多。不过气候更加温和一些。"老人一面说着，一面举起手有些滑稽地照着自己的脑袋比画着，"而且那里的太阳有这么大。"

小男孩咧嘴笑了起来。

"不过从前的火星可不是现在这个样子，从前这里可荒凉了，全是沙漠，而且人也不能在户外自由地呼吸……"

"老师都跟我们讲过。"

"那你知道不知道曳冰和曳气啊？"

"知道！"小男孩大声地说。

"是吗，我们的聪聪知道得真多。"老人微笑着摸了摸孙子的头。

祖孙俩说着笑着，不知不觉天已经黑了下来。

"看见天上的那颗星星了没有？那就是土星。"老人指着天上一颗不大起眼的小星星说道，"我从前去过土星。那是一个很美丽的星球，有着漂亮的环。"

"但是它看上去好小啊！"小男孩儿说道，"爸爸说，宇宙是个很无聊的地方。"

"土星可不小，而且宇宙一点也不无聊。不如这样吧，我讲一个关于火星、木星和土星的故事怎么样？"

"好啊！"小男孩儿高兴地说。

"那年我只有14岁，对一切都半懂不懂。我的爸爸有一艘曳冰船，专门从木星或是土星的卫星那里拖曳一些冰块然后扔进火星的大气层，用来增加火星地表的水量。这是政府主持的项目，前后一共进行了93年。"

"爷爷，这些我都知道。"小孙子已经有些不耐烦了。

"不要急嘛，让我慢慢地进入状态。"老人轻轻拍了一下孙子的脑门，全然没有责备的意思。

"我爸爸绰号'金二爷'，是曳冰行当中的好手。他不光有自己的船，而且在帕西瓦尔·罗威尔的码头还有自己的办公室。他的船——'来福号'和他的办公室是他第一珍贵和第二珍贵的东西。他第三珍贵的是从地球上原产的雪茄——产地叫古巴，一个很奇怪的名字——所以当他不出航的时候，他总会坐在那间不大的办公室里，将双腿翘在办公桌上，望着窗外停在船坞中的'来福号'，悠闲自得地抽着雪茄。

"至于他还喜欢什么我就不太清楚了，但我可以肯定的是他最不喜欢的东西就是我。我11岁就辍学回家，整天只知道开着自己攒钱买的电动摩托车在罗威尔的大街小巷里乱串。我爸爸基本上见我一次就骂我一次，不过我妈妈却总是护着我。

"我那时候很喜欢去码头，因为在那里能看见摩天大厦一样的飞船，另外那里的船员对我也一向很好。他们喜欢绘声绘色地向我讲他们碰到的海盗、太阳风暴或是神秘的幽浮，等等。有时他们还会瞒着我父亲偷偷塞给我几根香烟。我当时好奇，就学着大人的样子吸了一口——聪聪，你可不能抽烟哦——立刻就被呛得直咳嗽，然后他们就哄笑起来。

"但那段时间我却不敢去码头了。因为我爸爸刚刚完成了一趟生意回来。其实说'完成'并不恰当，'来福号'比合同规定的时间晚到了半天。结果他们被迫在火星轨道上等了两个星期。几百万方的冰块被火星的引力撕碎，坠入了大气层。他们不但没有拿到酬劳，还要交付一大笔罚款。所以你太爷爷那两天心情特别差，我怕遇见他又要挨骂。

"那天晚上爸爸在餐桌上宣布了一个重要的决定：下一趟远航的时候我必须参加。我当时就高兴得跳了起来，而我妈妈却哭了出来。

"'你现在是个男子汉了，应该去见见世面，去吃点苦。'爸爸这次的语气出人意料地和蔼。

"'小宝今年才 14 岁啊！我还听说这次你要雇'老萝卜'来带队。他是疯子啊！你怎么这么狠心啊你？'我妈妈哭着向我爸爸埋怨道。

"'正因为这样小宝才更得去。只有这样才能表明我对赵虎有信心，也只有这样我才能招到船员。本来曳冰就不是坐在办公室里面喝茶看报纸，小宝将来是要接管'来福号'的。现在不磨炼磨炼，到时候他怎么能胜任？这事情就这么定了！你个老娘们儿懂个屁。'

"很快出发的日子就到了。妈妈前一天夜里忙到很晚，给我打了一个很大的莫名其妙的行李包，鼓鼓囊囊的，里面装满了吃的零食，换洗的衣服，还有很多我也说不出用途的东西。

"'来福号'安静地矗立在那里，在它的旁边是星际运输公司的巨大广告牌，上面写着'上帝创造了地球，而我们创造了火星'，在广告牌下面站着几个人，他们便是此次航行的船员了。在他们中间，我认出了肌肉约翰，他跟随我爸爸多年，是个大个子的白种人，两块发达的肱二头肌上还分别文着两个汉字——'武'和'勇'。剩下的几个人我从来没有见过。其中有个很瘦小的男人，三十四五岁，头顶上几乎没有什么头发了，干瘪的两颊紧紧地箍在脸上。我心想这个人应该就是老萝卜了。在他身边则站着一个只有十七八岁的女孩，留着乌黑的齐耳短发，长得非常漂亮。她看见我在盯着她看，狠狠地瞪了我一眼，吓得我咽了口口水。

"在那个女孩旁边还有个又高又胖的黄种人。他友善地向我招了招手。

"我爸爸拿出一个飞船模型，样子是当时很流行的电视剧《快速六号》里的'快速六号'。他将那个模型朝着'来福号'的方向摆好，然后跪下对着那个模型恭恭敬敬地磕了三个响头。

"'大家都来给船老爷磕个头。'我爸爸又招呼其他人给那个模型磕头。

"几个人收拾了一下东西，然后往船坞方向走去。我妈妈当时就哭出来了，抓住我的手不放。我当时也想挤出几滴眼泪，但我脑子里全是远航的事情，无论如何也挤不出眼泪来。

"'行了！老娘儿们儿就是麻烦。又不是不回来了，哭哭啼啼的，多不吉利。把船老爷收好，记得要天天拜！'我爸爸又朝我妈妈吼道。

"上船后发现飞船比我想象的还要狭小，船员的休息室和驾驶室紧挨着。在船员休息区的后面是餐厅和厨房。厨房里面的食物很单调，主要是一些容易保存的干面包、脱水蔬菜，以及一些处理过的牛肉和猪肉。不过吧台里的酒却种类丰富：各种牌子的啤酒、红酒、威士忌、白兰地、中国白酒、日式烧酒等，一应俱全。肌肉约翰刚把行李一扔就跑到吧台摸出一瓶啤酒，咕噜咕噜地喝了起来。在厨房的后面则是'来福号'的发动机舱和曳冰操作舱。

"放好行李后，我和大家一起来到驾驶室，却惊奇地发现驾驶室里还坐着一个高大的男人。他的肩很宽，脖子却比较短，留着笔直的短发，浓密的眉毛下面长着一双有些凶恶的眼睛。他分明是个黄种人，却有着白种人那样高挺的鼻梁。凌乱而又浓厚的络腮胡子布满了他那大得略显夸张的下巴。总而言之，这是个很有威慑力的人。他有些傲慢地看了看大家，做出一个让我们都坐好的手势。大家落座之后，他清了清嗓子，说道：'既然二爷抬爱让我做"来福号"的船长，那么从现在开始，船上的事情我说了才算。我知道大家听说过我老萝卜的很多传闻。这些传闻中的有些是真的，有些是假的。至于什么是真的，什么是假的，你们试试就知道了。'"

"这么说那个大胡子才是老萝卜？"小孙子突然向爷爷问道。

"不错。当时我也很惊奇。一个如此魁梧凶悍的人怎么会有这样的绰号。那个人之后也没有多说什么，就让我们坐在椅子上系好安全带，准备出发。

"那时候的飞船还是用旧式的引擎，主要靠核聚变反应堆提供动力。'来福号'在颤抖了一段时间后才缓缓地开始爬升。我当时紧张得不行，脑袋里全是嗡嗡的声音。我之前从没有离开过火星，也从没想到火星也有如此巨大的力量。

"不知过了多久，终于一切都安静下来。周围的人都解开了安全带，在驾驶舱里横七竖八地飘着。我也解开身上的安全带，然后轻轻地一推座椅，飘了出去。这时约翰飘过来对我说：'看外面！'

"我扭头从舷窗向外张望。一个巨大的橙红色球体几乎充满了所有的地方。那就是火星，我长大的地方。此时它显得很荒凉，几乎看不见太大的水体。在靠近北极的地方，火星大气层发出一片片的红色光亮，仿佛无数流星从那里坠落。即使现在是向阳面，那光亮依然非常炫目。

"'那是……'我惊讶地看着那壮观的场面，有些结巴地问。

"'那是人们从远方拖曳而来的冰在坠入火星。'我爸爸说道。不知怎么的，我又想起了星际运输公司的广告语。

"你太爷爷接着说道：'人类先用核弹点燃火星的地核，让火星重新拥有磁场。然后我们又从远方拖来冰和氮气，按照我们的意愿改造这个星球。我们要创造一个新世界。'"

老人说到这里，突然停了下来。他出神地仰望着天空，仿佛在看着一位老朋友。

"爷爷？"小孙子拉着他的手，打断了他的思绪。

"哦，时间不早了。我们回去吧。"老人对小孙子说道。

"可故事还没有讲完呢！"

老人摸了摸小男孩的头，"不急。我们明天再接着说。"

这是一座离海滩不远的别墅，在黑暗中它发光的流线型屋顶就像一个美丽的贝壳。尽管稍微有点常识的人都知道这栋别墅的创意是抄袭一座远在地球上的古老建筑，但模仿地球的文化风格永远是火星的时尚。

走进门是一个明亮的客厅，仿古的大吊灯悬挂在房间的正上方，发出柔和而又明亮的光。在客厅的远端是一张长得离谱的餐桌，分坐在餐桌两端的男人和女人也许需要电话才能顺利地交流。

"爸，你们去哪了？这么晚才回来？"那个男子是老人的儿子。他对父亲埋怨道。他平时工作很忙，晚上难得回来吃饭。

"我带聪聪去看海了。"老人回答。

"现在外面多冷啊，别把聪聪冻着。"那个女人是老人的儿媳。她平时工作也很忙，也很少回来吃饭。

"聪聪，洗完手再来吃饭。"孩子的妈妈严厉地对小男孩说。

晚餐是一份颇为精致的果蔬沙拉、几片白面包和一扎不知道是什么榨成的果汁。

"我不想吃沙拉，我想吃肉！"小孙子有些不满地说道。

"你应该少吃一些高热量、高脂肪的食品，那些东西会影响到你的智力发育的。"孩子的妈妈优雅地吃下一段芹菜，然后对孩子说道。

"就是，多吃蔬菜身体好。我们当年在曳冰船上的时候可没有这些新鲜的蔬菜可以吃。"老人一边说着，一边夸张地咽下一大口沙拉。可真够难吃的，老人在心里想。

"爷爷今天跟我讲他小时候曳冰的故事了。"小孙子向父母汇报道。

"是吗？"老人的儿子有点心不在焉，他也很讨厌妻子的"兔子食谱"，"那你从中学到了什么？"

"啊？"小男孩有些茫然地看着自己的父亲。

"如果你不能从一个故事中学到有益的东西，那么你听一个故事还有什么意义？"老人的儿子尽量让自己显得循循善诱。

小孙子吃力地想了一会儿，然后说："做远航船员很好玩。他们既可以抽烟又可以喝酒。"

"什么？"孩子的妈妈猛地放下手中的杯子，也不顾嘴边沾满了绿色的泡沫。

"你就学到了这个？"

"不，不是。"小男孩明白自己说错话了。

"嗨，小孩子嘛，他懂什么，想到什么就说什么呗……"老人想护着孙子。

"就是因为他什么都不懂所以才麻烦啊！暑假结束后他就要去地球上学了。寄宿学校里的孩子都是出类拔萃的，他现在这个样子拿什么跟那些孩子竞争啊！"老人的儿子有些生气地对老人说道。

"爸，您也是的。没事跟孩子说什么曳冰的事。那都是蛮荒时代的事情了。"孩子的母亲此时已经擦掉了嘴角的泡沫，又恢复了平时优雅的姿态。

"但是那些故事很有趣嘛！"小男孩小声地抗议道。

"大人说话，小孩不要插嘴！"老人的儿子训斥他的儿子。

"跟你说了多少次了，不要朝小孩子大喊大叫，这对他的成长不好。"老人的儿媳埋怨自己的丈夫。

"你平时也多花些时间去教育教育孩子。整天待在办公室里搞什么经济分析，也没见你预报出这次金融危机！"老人的儿子也开始埋怨自己的妻子。

"那你呢？1周在办公室7天。天天半夜三更才回家，你怎么不来管管孩子？"

"我哪里有时间？星际运输公司这次要大裁员，甚至连中层管理人员也不能幸免。我哪里有时间来管孩子？"丈夫申辩道。

"你没时间？难道我就有时间了？你知不知道一个女人在职场上打拼有多么艰难？"

吃完晚饭，夫妻二人依然在喋喋不休地埋怨对方。而老人和小孙子洗漱之后就各自回房休息了。

老人坐在房间里看着昏暗的床头灯，叹了口气，然后准备关灯睡觉。

没睡一会儿，突然床前传来窸窸窣窣的声音，紧接着一个瘦小的身躯爬到了床上。

"爷爷，刚才的故事还没说完呢！"是小孙子的声音。

"故事很长的。"老人说道。

"那你就先说一部分，剩下的明天再说。"

"真服了你了，去把灯打开。"老人说。

小男孩欢呼了一声，跳下床把台灯扭开，然后又飞快地钻进了被窝里。

老人把枕头竖起来，然后自己舒服地靠在上面，开始说起来。

"我先简单介绍一下这几个船员吧！那个瘦小的男人，还记得吗？叫齐伟，不过别人都管他叫大龙。那个很高很胖的人叫弗兰克，大龙和约翰叫他肥弗。那个女孩叫作陶梅，其他人叫她小梅，她都答应。唯独我要叫她全名，叫'梅姐'都不行。

"这次旅行的目的地是土星。在土星周围有一个巨大的环，实际上是由无数的碎石和冰块所组成的。这些冰块比那些埋在卫星上的冰要好取得多，所以大多数的曳冰船都会选择这里。其实就在小行星带里也有很大的冰储量。但最近整个小行星带都被星际运输公司包下来了，像我们这样的私人曳冰船只能去更远的地方曳冰。当时星际运输公司依靠着自己的垄断优势和来自政界的支持，故意压低运冰和运气的价格。很多个体经营的飞船都破产了。对于那些还在勉强坚持的飞船，他们甚至还会用各种不法的手段来进行打压和排挤。"

"爸爸也在星际运输公司工作，那爸爸也是坏人吗？"小男孩有点担心地问道。

"当然不是。时代已经变了，曾经的恩怨现在已经不重要了。"

小男孩似懂非懂地点了点头。

"下面我们继续。老萝卜是一个非常……奇怪的人。他并不在休息室里睡觉，而是住在驾驶舱里。而他又是极不注意个人卫生的，换洗的衣服也不放在袋子里，结果驾驶舱里常常会飘着他穿过的内裤和袜子什么的。他抽烟很凶，几乎烟不离手。有次他抽烟入了神，没留神从身后飘过来的一只袜子，结果还引发了一场不大不小的火灾。

"他的第一个命令就很奇怪。他要求'来福号'直接从小行星带穿过，而不是选择绕行。小行星带中的碎石很多，对于高速飞行的飞船来说十分危险。

"'小行星带那里那么多碎石，随便碰上一个我们就玩完了。'肥弗说道。

"'直接穿过小行星带可以节省很多时间。'老萝卜简单地解释道。

"'我们现在时间还比较充裕，没有必要赶时间。'肌肉约翰说道。

"'这谁都不好说。'老萝卜说。

"'那碰到碎石怎么办？'约翰又问道。

"'我自有办法。'

"'你能有什么办法……'肌肉约翰刚说了一半，见我爸爸盯了他一眼，只好停了下来。

"'你是船长，你说了算。'我爸爸一句话结束了大家的争论。

"回到休息室，约翰依然嘟嘟囔囔地说个不停。终于他再也憋不住了，掐灭了手里的烟头，说道：'不行。我要去跟金二爷说道说道。'

"我很好奇约翰会跟我爸爸说什么，就跟出去听听。刚到走廊，就听见肌肉约翰大声说话的声音：'您还没有看出来吗？这个人纯粹是个疯子！'

"'他是最后的希望了。我们上一趟活儿的时候你也在，什么样的结果你也知道。几百万方的冰块掉得到处都是。我们不光没有赚到一分钱，还被罚了一百多万。'

"'上次不是情况特殊吗？要不是有内鬼……'

"'没有内鬼，还会有别的事情发生。星际运输公司迟早会把我们挤垮的。'我爸爸又接着说道，'你以为我不担心吗？但我真的没有别的办法了。无论如何，我决不能让"来福号"在我的手里关张。'

"我正聚精会神地听着，突然背后传来一声咳嗽声。扭头一看，发现陶梅面无表情地站在我身后。她穿着一身灰色的工作服，上面沾满了油污，右手还拿着一个扳手。陶梅是船上的机械师，整天扳手、钳子不离手。

"'你好。'我有些紧张地打了声招呼。

"她一双俏丽的大眼睛上下将我扫了一遍，突然脚下一蹬，整个人便一下子翻到天花板上面，然后她将天花板当作地面，缓缓地离开了。为了节省空间，船上的走道都只有一人宽。平时大家在走道上遇见时都是一个人走下面，一个人走上面。当然在太空中实际上没有真正的上下。

"'这小丫头真是漂亮，可惜就是脾气臭了点儿。'这时大龙也走了过来，'不过你个小屁孩儿就不要痴心妄想。她喜欢的是像我这样的强壮男人。'大龙虽然长得有点'多灾多难'，但是他的性格还是很随和的。我才认识他几天就敢和他插科打诨了。

"'小心她用钳子把你的嘴给拧歪了。'我一把抓住大龙的小蛮腰，将他举起来，然后自己从底下钻过去，回到了自己的房间。

"大家在平静和不安之中度过了最初的两天。终于我们就要接近小行星带了。虽然仅凭肉眼观察，你几乎看不出来小行星带和其他地方有什么区别。但是如果你去看雷达的话就会觉得触目惊心。前方和'来福号'大小相仿的巨石比比皆是，它们分别以不同的速度漫游着。飞船现在的速度是每小时二十万千米。在这样的速度下，只要一块大龙脑袋大小的石头就可以让我们完蛋。

"'向左转十度二十秒，我们从星际运输公司开辟的通道里穿过去。老萝卜向导航员肥弗说道。

"'什么？'大家又是大吃一惊。

"星际运输公司为了提高星际旅行的速度，在小行星带离火星较近的位置开辟了一个大约一万千米宽的通道。在那里他们派出了将近一千艘装备着强劲激光炮的飞船，专门负责截击流石。不过其他船经过这里则要支付高昂的过路费，利润微薄的曳冰船很少会选择从这条通道穿过。

"'那里收费那么高，要是走那里我们这趟就等于白跑了。你脑袋是不是有问题？'肌肉约翰质问道。

"老萝卜的眼睛里闪出了一丝怒意，'我是船长，执行我的命令，不然你现在就下船。'

"'你敢！'约翰不服气地骂道。

"'约翰，闭嘴！'我爸爸向肌肉约翰吼道。

"这时大龙走到约翰身边小声地说：'别以为他在吓唬人。他真的把人扔出去过，我就是例子。'

"老萝卜也没有再去理会约翰，仍旧淡淡地说：'我们伪装成星际运输公司的曳冰船，这样就不需要支付过路费了。'

"'但是通行是需要交换密码的。我们没有密码啊！'我爸爸说道，看得出他也很着急。

"'我有他们的密码生成器。'说着他从他乱七八糟的床上找出了一个长方形的盒子。

"'这东西你哪里搞来的？'肥弗惊讶地叫起来，'如今这东西不好找了。风声太紧，黑客们都不敢搞这个东西了。'

"'我自有办法。你们做好自己的事情就好了。'老萝卜熟练地将那个盒子接在'来福号'的主机上。只见那个盒子发出了'嘀'的一声，然后是磁盘高速运转的声音。

"没过多久我们都可以在飞船的前窗里看见快速通道的入口了。

"'前方船只请出示通行密码或按照规定缴纳过路费。'前方的缴费站发出了广播。

"'收到密码请求，正在计算中。'肥弗紧张地看着那个盒子，向其他人解释道。而老萝卜正眯着眼睛盯着那个盒子，看不出在想什么。其他的人则都很紧张地看着前视窗里越来越大的收费站。在收费站的周围建有强磁场，如果强行通过的话整个飞船的导航系统就会瘫痪。

"'前方船只请出示通行密码或按照规定缴纳过路费。'收费站再一次发出了广播。

"'还在计算中。距离收费站八千千米。'肥弗说道。

"大家一齐屏住了呼吸，好像我们就要撞上一堵无形的墙。

"'距离收费站四千千米，还在计算中。'肥弗说话的声音已经开始颤抖了。

"此时收费站的外轮廓已经初见端倪了，而且它还在不断地变大，变大……"

"好了，我们今天就讲到这里吧。你该回去睡觉了。"老人说到这里突然伸了个懒腰，将背后的枕头拿出来拍了拍，然后放在床头，做出要睡的样子。

"不行！你还没讲完呢！"小孙子不满地叫起来。

"不是跟你说过这个故事很长，今天说不完的吗？"

"可是那也不能说到这里就停啊！"

老人没有回答，只是有些得意地笑起来。

"最后你们冲过去了没有？"小孙子还是不甘心。

"你觉得呢？"

"我觉得你们一定成功了。"小孙子回答。

"明天再告诉你。去睡吧！"

小孙子不舍地爬下床，离开了老人的房间。

小孙子走后，老人自己又笑了一会儿才关上灯准备睡觉。可不知怎么的，他突然没有了困意。老人站起身，拉开窗帘。窗外是疏朗的星光，火星没有卫星，也就没有清凉的月光。他抬头看了看天空，不禁有些感慨。自己最美好的时光都是在这无尽的夜空里度过的。"每个人都曾是粒粒星尘，所以太空才是我们真正的家园。"老人又想起当年一个人对他说的话。

火星上的清晨来得非常温柔。阳光花了许久才照亮地面。大海依然平静，因为没有卫星，又离太阳比较远，这里的潮汐很弱。

老人很早就起床了，此时他正站在卧室的窗口眺望着远处的大海。此时外面传来儿媳说话的声音："聪聪，抓紧时间起床了。你和爷爷的早饭都放在桌子上了，一定要吃完。你今天上午还要再练两个小时的钢琴，晚上我回家一定检查。在家要听爷爷的话，听见没有？"这时候门外传来不耐烦的鸣笛声。

"知道了，就来！"小男孩的母亲向外面喊道。

"乖，在家要听话。记得要练钢琴。"然后是一阵急促的高跟鞋跑步的声音。

等大家都走了，老人来到小孙子的卧室，发现他还在那里熟睡着。老人蹑手蹑脚地走出去，又轻轻地把门关好，自己一个人来到餐厅。

早餐是两块面包，一枚煮鸡蛋，一个生西红柿，这比他当年在船上吃的都艰苦。

不久小男孩便揉着惺忪的眼睛，打着哈欠来到了餐桌旁。

"等等。刷牙洗脸了没有？"老人问。

"啊！"小孙子张大嘴，露出两排洁白的牙齿。

"吃吧！"

"又是这些啊，我不想吃。"小孙子说。

"你知道我当年在船上吃的都是什么吗？"

"什么？"小孙子突然又来了兴趣，"对了，爷爷，故事还没有讲完呢。"

"你吃了我就讲。"

小男孩一口吞下了鸡蛋。

"嗯，那好吧！不过今天我先从吃的说起。在远航的船上新鲜蔬菜和水果是比较珍贵的。船员体内的维生素含量主要都是靠服用维生素片来补充。通过收费站的那天早上，我只吃了两片煮过的脱水蔬菜和一小块熏肉。那天不知道什么原因，我吃完饭之后一直胃痛。当大家屏气凝神地盯着收费站时，我的胃感到格外的不舒服。

"'还有一千千米，还在计算中。'肥弗的声音已经有点绝望了。

"收费站的模样已经大概可以分辨出来了。在它的背后是一片极为壮观的石海。

"'把钱转给他们，不然我们的飞船就毁了。'我爸爸也沉不住气了。

"'不，再等等！'老萝卜坚持道。

"'就要碰上去了。'肌肉约翰紧张得不停地握紧拳头又松开。

"我感觉心脏就要跳出来了。而此时我的胃里面也是翻江倒海，说不出的难受。

"'前方船只请出示通行密码或按照规定缴纳过路费。'收费站又一次广播通知，但那台该死的机器依旧没有反应。

"'完了。'肥弗绝望地说道。

"就在这时，那台机器传出'嘀嘀'的急促响声。

"'密码已通过，免费船只。请按次序通过。'广播声音刚落，'来福号'已经疾速地掠过收费站，驶入了通道之中。

"驾驶室里传出一阵欢呼声。而我当时却感到胃部一阵猛烈的抽搐，然后一下吐了出来。由于反作用力的缘故，我还向后退了几步。在晕晕沉沉之中，我隐约听见老萝卜淡淡地说：'这机器比我想象的要慢了些。'

"大龙给我做了大概的检查，说可能是食物单调再加上失重环境造成胃部的不良反应，休息一会儿就好了。

"'我看是被吓着了吧。'陶梅说。

"'刚才大家不都紧张得要命吗？他是第一次出航，有些不适的反应也是正常的。'大龙替我辩解道。

"我觉得很没面子。我在罗威尔城里也算是个刺头了。打架、飙车、把妹子，我什么没干过。这点小事就把我吓吐了……"

"什么是'把妹子'？"小男孩突然插嘴问道。

"嗯，就是一个人……这个问题不重要。你要不要听故事了？"老人一下子被问得措手不及。

小男孩无奈地点了点头。

"我休息了半天，才觉得身体稍微舒服了一些。等我来到驾驶舱时，'来福号'已经差不多驶出了快速通道。肥弗和我爸爸已经算好了去往土星的最佳航线，剩下的事情就是开足马力向土星飞去了。

"接下来的日子还是比较无聊的。船员们除了每日的例行检查之外，并没有别的事情好做。由于我在家的时候常常鼓捣一些机器，所以我爸爸就安排我跟着陶梅一起巡察船舱里的设备，也让我跟她学一些技术。我自然是十分乐意的，但是她却从不搭理我，总是一个人走在前面。我也不敢说话，只好厚着脸皮跟在她的身后。

"大家没事的时候喜欢聚在一起聊各种各样的八卦，老萝卜毫无悬念地成为我们的中心话题。

"'我说大龙，你真的被老萝卜扔出去过？'肌肉约翰问道。

"'那还有假？那次我是第一次跟他一起出航。对他的臭脾气还不习惯，于是就常常跟他顶嘴。结果他一生气，竟然把我绑在曳冰索上面，然后直接扔到太空里了！5秒钟之后，他才把我拽回来。现在我想起来还后怕。'

"'那你怎么没事呢？'我问道。

"'这你就不懂了吧？人暴露在太空中，最多可以存活十几秒钟。'肥弗解释道，'他最多也就是皮肤有些冻伤而已。'

"'果然够狠。'约翰说道。

"'虽然老萝卜脾气不好，但他是这个行当里最出色的。'大龙说道。

"'你很佩服他？'

"'当然。我跟他出航也不是一趟两趟了。他的本事我还是很佩服的。比如说这次收费站的事情吧。大家都埋怨他没有事先告诉我们，其实他是怕有内鬼。'

"'那为什么那么多人都说他是疯子？'

"'因为他就是疯子。听着，我也不知道该怎么说才好。但我们这一行本来就是疯狂的。愚公移山、精卫填海听说过没有？我们比那个还不

靠谱呢！所以老萝卜这样的人只是让自己的性格适应了这样特殊的工作而已。'

"'传言说他其实是地球人，是真的吗？'

"'从理论上说，我们全是地球人。'大龙自嘲地说，然后大家一齐笑了起来。

"'他是在火星出生，在火星长大的。但是他年轻的时候是在地球上读的大学。'

"'哟，他还留过学呢！'肌肉约翰有点惊讶又有点揶揄地说。

"'那他为什么叫老萝卜呢？'我又问道。对于这个问题我一直很好奇。

"'对呀。他怎么有这样的外号啊？'看来其他人对此也早有疑问。

"'据说由于营养不良，他年轻时又小又瘦，满脸的褶子。在地球留学的时候，他的那些生活优渥的地球同学就给他起了这个外号。后来他就一直坚持让别人叫他这个外号，算是对他悲惨童年的提醒吧！'

"'不明白这有什么意思。'

"'嗨，其实这很好明白，这就跟美国留着'亚利桑那号'做纪念馆，中国留着圆明园做景点，寡妇总把自己的儿子放在身边是一个道理。'

"我和其他人都笑了起来，虽然我不太明白大龙的话是什么意思。

"'金小宝，该出去巡察了。'不知什么时候陶梅走了进来，对我说完，又转身走了出去。

"'怎么样了小宝？还没有把她搞定？'肌肉约翰向我打趣地说。我有些泄气地向他摆了摆手。

"肥弗也笑着说：'小宝被她搞定了还差不多。这个小丫头是老萝卜招进来的，可能是他的什么亲戚吧！别说这两人的脾气倒是比较像……'

"'你走不走？'这时陶梅又出来喊了一声。

"'走，马上就走！'我急忙答道。

"我把在一旁坏笑的大龙推到约翰的身上，然后跟着陶梅走了出去。

"'这两天我们要重点检查一下曳冰索和激光切割机是否状态良好。我们还有几天就要到了。'她对我说道。

"'是，是。'我一个劲儿地点头，然后又问道，'不过，怎么检查？'

"陶梅白了我一眼，然后无奈地说：'我先来做，你跟在后面好好学着怎么做。'

"'好，好。'我连声答应。

"其实检查的程序并不复杂。我们将曳冰索释放出去，然后再检查一下在曳冰索最前端的遥控牵索机是否能正常运行就可以了。操控那些遥控牵索机就像打电子游戏一样容易，而激光切割机就更像游戏了。可惜的是我们附近没有冰块石头什么的可以用来试验一下激光切割机的效果。陶梅见我学得很快，表情也缓和了一些。

"'你们几个刚才在说我什么？'陶梅将曳冰索收好后，突然问道。

"我一下不知道该说什么好，只好支吾地回答：'也没什么。'

"'没什么是什么？怎么你们几个笑得那么欢呢？'陶梅的表情看不出喜怒。

"我硬着头皮回答：'就是讨论为什么你不爱理人之类的。'

"'得出结论了没有？'

"'没，没有。'我感觉我的手心开始出汗了。

"陶梅又看了我一眼，然后'啪'的一声将曳冰索控制盒收起来，然后说：'走吧，我们再到别的地方看看。'

"突然她不知道被舷窗外面的什么给吸引住了。她凑到窗前，出神地向外望着。

"我伸头向外面看去，只见在远处有一颗只有拇指大小的球体，发出暗淡的橙色的光。

"'那是木星吗？这么小？'这是我第一次用肉眼看见木星，却没有想到它却如此的不起眼。

"'这是因为我们距离它实在是太远了。即使是这样看上去它也是那么美丽。'陶梅用少有的柔和的语气说。

"'的确。'我言不由衷地说,'的确很美。'

"经过了近一个月的航行之后,'来福号'终于开始减速了。按照计划,我们能在 10 天之后进入土星轨道。此时的土星在夜空中已经比较显眼了,再过两天我们就能用肉眼看见土星环了。

"飞船走到这里的时候我们也开始不断地遇见其他来到这里曳冰的飞船。这里也是海盗经常出没的地方,星际运输公司的曳冰船都是成编队的,由政府的军舰护送。而像我们这样的私营曳冰船只能多加小心,自求多福了。

"正在我们小心翼翼地通过这段区域的时候,突然前面传来紧急呼救的信号。

"'遭遇海盗,失去动力,请求援助。'广播里传来一个男子焦急的声音。

"你太爷爷迅速地打开了侦察雷达。在我们的正前方大约有一个小时的路程,有一艘型号和我们差不多的曳冰船。

"'我们追上这艘船还需要多长时间?'老萝卜问道。

"'这船离我们有十万千米左右,目前时速十五万千米,并且保持匀速。而我们现在的时速是二十五万千米。我们有可能要错过去了。'

"'什么意思?'我不解地问道。

"'很简单,如果我们要是想在追上它时降到和它一样的速度,假设我们是匀减速的话,我们至少要以十四米每平方秒的加速度减速两个小时。'老萝卜稍微思考了一下,就给出一个很精确的数字。

"'这个加速度是火星重力加速度的三倍左右。而且"来福号"还没有做好迅速减速的准备。'

"'如果我们不救他们,他们会怎么样?'我问道。

"'从这艘飞船的飞行航线上来看,他们会被土星俘获,也许最终坠入土星之中。'我爸爸说道。

"'我们不能见死不救啊!'我焦急地说。陶梅似乎比较认可我的话,也点了点头。

"大家的目光都集中在了老萝卜身上。

"'弗兰克和我驾驶飞船,其他的人站到驾驶舱后墙处,我们开始减速。'老萝卜命令道。

"随着飞船引擎发出隆隆的声音,大家一下子就被吸到了墙上。我过了好一会儿才适应了这样的加速度。我费力地扶着地板(现在变成墙了),在墙上站了起来。刚一抬头却被一块布蒙住了头。我扯下一看竟是老萝卜昨天穿的衬衫,上面还散发着浓重的烟味儿。再看看四周,撒满了老萝卜床上的各种衣服。我把衣服扔掉,伸手想把身边的陶梅扶起来,不过她没有扶我的手,自己轻松地站了起来。

"两个小时之后我们的飞船终于追上了那艘求助的飞船。突然悄无声息地,大家又都飘了起来。

"'你们船上的核辐射指标正常吗?'老萝卜通过广播问道。

"'正常。他们关闭了反应堆,然后取走了所有的燃料。'对方回答道。

"'你们有几个人?'老萝卜又问道。

"'只有我一个,其他人都被海盗劫走了。我躲在一个暗舱里面才侥幸逃脱。'

"肌肉约翰将两艘船对接起来,扫描发现这个人没有携带武器,也没有发现致命的细菌。约翰按下按钮,那个人就走了进来。

"他是个很不起眼的人,显得很紧张而且精神恍惚,看见我们只是一个劲儿地点头,并不说话。

"'你叫什么名字?'老萝卜问道。

"'斯坦。'那个人回答。

"'你好,斯坦。我叫赵虎,别人都叫我老萝卜。欢迎来到"来福号"。

"斯坦有些吃惊:'你就是老萝卜?'

"'先去休息一会儿吧,小宝你把斯坦带到休息室休息一会儿。'老萝卜又说道,'大龙,打开主雷达。周围一旦有不明飞船就马上报告。其他人也提高警惕。陶梅,你再去调试一下激光切割机,必要的时候那就是我

们唯一的武器了。我跟海盗的关系可不怎么好，我可不想落到他们手里。'

"那人显然是很长时间没有睡好了。一到休息室他就像一头死猪一样睡着了。

"大约过了几个小时，那个叫斯坦的人才醒来回到了驾驶室。老萝卜见他来了，问道：'斯坦，你来得正好，我有几个问题想问你。你们船上当时有几个人？'

"'连我六个人。海盗登船的时候，我正在操作舱检修机械，听见报警声就躲在了一个暗舱里面。后来等我再出来的时候，发现船上只剩下我一个人了。'

"'这么说你连海盗的影子都没有见着？'肌肉约翰有些嘲讽地问道。

"'没，没有。'

"'那他们拿走了什么东西吗？'老萝卜又问道。

"'燃料，还有一些生活补给品。其他的就没有什么了。'

"'这么说他是抓人质想要赎金了？'老萝卜又问道。

"'应该是吧，一定是。'斯坦说，语气中有些谄媚的意思。

"'大家都紧张起来！我都快破产了，要是被抓去了，还真的没钱去赎你们。'我爸爸说道。

"'我能干点什么。也让我帮帮忙吧！'斯坦说道。

"'你还是躲着吧。这个你比较擅长。'肌肉约翰没好气地说。

"斯坦蔫儿着低头，说不出话来。

"'你不是机械师吗？你跟着小梅和小宝，看看他们有什么要帮忙的。'我爸爸说道。

"'好的，好的。'斯坦赶紧凑到我面前，紧紧握住我的手，'你好，你好。幸会，幸会。'

"陶梅带着我和斯坦正要离开，老萝卜突然拉住我，在我耳边小声地说：'帮我多留意斯坦。'"

"斯坦是坏人吗？"小孙子突然打断爷爷的讲述。

"为什么这么问？"老人反问道。

"因为你好像不喜欢这个人。"小孙子说道。

"鬼机灵。不过现在我还不能告诉你，等我把故事讲完你就知道你猜得对不对了。"

"好吧。"

"今天我们就说到这里吧。你还得练钢琴呢！"

"再讲一会儿嘛！"小孙子撒娇地说。

"不行。你再不练钢琴，你妈回来又要骂你了。快去吧！"

小孙子嘟着嘴离开了。不一会儿，琴房里传来优美的钢琴声。老人并不知道小孙子弹的是什么曲子。他受过的教育不多，很多时候儿子和儿媳在餐桌上聊的事情他都听不懂。不过他现在却很喜欢这首曲子。

老人突然想起自己 10 岁时候的样子。那时候罗威尔城户外的空气依然不适于呼吸，他只能戴着氧气面罩满街乱跑。要是父亲不在家，那他就成了山大王。那时罗威尔只是一个小城，只有很少的房子和很多的工地。那时他对每条街每栋房子都了如指掌，不过如今的罗威尔早已经没有了曾经的模样。现在他站在市中心人潮涌动的广场上时，他似乎觉得自己是站在纽约或是上海的街头，丝毫没有了当初的归属感。当初他们这些人花了那么大的力气去改造火星，难道仅仅是为了复制另外一个地球？老人有些失望。

中午的时候，儿媳打电话来说平时来给祖孙俩做饭的钟点工今天有事来不了了，所以老人要亲自下厨弄点吃的了。

老人打开冰箱，却发现冰箱里除了果蔬和牛奶之外什么都没有。

"聪聪啊，午饭想吃什么啊？"老人向练不进去琴、跑来看热闹的小孙子问道。

"我不想吃这些东西。整天都是这些，我早就吃够了。"小孙子说道。

"那你想吃什么？"

"我想吃汉堡，不，我要吃火锅！"

"火锅？家里没有火锅啊！"

"那就去市里面吃啊！"小孙子还没说完却又犯愁了，"不过爸爸妈妈把车开走了，我们没法去市里了。"

老人看着小孙子，突然想到了什么。他有些神秘地说："也不一定。"

那台电动摩托车已经扔在车库很长时间了。它是老人最钟爱的坐骑，它曾经让他在各种比赛中出尽了风头。

"酷！"小孙子见到那辆摩托车时兴奋地叫了起来。

"你爸爸小时候就喜欢我骑着摩托车带他出去兜风。那时他对冒险、远航之类的事情可感兴趣了。不知怎么回事，后来书读得多了，人却怂了。"老人试着发动了一下，一切情况良好。

老人递给小孙子一个头盔。硕大的头盔套在小男孩细细的脖子上，显得十分滑稽。老人帮小孙子把头盔摆正，然后学着克林特·伊斯特伍德的腔调对他说道："怎么样，准备好了没有？"

小男孩兴奋地爬上高大的摩托车，然后展开双臂学作飞机的样子，嘴里面还念念有词。

老人自己戴上头盔，戴上手套，然后对后面张牙舞爪的孙子说："抓紧了。我要赶时间，你要是掉下来了，我可没工夫去捡你。"

小男孩又是一阵欢呼，然后摩托车呼啸着冲了出去。摩托车在公路上飞驰着，他们甚至可以听见风在头盔上摩擦产生的声音。

在众人惊异的目光中，老人把摩托车停在饭店的门口，然后把钥匙交给了瞠目结舌的服务员。祖孙俩牵着手，大摇大摆地走进了饭店。接过钥匙的服务员呆呆地站在那里，不知如何开动这辆老爷车。

午餐非常丰盛：涮牛肉，涮羊肉，甚至还有猪肉、鱼肉。小男孩儿被辣得不断地伸舌头喝水，却仍旧津津有味地大口吃着。

1个小时之后，他们只能捧着撑得浑圆的肚子，坐在那里说不出话来。

这时候一个服务生走过来礼貌地问道："请问你们还需不需要一些饭

后的果品？"

"不要了，谢谢。"老人礼貌地向服务生摆了摆手。

"这些果品是免费的。"服务员又说。

"真的不需要，谢谢。"

服务员有些诧异地摇了摇头。

那个服务员一离开，祖孙俩都哈哈大笑起来。

"斯坦后来怎么样了？"小男孩儿还在想着那个故事。

"斯坦？后来我们成了好朋友。"

"怎么会？"

"听我慢慢跟你说。"老人摆好姿势正要开始的时候，却突然忘了自己说到哪里了，"我讲到什么地方了？"

"讲到你们救了斯坦。"

"对，想起来了。我们救了人之后并没有遇见海盗，一路都很顺利，比原计划提前 3 天到达了土星附近。

"现在的土星已经非常壮观了。巨大的淡蓝色球体的周围是绚丽的环，凭肉眼就可以很明显地看见土星的环分成很多层，飘浮着很多冰块，而且开采难度比在土星的庞大的卫星上要小得多，是理想的曳冰场所。我们也遇见了很多来此曳冰的飞船，他们有的已经开始返航了。一艘和'来福号'相仿的曳冰船可以拖曳大约一千万方的冰，是飞船体积的五百倍左右。看过电视里播放蚂蚁拖运比自己大很多倍的物体了没有？这个比那个还夸张。

"我趴在舷窗上看着远处回程的曳冰船缓缓移动着。其实你并看不见船，只能看见远处缓缓前行的冰块。但即使是那块巨大的冰块在土星巨大身躯的映衬之下，依然非常的渺小。

"'太渺小了，是吧？'我循声回头，看见老萝卜站在我的身后。

"我有些害怕地看了看他，然后点头说：'有些不太起眼。'

"'的确。我们确实是很不起眼。再伟大的人，他的成就和这宇宙相比都不值一提。不过我们仍然要坚持下去，因为未来什么都有可能。'

"'我让你看着斯坦，你有什么发现？'我正奇怪他为什么要和我说这些，老萝卜却突然转变了话题。

"'斯坦还是唯唯诺诺的，见人都是点头哈腰的。不过他的机械技术很好，我和梅姐都很佩服他。'

"'好，我知道了。'老萝卜说完转身离开了。

"这几天我爸爸看我顺眼多了。我帮着陶梅和斯坦他们成功地处理了几次机械问题，就连陶梅偶尔也会夸我学得快。我自己也感到非常的充实，那是一种发觉自己正参与一项伟大的事业而且还能做出贡献时所产生的自豪感和满足感。这会让人感到真正的快乐。

"终于，'来福号'到达了目的地。此时巨大的土星已经占满了整个天际，它反射出来的光似乎比遥远的太阳还要明亮。

"接下来是老萝卜和我爸爸大显身手的时候了。一旦选中合适的冰体，他们就放出曳冰索。在曳冰索的尽头有遥控牵索机可以绕过冰块将其捆住，然后飞船再逐渐靠近将冰体绑牢。有时冰块的个头过大，或者在边角的地方有杂质，就需要用激光切割机进行切割，有时发现的冰块个头太小，也可以用激光切割机将几块冰焊在一起。

"虽然说起来很容易，但是即使像他们这样的行家通常也需要两天的时间才能完成选冰和捆冰。飞船的速度、位置和曳冰索的捆绑都非常讲究。有些时候还需要先对冰块的构造进行扫描才能算出最符合力学结构的绑法。

"老萝卜选中了在两万千米之外的一块冰。雷达显示这块冰很纯，形状也比较规整，大小在八百万立方米左右。如果可以搞定它，那么我们的任务就完成了一多半了。我们小心地在土星环中行驶着，并且不断地在雷达上跟踪那块冰。

"'那是什么？'老萝卜突然指着雷达的显示屏说道。

"在雷达的显示屏上有一个亮点，信号很强。

"'是艘飞船。个头还不小呢。'大龙说道。

"'它要干什么？'我爸爸问道。

"'他们盯上那块冰了。'老萝卜说道，'告诉他们我们已经先锁定了那块冰，让他们重新再找。'

"肥弗发送了信息。不一会儿，广播里传来了他们的回复：'这块冰是我们先发现的，你们需要再重新寻找。'

"'我们距离冰块更近而且处在冰块运行轨道的后方，按照惯例这块冰应该属于我们。'老萝卜回复道。

"'是星际运输公司的飞船。'肥弗从雷达上辨认出了对方的机型。

"'先到先得。'那艘飞船回复说。

"'弗兰克，加速行驶。'老萝卜说道。

"'这些小兔崽子们！'肌肉约翰破口大骂起来。

"当我们赶到那里，那艘星际运输公司的曳冰船已经在那里开始捆冰了。

"'再警告一次，这块冰是我们的，请马上离开。'老萝卜又通过广播喊道。

"'先到先得。'对方仍是这一句回复。

"'大龙，跟我到操作舱来。'老萝卜说道。

"我和其他人站在驾驶舱正搞不清状况时，突然看见对方船上的曳冰索闪出了几下火花，然后全都断开了。

"'警告，这是攻击行为。'那艘船说道。

"'我们的激光切割机已经瞄准了你们的引擎舱，如果不马上离开的话，你们就知道什么是攻击行为了！'老萝卜在操作舱里向那边喊道。

"对方的飞船沉默了一会儿，然后回复说：'你是赵虎吧？'

"'无可奉告。现在马上离开。'

"'你们会后悔的。'那艘飞船加速离开了。

"我高兴地跳起来，结果头重重地磕在了天花板上，其他人也都哈哈大笑起来。

"我爸爸和老萝卜两人忙了两天，终于'来福号'开始拖着重达一千两百万吨的冰块缓缓开始返航。'来福号'按照螺旋的轨道，逐渐而缓慢地挣脱土星的控制。在这个过程中，老萝卜还要对绑好的冰的姿态进行微调，以达到最稳定的状态。

　　"由于没什么工作，我常常和大龙他们一起聊聊天，打打牌，玩些电子游戏什么的。老萝卜让我多注意斯坦，我也一直没有放松。不过这个人老实得很，跟谁都是客客气气的，看不出有什么可疑的地方。

　　"我和大龙常常争论我和他谁的力气更大。两个人吵了几天，依然没有结论。肌肉约翰实在忍不住了，就说：'你们掰一掰手腕不就行了吗？'

　　"于是我们两个人就坐在厨房的椅子上，用安全带将自己绑牢，开始较量起来。肥弗和约翰则在一旁不断地撺掇起哄。

　　"我和大龙僵持了很长的时间。肥弗和约翰则在一旁不断地给我加油鼓劲。这时陶梅竟然也站在一边饶有兴趣地看着。看见她站在那里，面若桃花，我恨不得当时就把大龙摆平了。不过我们两人实在是旗鼓相当，不一会儿我们的汗珠就开始'飘'起来了。突然大龙怪叫了一声，整个人一下子翻了上去，若不是我和他的手一直紧紧握着，他一定要趴到天花板上去了。约翰和肥弗则笑得在空中不断地打滚。原来肥弗趁大龙不注意，悄悄解开了他的安全带。

　　"'你们两个人敢阴我，看我怎么收拾你。'大龙反应过来后向他们两个人破口大骂起来。其他人更是笑得前仰后合。

　　"这时斯坦从外面冲进来，慌张地说：'不好了，出事了！'

　　"等我们来到驾驶室，老萝卜和我爸爸已经在那里了。他们盯着大屏幕，默不吭声。

　　"'出什么事了？'肌肉约翰问道。

　　"'我们的飞行路线出现问题了，"来福号"现在已经被木星的引力俘获了。'斯坦说道。

　　"'怎么可能？'大家都很惊诧。

"肥弗走到操作台前，快速地计算了一下，说：'不错。我们现在已经成了木星的卫星了。'

"'那怎么办？'我问道。

"'不知道。我们现在这么重，不知道什么时候才能加速到逃逸速度。即使我们成功逃逸了，我们那时候的方向可能也需要很大的调整，那样一来我们可能无法按时交货了。'肥弗说道。

"肌肉约翰突然冲过去，掐住了斯坦的脖子。巨大的冲量使得两个人重重地撞在对面的墙上。

"'说！是不是你搞的鬼？'约翰恶狠狠地说。有了上次的教训，这次一出事约翰第一反应就是出了内鬼，而这个内鬼一定是斯坦。

"'不，不是。'斯坦断断续续地说。

"'你还敢说你不是海盗派来的奸细？'约翰又吼起来。斯坦被约翰卡住脖子，说不出话来。

"'约翰，你先把他绑起来，待会儿再处理他。'我爸爸对约翰说。

"肌肉约翰像抓一只小鸡一样地将斯坦按在一张椅子上，然后扯下斯坦的腰带把他绑在那里。

"'我们现在怎么办？'我爸爸问老萝卜。

"'我们朝木星的近轨道去。'

"'什么？'我觉得老萝卜的每次决定都可以让我感到震惊。

"不过我爸爸却兴奋地说：'好主意！到近轨道去可以利用势能帮助我们加到足够的速度。而且近轨道的周期既不太长，又有充足的时间让引擎加速。好主意！'

"大家分头忙了起来。大龙和约翰去帮老萝卜和我爸爸两人调整后面的冰山的位置，防止因为突然转向造成冰体碎裂或是曳冰索断开。我和陶梅则去反应堆那里调试，争取使反应堆再增加一些功率。不过反应堆已经十分接近满负荷运行了，我们能做的只是些可有可无的优化而已。

"舷窗外木星的个头越来越大，它那橙红的巨大身体就像我爸爸醉酒后的眼睛扩大了无数倍，让我不寒而栗。

"'都怪星际运输公司的那些浑蛋！也怪这木星，没事长这么大的个头干什么！'我有些蛮不讲理地发着火，就像一个不懂事的孩子在摔倒之后总会去责怪火星一样。

"'其实若不是木星有如此巨大的质量，很多流星就会进入火星甚至地球的轨道，威胁人类的生存。我从前也像你这样痛恨木星，我妈妈所驾驶的飞船就是坠落在木星上面的。'

"我惊讶地看着陶梅，嘴张了半天才说出了一句：'什么？'

"她没有理会我的惊讶，继续说道：'但是后来我慢慢想明白了。木星并没有过错，它只是一个没有任何偏向性的巨大气体球而已。我们应该爱憎分明，而且这就是我们曳冰者的生活。我们每天都要面临这样的危险。你知道吗，每个人都曾是粒粒星尘，所以太空才是我们真正的家园。我妈妈只是回家了而已。'

"我点了点头：'我能问你妈妈的事故是怎么回事吗？'

"'不能。'陶梅干脆地回答道。

"'哦，那我就不问了。'我知趣地闭上了嘴。

"'来福号'成功地完成了转向。我们也明显感到了飞船的加速，大家也都松了一口气。危机解除之后，大家又想到了斯坦。其实我们对斯坦都有所怀疑。毕竟如果'来福号'有人捣鬼，那么一定是他。

"'再不说实话，就把你扔出去。'约翰说道。

"'你们救了我，我感激还来不及呢，怎么会去害你们呢？'斯坦申辩道。

"老萝卜听了，沉默了一会儿，然后说：'大龙，还有约翰。你们把斯坦带到外面溜达一圈，直到他说实话为止。'

"'外面？哪里？'大龙不解地问道。

"'飞船外面。'老萝卜面无表情地说。大家听了都面面相觑。

"'不要，不要。我说的都是实话，我真的什么也没干！'斯坦惊恐地叫起来。

"'你们还在等什么？'老萝卜见大龙和约翰有点犹豫，就朝他们吼道。

"两人只好把斯坦架起来，然后开始往驾驶舱外面拖。斯坦此时已经说不出完整的话了，只是惊恐地叫着。

"就在这时肥弗突然喊道：'等等！'

"大家都停下来看着肥弗。他语气凝重地说：'也许真不是他干的。'

"'什么意思？'

"'我们的飞船又偏离航道了！'肥弗说道。

"在大屏幕上，'来福号'的行驶轨道和预计轨道已经走出了很大的偏差。

"'怎么回事？'我爸爸问道。

"'我也不知道。我明明设定好了轨道，而且在刚才检查的时候飞船还在按计划航行。没想到我和土卫六上面的测距点进行校对后却发现我们偏了这么多。'

"'按照目前的航线，恐怕我们要坠入木星了。'肥弗大概分析了一下数据，然后有些绝望地说。"

老人说到这里，停顿了下来，似乎陷入了回忆。

"在调整航向之后，斯坦一直是被捆起来的。那么也就是说他是无辜的。如果他不是坏人，那么谁是坏人呢？"小孙子在一旁分析道。

"不错。斯坦的确不是坏人，而且'来福号'上根本就没有坏人。"

"那怎么可能？"

"想不明白吧？告诉你吧，当时'来福号'的主机中毒了。"

"怎么回事？"小孙子很费解的样子。

"是老萝卜发现这个问题的。他在飞船的主机上发现了一个极为隐蔽的电脑病毒。这种病毒可以欺骗船上的导航系统，偷偷地改变飞船的航线。

"'还记得跟我们抢冰块的星际运输公司吗？他们一定是在广播中加密了电脑病毒，造成"来福号"的主机被感染了。'老萝卜说道。

"肌肉约翰放开斯坦，有些歉疚地看看他，不知道该说什么才好。

"'现在我们该怎么办？'我爸爸问道。

"'必须杀毒后，重启主机。'老萝卜回答。

"'重启最起码要半天以上。如果现在飞船失去动力，我们很快就要葬身木星了。'我爸爸又说道。

"'我们可以手动驾驶。'

"肥弗也提出了异议：'我们现在所处的环境太复杂，手动驾驶稍有不慎就会让我们送命的。'

"'不能再按照原来的轨道行驶了。我们必须丢掉一部分的冰，然后直接加速，摆脱木星。'老萝卜说道。

"大家沉默了。显然这是唯一可行的办法了，但丢弃冰块就意味着我们这次航行失败了。按照合同我们应该拖回一千万吨的冰，如果不能足量完成就会造成违约。而违约是我爸爸最不想看到的。

"'我们至少要扔掉多少的冰？'

"肥弗计算了一下，然后回答：'五百一十万吨。'大家再一次陷入沉默之中。

"我们扔掉了五百多万吨的冰块，然后勉强离开了木星。大家的情绪都很低落，毕竟突然一下子就失败了，谁都很难接受。我当时就难过地哭了起来……不要笑话我，当时谁处在那种环境中都会感到难受。约翰和大龙他们也没了说说笑笑的心情，他们只是拍了拍我的头，叹着气离开了。"

祖孙两人吃完饭从饭店里出来，又在罗威尔城的街道里转了两圈，直到下午太阳快落山的时候，他们才回去。

还没到家门口，就见老人的儿子远远地从屋子里冲出来，不停地招着手，嘴里还在不断地说着什么。

"完了。这下你爸爸又该数落我了。"老人对坐在身后的小孙子说道。

老人刚刚把摩托车停下，儿子就冲了上来："你们今天上哪儿去了？"

"去城里去了。"老人回答。

"去城里去了？就骑着这个东西？"

"是啊，怎么了？"

"爸爸，您知道我下午打电话回家家里没人接电话的时候我有多担心吗？我正开着会就直接赶回家了。您也不想想您都多大岁数了，这老摩托车都多大岁数了。这该多危险啊！"

"危险？我没觉得。"老人满不在乎地说道。

"还有聪聪你也太不懂事了。你整天在家也不学习，光知道玩。你现在的水平，去地球上怎么能跟得上人家的课程？"

晚上老人的儿媳也回家了。她回家的第一件事就是检查小男孩的钢琴，结果她很不满意。当她听说了老人带着小孙子去罗威尔城里转了半天之后，更是怒不可遏。

"你们到底想要聪聪怎么样？你们把他送得这么远，你们忍心吗？"老人不高兴地说道。

"爸，这个事情我们不是讨论过了吗，这是为聪聪的未来着想。再说了，现在到地球最快只要几天，并不是很远，他放假的时候还能回来。他有的是时间，可以常常回来。"

"他有，但是我没有时间了！"老人愤怒地撒下这句话，然后离开了。

老人晚上也没有吃饭，一个人待在卧室里生闷气。

晚上睡觉的时候，小孙子又跑来找自己的爷爷，手里还端着一块蛋糕。

"爷爷，我不想去地球，那里太远了。"

"其实地球是很好的地方。风景很美，而且人多很热闹。再说地球根本不算远，我还去过海王星那里呢！"老人接过蛋糕，吃了两口。

"但是在那里我就不能天天看到爷爷了。"

"不是还有视频电话吗？"

"我不喜欢电话。"

"我也不喜欢电话。电话里你就没办法帮我拿蛋糕了。"

"爷爷，再给我讲故事吧！"

"今天算了吧，爷爷有点累。明天再给你讲。"老人感觉有些不舒服。

"爷爷？"

"嗯？"

"是不是生活就像你们曳冰一样，总是那么艰难？"

老人愣了一会儿，回答道："是的，生活中总是有你意想不到的困难，一件接着一件，直到你无奈退出为止。"

"你们最后退出了？"

"聪聪，你知道我多么想告诉你，我们坚持到了最后一刻……但可惜的是，后来我亲手把'来福号'卖给了星际运输公司。"

"为什么？"

"那是很多年后的事情了。你太爷爷早就不在了，你奶奶也去世了，所有的私人曳冰船都破产了，政府也不再雇用我们了。那时连象征性的坚持也没有了任何意义，我们只有认输离场。"老人的表情里没有悲哀，也没有无奈。

"但你们是那么的勇敢。"小孙子说着，声音里有了些哭腔。

"当你长大了，你就会明白，生活有时候并不奖赏勇敢者。"

小孙子离开后，老人躺在床上依旧睡不着。年纪大了之后，睡眠就变少了。他常常不知道该如何打发这漫漫的长夜。当他睡着时，他梦见了"来福号"——那艘斑驳的旧船孤零零地待在那里，飞船外层的保护膜时不时地会从船体上剥落下来。他的朋友们都站在那里，默默看着"来福号"。在他身边，一个美丽的女孩儿站在那里，脸上带着淡淡的微笑。

第二天清晨的时候，老人没有醒来。

他再也没有醒来。

葬礼将于第二天举行，老人的儿子此时正在屋里收拾老人的遗物。老人的东西并不是很多，除了衣物之外，只有一只大箱子。打开箱子，里面放着一些锤子、扳手之类的东西——应该是他当年所用的工具。里面还有一张老式的3D照片，照片上是一个微笑着的美丽姑娘。

"这是奶奶吗？"不知道什么时候，聪聪来到了房间里，他指着这张照片问道。

老人的儿子正看着照片发呆，他沉默了一会儿才说："是的。这就是你奶奶。怎么样，她很漂亮吧？"

聪聪点了点头。

"爸爸，人死了之后有灵魂吗？"

小孩儿的父亲沉默良久，然后摇摇头说道："不知道。但我希望有，这样我们就能和爷爷说话了。"

"那灵魂能从火星飞到地球吗？"小男孩儿又问道。

老人的儿子有些哽咽地说："你爷爷是最棒的宇航员，我想他一定能。"

"'快速六号'！"聪聪从箱子里抓出了一个飞船模型。

"真的是'快速六号'！"老人的儿子接过那个模型，会心地笑了出来。

"在我还很小的时候，我经常会摆弄你爷爷的航模收藏。弄丢了，弄坏了，他从来不说我。但是唯独我不能碰'快速六号'，说它是'来福号'的护身符，必须小心保存。如今'来福号'都已经不在了，没想到这个模型却依然还在。"

"爷爷说他最后还是卖掉了'来福号'，这是真的吗？"

"他当时别无选择。不过他们是最后还在坚持的人。'来福号'是最后一艘个体经营的曳冰船，如今的历史书上还有你爷爷的名字。"

"如果他们注定要失败，那么他们的努力还有什么意义呢？"

"要想知道自己是不是注定失败，只有一个办法，那就是坚持到最后。Battles are lost in the same spirit in which they are won，将来你会知道这句诗是什么意思的。我小的时候特别喜欢听他讲他们远航的故事，就像你一样。"

"爷爷没有把故事说完。"聪聪说道。

老人的儿子愣了一下，然后摸了摸儿子的头："是吗？的确爷爷走得太匆忙了。不过他一定想让你把故事听完。这样吧，坐到床上来，我来给你讲。"

小男孩儿抱起那个"快速六号"的模型，坐在床上，然后说："爷爷讲到他们丢掉了冰块，然后逃离了木星。"

"讲到这里了？下面该你爷爷大显身手了。"老人的儿子开始回忆。

"就在大家还在难过的时候，老萝卜又提出了一个疯狂的计划——'打劫彗星'。雷达显示在'来福号'的前方有一颗彗星。彗核的含冰量在60%以上，所以他们可以弄些彗核来充当冰块。这就像开着一架喷气式战斗机去追一颗导弹，然后再把它拆除一样，可行但是从来没有人干过，不过这次大家对老萝卜却非常支持。

"经过一段时间急刹车，'来福号'靠近了这个巨大的彗星。

"彗星非常非常的丑。它的表面呈黑色，布满了各种裂纹和小孔。这是一颗周期为2500年的彗星，在以前经过太阳附近时其中的一部分水分和气体受热从表面喷出，造就了这样丑陋多孔的样子。

"'这东西上面有冰吗？'大龙问道。

"'这是个脏雪球。但是大部分依然还是冰。'肥弗回答道。

"'这玩意儿好切割吗？'约翰有些担心地问。

"'放心吧！除了液体和气体，激光切割机什么都搞得定。'

"这是一颗大彗星，老萝卜只选择了彗核突出一角上面的很小的一部分。而这一小块彗星的重量预计要超过七百万吨（因为彗核的杂质比较多，所以要多取一些）。

"老萝卜顺利地将那块彗核切了下来。你太爷爷则在一旁放出曳冰索，小心地去绑这块冰。绳索顺利地绕过这小块彗星，然后开始缓慢缠绑。但所有人都忽略了一点，那就是这颗彗星有着极低的自转速度，令人难以觉察。正是因为自转的缘故，彗核的主体撞到了他们从土星上带来的冰块。

就在他们要大功告成时，整个船体突然剧烈地摇晃起来。他们这才发现原来带来的那块冰块和新绑好的小块彗星已经撞在一起了。几根曳冰索断开了，还有几根曳冰索前面的牵引机也不知去向，整条绳索都和其他的曳冰索缠在了一起。

"'我们能用激光切割机把这些绳索割断吗？'你太爷爷问老萝卜。

"老萝卜迅速分析了一下受力的情况，然后回答：'不行。如果不小心把这几根好的绳索也割断的话，我们就拉不住这两块冰了。我必须出舱作业。'

"'不行！你是船长，让我出去。'你太爷爷说。

"'还是让我来吧。我对于出舱工作比较有经验，再说这活又不是多危险。'老萝卜说道。

"'不行……'

"'我是船长，我说了算。'老萝卜坚持道。

"你太爷爷看了老萝卜好久，然后说道：'好吧。不过千万要小心。'

"你爷爷和其他人一起担心地看着老萝卜穿上宇航服，然后顺着飞船背部的出舱口来到了真空中。就在这个时候，一直在驾驶室里操作雷达的肥弗通过广播对老萝卜说道：'船长，您得快点儿了。前方有一群碎石，可能需要用激光来拦截。到时产生的残渣可能会对你的宇航服造成破坏。'

"'这么倒霉。还有多长时间？'老萝卜问道。

"'3分钟，最多4分钟。'

"'3分钟？够了。'

"说着老萝卜将宇航服的推进器开到了最大，熟练而轻巧地绕过飞船背部的雷达和其他设施，即使接近尾部的时候仍然没有减速。只见他猛地抓住'来福号'尾部一根曳冰索，整个身体潇洒地画了个弧线，翻到了飞船的后面。总共用时只有2分钟左右。

"他先用便携的激光器仔细地切割已经断开的曳冰索，然后再用手抓住绳索，依靠推进器的力量把绳索拖开。虽然这些绳索都是用很轻的碳纳米材料做成的，但是每根绳索都很长而且有人的胳膊那么粗，所以整条曳冰索的质量还是很大的。虽然几乎没有重力，但是要拖动这些绳索还是十分费力。老萝卜用了10分钟才解开了第一根绳子，还有三根要解。与此同时，你太爷爷则不停地用激光切割机对迎面飞来的大块碎石进行破碎，破碎后的细小石块则像速度极快的雨滴一样打在'来福号'的背部。老萝卜所处的尾部由于船体和冰块的保护，暂时没有受到流石的侵袭。

"老萝卜接着又吃力地解开了一根绳索。然后是另外一根。终于他把最后一根绳索也解了下来。大家都高兴地欢呼起来。

"'干得漂亮，老萝卜！'你太爷爷通过广播对老萝卜高兴地说。老萝卜在舱外挥手向我们致意。

"'船长，你现在不能原路返回了。目前出舱口那面的碎石还是太多，不安全。'肥弗在驾驶室又说道，'在飞船尾部有个小舱，以前是用来存放出舱机器人的，和飞船内部并不相通。你可以暂时先到那里去，等这段碎石过去之后再从出舱口那里进来。'

"'好的，没问题。'老萝卜回答道，听声音也知道他的心情很好，'我在外面看一会儿风景，你们还有谁要出来陪陪我。'

"大家又哄笑起来。可就在这时，两块巨大的冰块突然地挤压开来，喷出了几块巨大的碎片，其中一块击中了老萝卜。他在空中转了很多圈，接着撞在一根曳冰索上面，然后没有了动静。

"'赵虎！'你太爷爷通过广播使劲地叫他，但是没有任何的反应。

"'快遥控宇航服，把他停在安全的地方。'大龙通过广播对身在驾驶室里的肥弗喊道。

"'宇航服的推进器没有反应，可能是坏了。'肥弗回答道。

"陶梅突然显得很激动：'给我件宇航服，我要出去救他。'

"'你是个女孩，这事应该我去。'你爷爷抢着说。

"'你们谁也不能去。外面全是流石，谁也过不去。'你太爷爷说道。

"'那怎么办？'你爷爷和陶梅一齐问道。

"'他现在生命体征如何？'你太爷爷没有搭理他们两个人，而是转身问大龙。

"'暂时正常。但是监视器显示宇航服里的压力开始下降了，说明有漏气现象。我们需要马上把他救进来。'大龙回答。

"'我要出去救他！'陶梅又喊道。

"'太危险了！'你太爷爷向她说道。

"'我不管，他是我爸爸。我不能看着他不管。'陶梅说道。

"大家一下全都愣住了。肌肉约翰惊讶地问道：'他是你父亲？'

"陶梅没有回答他的问题，依然坚持道：'我要去救他！'

"'也许我有一个办法。'这时一直站在旁边的斯坦说道。

"'什么办法？'

"'飞船的尾部并不是没有和外界联通的地方。'斯坦说道。

"'哪里？'

"'垃圾处理室，我们平时从那里把垃圾扔到太空中的。我们可以从那里出去。'斯坦说。

"'但那个垃圾投放口很小，人很难钻得过去，穿上宇航服之后就更不可能了。'你太爷爷说道。

"'不用穿宇航服。那个垃圾口和弗兰克刚才所说的那个存放机器人的舱室，以及老萝卜正好处在一条直线上，而且距离很近。如果一个人从垃圾口冲出，只要几秒钟就可以抱着老萝卜冲进那个舱室。我刚才检查了那个舱室，外面的门可以合上。'

"'但是那个舱里没有空气啊？'你太爷爷又问道。

"'那里有几个废旧的电路口，稍加改装一下，我们就可以向里面鼓入空气。'斯坦又说道。

"你太爷爷看了看斯坦，然后说：'也没有别的办法了，你现在就过去准备吧。我从垃圾口那里出去。'

"'二爷,恐怕不行。我刚刚查了那个口。实在是太小了,大人都过不去。'大龙说道。

"'那我去!'陶梅抢着说道。

"'我去!'你爷爷这时也抢着说,'我的个子比你小,再说这事本来就该让男的来。'

"'小宝说得没错,这事应该是他来。'你太爷爷一句话结束了他们的争论。

"你爷爷和其他人来到垃圾口那里。那里果然很小,成人无法穿过。你太爷爷拍了拍你爷爷的肩膀,然后有些紧张地说:'你钻过去之后,我们一按按钮外面的舱门就会打开。这时你就有可能被带出去,所以在舱门打开之前一定要吸足一口气,并且抓紧门上的栓子。你冲出去的时候要快、要准,因为你在空中没有动力,只能靠惯性——你是好样的,一定能行。'

"你爷爷也没有再说什么,顺着狭窄的垃圾道勉强地爬了进去。里面此时还存放着一些垃圾,空气中散布着难闻的气味。

"'小宝,准备好没有?'外面你太爷爷喊道。

"'再等等。'你爷爷深深地吸了口难闻的空气,紧紧抓住门后的栓子,然后对外面喊道,'好了!'

"'3,2,1!'

"舱门打开之后,舱内的空气在瞬间就冲了出去,你爷爷紧紧地抓住门的把手。等到再也没有空气向外排出的时候,他感到了刺骨的寒冷。他感到自己的血管既要爆炸开来同时又要凝固了,浑身说不出的难受。

"前面大约十米的地方就是老萝卜,他一条腿挂在绳索上,已经失去了知觉。

"你爷爷回头看了看后面,什么也看不见。现在已经没有空气了,里面的人不论说什么,他也听不见了。他瞄准老萝卜的方向,猛地一蹬腿,一下子飞了出去。你爷爷抱到老萝卜之后,将他的腿从绳子上拿开。此时他觉得自己的四肢快要失去知觉了。他用尽最后的力气,踩了一下绳子,冲进了那个原来停放机器人的舱中。他们刚一进来，身后的舱门就闭合起来。你爷爷眼前一黑就昏了过去。"

"爷爷太帅了！"小男孩兴奋地大叫起来。

"你也这么认为？"老人的儿子说。

"后来怎么样了？"小男孩又问道。

"等你爷爷醒来之后，他发现自己已经在休息舱中了。大家全都围在一旁，看着他笑着。这时老萝卜走过来，郑重地伸出自己的右手。你爷爷愣了一下，然后握住了老萝卜伸出的手。后来你爷爷告诉我，正是从那刻开始，他知道了成为一名男子汉是什么样的感受了。

"等他恢复的时候，'来福号'已经带着足量的冰按时地来到了火星轨道上。第二天他们就可以把冰投入到大气层中。

"当时轨道上停着上千艘的曳冰船和曳气船。曳气船将从土星和木星带来的大量氮气从高压罐中释放出来，让它们顺着火星的引力缓缓融入大气中。由于气体之间的摩擦，你可以清楚地看见大气中带状的红光。而冰块投入大气时的场面更加壮观，太空中看来，这些冰块就像无数盏霓虹灯，闪着美丽的光芒。

"'很壮观吧？'陶梅对着正看得发呆的你爷爷说道。

"'嗯。我回到火星的第一件事就是去北极看看冰块从天而降是什么样子。'你爷爷说道。

"'好啊，我们一起去吧！'陶梅又说道。

"你爷爷有些惊讶地看了看陶梅，然后高兴地点了点头。

"'谢谢你救了我爸爸。'

"'老萝卜真的是你的爸爸？'你爷爷问道。

"'不错。当时他和我妈妈分别是两艘曳冰船的船长。他们虽然相爱，但却都很好强。一次在执行任务的时候，他们两个人非要比一比谁的船先返回火星。我爸爸的船先走了，可我妈妈的船却遇到了海盗。她的船被击坏了，然后沉重的冰山带着他们坠入了木星。所以我一直都很恨他，觉得他没有

照顾好妈妈。'

"'你现在不恨他了？'

"陶梅摇了摇头：'不是特别恨了，但是我现在还是不想理他。'

"'其实这并不是他的错。是海盗害了你妈妈。一个人应该爱憎分明，这不是你说过的吗？'你爷爷开导她说。

"'也许吧。这就是我们的生活，死亡和离别是我们每时每刻都要面临的问题。也许勇敢地活着，勇敢地死去，是一种高贵的活法。'陶梅说道。

"'我同意。'这次你爷爷由衷地说。"

"陶梅是我奶奶吗？"小男孩儿突然问道。

"你觉得呢？"

"我希望她是。我很喜欢她。"

"如果她能活着见到你，她也一定很喜欢你。"老人的儿子又说道。

"这么说她是我的奶奶了？"

老人的儿子又拿起那张照片："这就是陶梅，我的母亲。"

"太好了！"小男孩儿高兴地说。

葬礼是在罗威尔城的老港口举行的，这里现在已经改成了博物馆。按照老人的遗愿，他的骨灰被装进一个金属小球里面，然后由电磁炮弹射到太空中。

葬礼的当天来了很多人。他们都没有特别伤心，只是安静地聚在一起说着老人年轻时的故事。小男孩坐在一旁，抱着"快速六号"的模型，看着这群已经白发苍苍的老人。

"你手中的是'快速六号'吧？"突然一个很老很老的人向他问道。

小男孩点了点头。

"要知道那么多年，我们都多亏了它的保佑。"那个老人戴着一副老花镜，腰驼得很深。他吃力地坐下，转过堆满皱纹的脸朝小男孩笑了笑。

"你一定是聪聪。"那个老人又说。

小男孩又点了点头。

"你长得很像你的爷爷。"

聪聪没有说话，只是有些紧张地看着他。

"我是斯坦，很高兴认识你。"那个老人说道。

聪聪一下子笑了，伸出自己的小手，高兴地说："你好，斯坦。"

米泽 ———● 马尔文的便利店
　　　　　　　　基因也疯狂

马尔文的小便利店，位于一条相貌平凡的街道的"腰眼"处。

在他的小店两侧，并排着一些面积相同的店铺，挣扎在关门停业的悬崖边缘。马尔文的小店左边，是一家两元商品店，各种廉价日用品随意地堆叠在一起，门口的一对劣质音箱一刻不停地在聒噪着："跳楼挥泪吐血剜心剔骨割肾大甩卖！本店因经营不善，所有商品一律两元一件，一律两元一件！走过路过千万不要错过……"这家店当初一开张就开始播放这段录音，仿佛店老板天生就在做亏本生意似的。

便利店的右边，则是一家通信产品店，门前挂着一个白板，上面罗列着一大堆"吉祥号"。但是在这堆手机号中特别出挑的那些号码已经十分遗憾地被画上了一条浓重的黑线，表明它们已经令人惋惜地"名花有主"了。

马尔文的小店夹在这两个招摇的店铺之间，就像被两个高年级大哥哥架着的小鼻涕虫一般柔弱而无趣。假如你在路过他的便利店时一时心血来潮，决定进去买瓶饮料或者一份报纸什么的，你多半会快快地走出这家货物贫乏的"便利店"，并愤愤地决定再也不会光顾了。

通常在你如旋风般离开这家便利店的时候，坐在收银台后面的马尔文甚至懒得抬起头来看你一眼，这更加坚定了你再也不会回来的决心。而这也正是马尔文所期望的结果！

马大老板之所以耗费白天大把的时间坐在柜台后面，是在等待他的那些"真正的顾客"光临，而绝不是在等待像你这样走起路来口袋里几个硬币叮当作响的过路人的！

"真正的顾客"是那些真正奇怪的人。他们百无聊赖地从晚报、时报、电视报等报纸副刊上的豆腐块广告专版上浪费了几个小时，在详细地浏览完"征婚""招聘""招租""转让"等版块之后，终于千辛万苦地看到了"家政"版块。然后，在一大堆"专业疏通下水道"和"挖墙洞、清洗油烟机"类的广告之间，看到了一则真正能够吸引他们注意力的广告。拇指大的黑色方框里印着一行字和一个电话号码，那一行字是："改变自己，改变人生！"

马尔文坚持认为，能看到他刊登的广告的人绝对都有些奇怪，而真正给他打来电话咨询的人，则绝对不正常。越不正常的人，就越是他要找的人！

把自己的联系方式放在报纸上肯定是会有一些不良后果的。马尔文现如今每天都能接到两三通无聊电话和七八条诈骗短信。但是，也有一些"真正的顾客"会直白地问他如何才能"改变自己，改变人生"，而他则会把自己便利店的地址告诉他们，让他们亲自上门来面谈。

这天上午，被马尔文编号为"9F21"的"真正的顾客"一脸警惕地走进了便利店。他狐疑地扫了马尔文一眼，正想转身离去，却被马尔文那双热情而又坚定的眼睛给吸引住了。

"王先生？"马尔文问。

"9F21"像所有第一次来到便利店的"真正的顾客"一样不置可否地沉默着。

"你好。"马尔文伸出了他的右手，"我就是马尔文博士。幸会，幸会。"

"9F21"一边和马尔文半心半意地握手，一边环视着这家寒酸的便利店。

"请这边来。"马尔文没有松开"9F21"的手，拽着他向里面走去。他在杂志货架的底端摸索了一会儿，挪开一本泛黄的"人体摄影鉴赏"，扳了一下某个开关，整个书架移开了，露出了一道暗门。同时，便利店的自动卷帘门缓缓落下了。

"9F21"跟着马尔文走进了暗室，被眼前的一切惊呆了。

一台巨大的服务器立在墙角；一个细长的液晶显示屏挂在墙上，上面跳动着各种古怪的彩色几何图形；精致的全金属办公台上摆放着一个双螺旋基因模型，它不停地旋转着，散发着浅绿色的光芒；一张充满了科技感的巨大躺椅紧贴着北墙，各种小灯和机械臂散布在躺椅的两侧；室内的每一块地板砖都是一个发光的屏幕，闪动着不同的色彩。

马尔文颇为学究气地点了一下头，表示他对"9F21"的吃惊早有预料。

"你也知道，王先生。"马老板的声音里充满了一个不被主流社会认可的科学家的悲伤口气，"那些真正管用的好玩意儿，可不是在什么家乐福、沃尔玛能买得到的。"

"9F21"警惕地看着眼前的一切，脸上的表情就像发觉自己被外星人劫持了一样古怪。

马尔文用右手打了一个响指，他背后的液晶显示屏上的奇怪图案消失了，取而代之的则是"9F21"的三维头像在不停地旋转。在头像下面，则是"9F21"准确的身高、体重、血型等数据和一堆乱码。

"9F21"盯着液晶屏看了半天，终于说话了，"为……为什么你会有我的身高、体重还有血型这些数据？你调查过我？"

马尔文摇了摇头，神秘地一笑，"在这之前我们根本就没见过面，我怎么会知道你的信息呢？这些都是你走进来之后，我的这些仪器测出来的。"

"好了，"马尔文见"9F21"还有话说，便转移话题道，"时间有限，咱们抓紧切入正题吧！先生，您有什么需要改变的地方呢？"

"我还以为是'心理咨询'之类的玩意儿呢！""9F21"将信将疑地说道，"你先给我说说，你能用什么方式来改变我，从而改变我的人生呢？"

"很简单，改变你自身的基因！"马尔文干脆地说道。

"改变……基因？""9F21"现在的表情，可以说是"难以置信"这个成语的确切含义的上佳表达。

"没错，就是改变基因。通过改变基因来改变你，才能够真正地改变你的一生！"马尔文双眼炯炯有神，"改变了基因，你才彻底地改变了，明白吗？无论你去美容、健身，还是参加成功学讲座，你所获得的改变都是有限的，你之前的生活是什么样，之后还是什么样！可是我能够通过我的方法来改变你的基因，从而真正地把你变成你想成为的人！"

"9F21"没有点头，也没有摇头。过了半晌，他缓缓问道："既然你的方法这么好，你为什么不采用更加光明正大的经营方式呢？"

"光明正大？"马尔文的唾沫星子肆无忌惮地喷了出来，"告诉你个真理，朋友，只有骗子才会'光明正大'地去经营他的事业！而我们这些实实在在做好事的人，却只能偷偷摸摸地去拼搏，期待着得到越来越多的人的支持！"

"9F21"梗着脖子，不知道该说些什么。

"我是一个科学家，可是却遭到了上司和同行的排挤，被踢出了那个所谓的专家科研小组。我在我们这一行里做出了真正的突破，但是没有人认可我的成就！为什么？因为，他们一旦认可了我的研究，就证明了我比他们强！你要知道，大多数人认为'自己比别人强'可比'别人的成就是真的'要重要多了！"

马尔文从桌子下面提上来一个铁笼子，他打开铁丝网的门，把里面的一个动物掏了出来，放在桌子上。

"9F21"的面部表情对"难以置信"这个成语又有了更深层次的表达。

这个动物是一只猫，或者说曾经是一只猫，一只奇怪的猫。

这只长着狗的耳朵、鸡的大腿和富贵竹一样的绿色竹节尾巴的猫，张开嘴叫了一声。

"9F21"分明听到了一声驴叫。

马尔文又不知道从哪里搬来了一盆花草，放在了"9F21"的面前。

这盆花的叶子上长满了黑色的毛发，拳头大的花朵冲着"9F21"庄重地点了一下头。然后，这朵花把头扭向一边，活脱脱就像一个脱衣舞娘一般摇动着肢体。

马尔文爱惜地看着这只七拼八凑的猫和这盆忧郁自恋的花,轻晃着脑袋感叹自己的鬼斧神工。

"你的这种方法……""9F21"咽了一口唾沫,"会不会有什么可怕的后果呢?"

"有一个明星,可能你认识他,就是前一阵子最火的情景喜剧的主演之一,那个机智风趣的爸爸,他来我这里之前是个可悲的小剧务。从我这里接受基因改造之后,他的命运彻底改变了。昨天他还给我打来一个电话,希望我能彻底解决他的谢顶和脉管炎问题。"

"还有一个从政的,之前缺乏一点在官场里混的灵气劲儿。他也是带着试试看的想法来我这里的,我给他的基因当中融入了一些政治家必需的东西,现在他已经是我国最年轻的政治明星之一了!"

"这个小伙子,"马尔文指着屏幕上出现的一个年轻人,"以前的穷光蛋,现在的钻石王老五!再看这个性感的女人,73岁!还有这个孩子,今年的世界奥林匹克数学竞赛第一名,来我这之前被很多人认为是一个智障儿……"

"最后,告诉你一个秘密……"马尔文眨了眨眼,曼妙地转了一圈,"我以前是一个地地道道的女人!"

"马博士,你能大概说一下你如何改造我的基因吗?我从没听说过类似的玩意儿……""9F21"小心地说。

"这很简单。"马尔文镇定地说道,"基因的嫁接与融合,本身就是一个非常简单的过程。你是你父母的基因融合后的产物,你基因中的信息决定了你是一个什么样的人。我发现了一种媒介,它可以携带着基因信息进入你的细胞,改写你的基因信息,实现我预制的基因信息和你原来的基因信息进行完美的融合。最终,你将成为那个你想成为的人!"

"9F21"舔了舔下嘴唇,两眼放光地道:"马博士,如果我想成为一个能让老婆各方面都满足的男人,需要花多少钱?"

马尔文看着坐在对面的"9F21",他那张看起来肉肉的脸实在是太圆了,就像是用圆规画出来的一样!

马尔文笑了，"我所做的这一切，不是为了赚钱。我的目的是想让那些对改变命运感到绝望的人能通过我的工作而实现梦想！在我看来，把一个失败者塑造成一个全新的成功者是我最快乐的事。然而问题恰恰出在这儿了。你想，如果每一个人都能变成一个完美的人，这个社会哪里还会有高低贵贱之分呢？所以，政府和我的同事都不允许我这样干，而社会上已经存在的成功者们也想方设法地要除掉我！于是，我只能躲在犄角旮旯儿里默默等待着有缘人来我这儿，给他们一个改变命运的机会！"

马尔文说完这些后，从桌子上的纸抽盒中抽出一张面巾纸，擦了擦湿润的眼角。

"9F21"跟着也抽了一张纸，响亮地擤了一把鼻涕。然后，他发现这张该死的面巾纸没有他想象中那么坚韧。

"抱歉，"马尔文说道，"两元店买的，不怎么好使！"

"难道，改造我的基因不要钱？"

"不要钱是不可能的，但我只收成本价。总费用是1万元，治疗结束后交30%，剩下的70%则在你确信自己变成了想变成的人之后再付给我。"

"9F21"咬着下嘴唇沉默了。他额头上的汗珠闪烁着游移不定的微光。

"如果你不打算改变自己，今后继续与那些倒霉日子相伴，整天心情沉重地混吃等死……"马尔文怜悯地看着"9F21"说道，"那我看咱们就不要浪费彼此的时间了。"

那盆独自跳着钢管舞的花此时慢慢转过头来，面对着"9F21"，拳头大的花朵开开合合，花瓣下的头发也在轻轻地抖动，仿佛是在耻笑他的胆小懦弱。

"9F21"猛地抬起头来，扬着他那张涨红的圆脸，颤声说道："那种该死的日子我早就过够了！还等什么？我们赶紧开始吧！"

马尔文满意地点了点头，"来吧，躺在这张躺椅上，让我先刮取一点你的上颚细胞。等着电脑分析你DNA的空儿，咱们再好好明确一下你今后的人生规划！"

带着一股忐忑不安的兴奋情绪，"9F21"离开了马尔文的基因便利店。

"9F21"时刻关注着自己的身体变化。刚才在马尔文的躺椅上，一种奇怪的光线扫过他的身体，然后，马尔文给他打了一针。针筒中的液体看起来银光闪闪的。打针的时候，"9F21"又后悔了一次，但那会儿已经由不得他了。看着泛着银光的液体注入自己的粗短胳膊，"9F21"感觉自己正在经历注射死刑。

不知不觉间，"9F21"在人行道上越走越快。

高中毕业之后，"9F21"就再也没走得这么快过，这让他感觉不错。他三步并作两步爬上了五楼，一点也没觉得累。然后，他掏出钥匙走进自己的家。

"你！"他刚进家门，就听到一声怒吼，"存折哪儿去了，嗯？"

从这声怒吼中，"9F21"听出了愤怒、怀疑和威严。不可否认，他一直很怕他的老婆。但是很奇怪，今天他不怎么怕。也许今天午饭吃得很饱……他想。

之后，这一生之中从未有过的，他内心中猛地蹿起一股怒火，点燃了他身体的每一个细胞。

他没有说话。

"我问你呢，别给我装孙子！"老婆厉声喝问。

这句话令他听起来有些好笑。这句话他经常听到，就在昨天他也听到过。而昨天的时候他的心里只有深深的惶恐！

他还是没有说话。

他老婆终于还是从卧室里冲了出来，披头散发，双眼圆睁，左手掐腰，右手指着他，"说，存折哪儿去了！"

这个女人现在看起来，却没有从前那么可怕了。相反，他觉得这个凶神恶煞的女人瘦得令人恶心。

"我拿去用了。"他微笑着轻轻地说道。

"干吗用了？"老婆大吼。

"你没有必要知道。"他的声音很平稳，平稳到连自己都感到很惊奇。

他老婆愣了一下。"反了你了，是吧？"她也有点纳闷，"我看你是不是又欠收拾了？"

"闭嘴。"他笑着说道，但是眼睛却眯了起来，闪着寒光。

"你说什么？"她老婆向前走了两步，抬高声调说道。

"我说，闭嘴！"他很严肃地说。

愣了5秒钟后，她老婆冲着他扑了上来。

5分钟后，他走向厨房，去洗掉双手上的鲜血。

他的老婆瘫倒在地上，鲜血正流向卧室。他估计她再也不会冲他大吼了，连对他小声说话的可能性也不大了。

"9F21"吹着口哨，清洗着双手，心里感觉到无比舒畅。

马尔文买了一份刚出炉的时报。这份该死的报纸定价六角，如果他给报摊扔一枚一元的钢镚，人家就会找给他四个一角的小钢镚。恰巧现在报摊上只剩下三个一角的钢镚了，所以他不得已只好又买了一份价值四角钱的八卦小报。

马尔文一边诅咒着时报的定价策略，一边瞄着那份价值四角的小报第一版。上面有一行看起来很大的黑字——"昨日本市一男子怒杀结发妻"。

"9F21"脸上的神情，从配题照片上看起来镇定而欢欣。

"失控了……"马尔文自言自语地道，"也可能是过量了……"他拿出一个PDA手机(PDA是Personal Digital Assistant的缩写，字面意思是"个人数字助理"，掌上电脑的意思)，匆匆地在上面记录了一些东西。

马尔文走过自己的便利店，没有开门，也没有停下，而是径直走向前方，就像是一个过路的上班族一样。因为，他发现路边停着一辆造型新颖的黑色多功能越野车，里面坐着三个人。这三个人没有在闲聊，而是不住地往便利店这边张望。

他边走边盘算着：这三个人很可能是警察；所以，"9F21"招了；所以，自己不能被警察带走。

马尔文用余光发现，那三个人下车了，向自己的便利店走去。到了十字路口，他借着左转的工夫侧脸看了一眼那三个人。没错，那些人站在他的店门口，敲打着卷帘门。便利店的卷帘门牢牢地关着，一时半会儿不会被打开。

关键是那些设备、资料和样本！

马尔文向前走了50米，然后走进一家刚开门的休闲服装店。几分钟后，他穿着一身廉价的新行头走了出来。他把放着旧衣服的塑料袋塞进路边的垃圾桶，然后走进邮局，把那PDA手机放在纸盒子里，寄了出去。

他快步向自己的便利店走去，手里提着刚买的豆腐脑和一个煎饼果子。

远远地，那三个人还虎视眈眈地四下张望着。

"你们想买啥？"马尔文一边掏钥匙，一边殷勤地问道。

"你是马老板？"

"对，对。"

"我们是警察。"

马尔文一边含含糊糊地答应着，一边打开了便利店的大门。

"你们要啥？"马尔文放下手中的廉价早餐，冲着货架上的盒装方便面猛地吹了一口气，一片灰尘飘向远方。

"我们不买东西。"一个带头的便衣刑警眼光犀利地扫视着这个寒酸的小卖部，"我们是来了解情况的。"

"这个人你认识吗？"另一个警察拿出一张照片给马尔文看。照片上的"9F21"看起来气宇轩昂，神气极了。

马尔文一边拿起煎饼果子狠狠地咬了一口，一边打量着"9F21"的"入狱定妆照"。他先是摇了摇头，然后又猛然点了点头，"对，这个人我好像见过。"

"在哪里见的？"

"嗯……应该是前几天吧。这人好像来买过一瓶饮料。"

"你确定？"

马尔文摇了摇头："不能很确定……"

"你知道这个人出了什么事吗？"

马尔文憨憨地摇了摇头。

"这个人说他从你这里接受了一种治疗，之后他就变得和从前不一样了。"

马尔文的表情看起来滑稽极了。他什么都没说，只是看了自己的小破店一圈，然后可怜巴巴地看着那个带头的警察。

这三个警察也四下张望着这家寒酸到极点的鸡毛小店。

马尔文一脸懊丧："我这店的租赁合同快到期了，下个月我就关门了。怎么会遇上这种事儿呢……我去年吃煎饼果子的时候还都要在里面夹根火腿肠的，现在连火腿肠都不要了……"

三名警察互相交换了一个眼色，为首的警察对着马尔文严肃地说道："把你的家庭住址和联系方式给我们。我们最近肯定还要再找你，你不能离开市区，你要保证随叫随到。"

马尔文不紧不慢地找了一张破纸，写下了自己的地址和电话号码。

"对了，"马尔文把破纸交给其中一个警察，"这人犯啥事儿了？"

"你自己看报纸吧。"三个警察有条不紊地采集了马尔文的指纹和血样，没有再多说一个字。

"8N83"摇晃着走进了马尔文的便利店。他穿着一件解开了上面三个扣子的浅紫色衬衣，脖子上的金链子闪闪发光。此人的发型飞扬跋扈，墨镜一看就是高档货色，所以，即使现在已经是晚上九点多了，他还不舍得摘下它。

"8N83"下午接到了马老板的电话，专程驱车70多千米赶来，为自己的下一步基因改造计划，他不惜抛头露面。

马尔文把他迎进店里，用遥控器关闭了卷帘门。然后两人走进了隐藏的密室。

"最近感觉怎么样？"马尔文笑着问道，"演艺事业还顺利吗？"

"8N83"摇了摇头，"糟透了，真是糟透了！"

马尔文耐心地等待着自己的客户接着说下去。

"硬是有人说我去整容了。一个小报记者甚至说我连身高都通过某种手术改变了！还有人说我的胸肌变化幅度太大，怀疑我去隆胸了！真该死，亏他们也能想得出来！""8N83"唾沫星子四溅，丝毫没有发现这间实验室已经变得远比上次空旷多了。

"这也不算是什么坏事啊。"马尔文微笑着说道，"这说明有很多人关注你，这年头消息的好坏不重要，见报的频率才重要。一个明星的片酬同他的曝光率挂钩，可不是同道德指数挂钩。"

"8N83"不耐烦地扬了扬眉毛。

"别的先别说，你把我的泪腺改造得真是没话说。现在，我想什么时候流眼泪，流多少，自己完全能够完美地控制。上次在片场，我的眼泪都直接喷到女主角的嘴里去了。"

"我早就说过了，想要提升演技，这是最快的途径之一。"马尔文笑着说。

"但是我的嗓子，现在能发出7个八度的音域倒是没错，可录音师老说给我录音时总是出现一些不明来路的超声波，我这次来你一定得给我去掉这些没用的玩意儿。"

"没问题，上次可是你自己主动要添加'海豚音'的，我才加入了一点相应的基因，这个不能怪我！"

"对了，差点忘了！""8N83"的脸上一脸的愤怒，"上次那个女二号和我睡觉的时候告诉我，说我的狐臭越来越严重了！"

"我已经闻到了。"马尔文皱了皱鼻子，"谁让你想要两块那么强健的胸肌呢……我估计由于时间仓促，黑猩猩的某些基因残片没有去干净吧……"

"怪不得我最近老是爱捶自己的胸口呢……""8N83"若有所思地说道，

"我现在见了香蕉就像瘾君子见到了香烟一样。"

"说到香烟，你可别忘了我上次嘱咐你的，别吸太多的那玩意儿，否则有可能导致……"

"导致个屁！""8N83"嘬着牙缝含含糊糊地说道，"反正只要有你在，我什么都不怕。抓紧给我开始第……呃，第几次改造来着？弄完了我还得奔个夜场！抓紧！"

马尔文微笑着站了起来，"第六次调整。去那边的椅子上躺下吧。"

"8N83"躺在躺椅上，看着马尔文的背影，"看今天的报纸了没有？"

"什么事？"

"一个哥们儿把自己的老婆给剁了！"

马尔文一个字也没有说。

"那个哥们儿现在可真出名了，哈哈……关键是他之前一直是一个'妻管严'，不知怎么回事，他突然就怒发冲冠了……"

马尔文从一个小冷柜里取出了一管液体，插入一个金属小架子里，然后将架子放进了一台贴着"调谐器"标签的小机器里。

"那人看样子就像是从你这里接受了基因改造一样。""8N83"自顾自地说道，"一下子就变了，变成了另一个人……"

"没错。"马尔文盯着液晶屏幕，审视着基因的变化。

"8N83"没搞明白马尔文说的"没错"是指他说的没错还是自己的基因没错。

"说实在的，""8N83"话锋一转，"以你的能耐，你可真不应该窝在这么一个小破地方！我前两天认识了一个搞风险投资的人，我可以给你引荐一下。你应该先想办法出名，然后大把的钱就会像马蜂看见了捅窝的人一样疯狂地扑向你了。"

"你没有违背我们之间的保密协定吧？"马尔文突然转过身来，吓了"8N83"一跳。

"当然没有！你知道，我的未来掌握在你的手里，不是吗？"

马尔文又转过身去忙自己的了。

"你说，你图的是啥呢？""8N83"不解地问道，"就收这么点钱，每天藏在这么个破店里，忙来忙去的，就为了把别人改造得越来越成功？"

显示器上，基因正在打乱序列，飞速地重组中。

"你知道人活着的意义是什么吗？"马尔文的声音听起来像是自言自语，"是出名？发财？还是长寿？都不是！人活着，就是为了不断地自我完善！我们学习技能和知识，努力地经营自己的人生，就是希望自己的内心和外表越来越完美。

"但是很遗憾。每个人穷其一生，虽然能让自己有一些变化，但受基因所限，我们的变化太有限了。一个先天五音不全的人是无法唱出美妙的歌曲的，一个先天愚钝的人一生只能出卖自己的体力。这太不公平了！

"我打算制造出一个完美的人类基因，各方面都完美无缺，让所有人都站在同一个起跑线上——至少是让那些想站在同一起跑线上的人如愿以偿！"

"我研发出了一种快速无害的基因改造方法，"马尔文自顾自地继续说道，"就像对电脑系统进行格式化一样简单。把改造剂和调整好的定制基因样本注射入血液，只需要 7 个小时，我们全身细胞中的 DNA 都会以样本基因为标准而彻底改变。

"我的计划是制造这么一个完美的基因出来，让我们远离所有的遗传疾病和先天缺陷，让我们拥有最高的初始智力和健康水平，拥有足够的寿命和疾病抵抗能力，并拥有超强的环境适应能力和进化能力！"

"可惜，"马尔文摇了摇头，"这个计划不会得到当权者和世俗社会的认可，强势群体不愿意丧失自己的优势，弱势群体又没有话语权。于是我得不到足够的资金、试验机会和基因样本。所以，我只能通过这种方式去慢慢实现自己的理想了！"

马尔文发表完自己的长篇大论，转过身来一看，却发现"8N83"先生闭着眼，嘴一张一合，不停地发出"吧唧吧唧"的声音。看上去，他睡得很甜。

这时，马尔文的电话响了。编号为"3X01"的政治家的头像在屏幕上抖动着，仿佛迫不及待地要和马尔文通话。

这可是个大人物！马尔文走出工作室，站在那一排堆着五颜六色的卫生巾的货架后面，毕恭毕敬地同"3X01"谈了很久。

随后，马尔文笑容满面地走回去，重新调整了几个小参数，然后将调和好的改造剂和基因样本抽入针筒，走到"8N83"旁边，摇醒了他。

"8N83"傻头傻脑地看了一圈周围的环境，他看到马尔文举着针筒微笑着看着他，才意识到自己现在不是躺在哪个高级会所的VIP房间的大床上。

"对了，""8N83"挠了挠头，"我已经给你付了5万块钱了，我最近手头……"

"你放心。"马尔文点了点头，"这次是免费的，你现在还在保修期内呢……"

说完，马尔文缓慢地将那些液体注射进了"8N83"的体内。

第二天凌晨5点多，大火烧毁了这间小小的便利店。要不是救火车开得快，估计整条商业街都可能被付之一炬。

三名前一天刚来过这里的警察闻讯火速飞奔而来，然而，惨烈的现场什么都没有留下，只留下一片狼藉和一具黑乎乎的已经烧焦了的尸体。

几天之后，DNA检验证实，被烧死的人就是便利店的老板马尔文。

这让"9F21"的杀妻案骤然间复杂了很多。但是5个月之后，死刑还是依法执行了。

执行死刑的方式采用了注射死刑法，这让"9F21"感觉似曾相识，但直到他丧失思维能力之前，他都没想起来到底在哪里进行过这样一次让他印象深刻的注射。

三名曾经漫不经心地调查过马尔文的便利店的警察，之后锲而不舍地寻找马尔文的真实身份很长时间，可惜全都一无所获。马尔文就像从来都没有存在于这个世界上过，又好像无处不在。

这三名警察从此之后养成了一种不好的怪癖，他们无论走进哪个便利店都会死死地盯着老板或某个男性店员看，那种眼神中带着一股怀疑和杀气，以及一丝说不清的暧昧。通常，被盯者的脑海里都会产生"找事？抢劫？"等一系列急剧变化的怀疑，最终借故逃离现场。

"8N83"的演艺及歌唱事业创造了一次巅峰。之后，他沉寂了很久。据一个长期匍匐在他乡间别墅对面山头上的以拍摄野生动物的手法和精神来拍摄明星私生活的小报记者爆料，"8N83"的身体出现了一些可怕的变化。比方说黑色的大撮体毛、闪光的六角形皮肤斑纹和莫名其妙的生活习惯——他现在只通过窗户进出别墅，并且每天清晨四点半准时打鸣！

某天，电视上播放了一个著名年轻政治家退出政坛的新闻发布会，那张带着坏笑的脸让这三名警察看着似曾相识，仿佛是梦中情人的脸终于浮现在了自己眼前一般。

淡出政坛的政治家宣布今后将从事慈善事业，将投巨资于基因缺陷的研究与治疗领域，并殷切地期盼着通过他所资助的项目造福于全人类。

最后他宣布，他将联合多位银行家在全球兴建一万家健康连锁便利超市，在提供健康产品的同时，也提供免费的基因检验服务，让所有人都能知道自己的基因中存在哪些优势和不足……

何夕 ——● 异域
　　　超时空进化

一

我跨了进去，而后便觉得大脑中嗡嗡地乱响一通，开初眼前那种微微闪烁的白光忽然间就变成了昏黄。四周长满了高大得给人以压迫感的植物，有种莫名的慌乱掠过我的心中，我不自觉地回头看了眼蓝月，她似乎没有什么不适，于是我又觉得有一丝惭愧。戈尔在我身后不远处整理设备，仪器已经开始工作，当前的坐标显示我们正好处于预定区域。身后20米开外有一团橄榄形的紫色区域，那里是我们完成任务后撤离的密码门。

我始终认为这次行动是不折不扣的小题大做，从全球范围紧急调集几百名尖端人才来完成一个低级任务，这无论如何都显得有些过分。我看了眼手中最新式的 M-42 型激光枪，它那乌黑发亮的外壳让所有见到的人都不由得生出一丝敬畏。但一想到如此先进的武器竟会被用作宰牛刀，我心里就有股说不出的滑稽感。

"2号，你跟在我身后，千万不要落下。"蓝月在叫我，说实话，她的声音不是我喜欢的那种，也就是说不够温柔，尤其是当她用这种口气对我下命令的时候。

"我叫何夕，不叫2号，我也不想叫你1号。"我不满地看了她一眼。老实说，我的语气里多少有点酸溜溜的味道。在演习时输给她，的确让一向心高气傲的我有些沮丧，本以为凭自己的能力是不会遇到什么对手的。

　　蓝月有些意外地看着我，微风把她额前的短发吹得有几分凌乱，而不知怎么，她那双黑白分明的眸子竟然让我感到一丝慌张。如果站在客观的立场上来评价的话（当然我现在根本做不到这一点），蓝月的确可算是具有东方气质的美人儿，就连我们身上这种怪模怪样的特警服到了她的身上似乎也成了今秋最流行的时装，让人很难相信她竟会是那个又黑又瘦的蓝江水教授的女儿。从基地出发的时候，蓝江水特意赶来给蓝月送行，一副猥琐的样子。在这个人才济济的全球最大的科研基地里，蓝江水是个没有出过成果的名不见经传的人物，我听说只是因为他曾经是基地最高执行主席西麦博士的老师，所以才勉强担任了一个次要部门的负责人。蓝江水显然对女儿的远行不甚放心，一直牵着蓝月的手依依不舍。我想他应该知道我们此去的任务是什么，别说是危险了，恐怕连小刺激也说不上。当然，做父母的心情我多少也能体谅一点。

　　之后，西麦博士开始谈笑风生地给我们第一批出发的特警交代此去应注意的一些问题，他的话不时被掌声打断。在此之前，我从未这样面对面地接触过西麦博士，他看上去比平时我们在媒体上见到的要亲切得多，言谈举止间都显现出大科学家特有的令人折服的风采。我知道西麦博士是我们时代的传奇人物，正是他从根本上解决了全球的粮食问题，现在的世界能养活三百亿人跟他的研究成果密不可分。像我这样的外行并不清楚那是些什么成果，但我和这个世界上的所有人都知道，正是从西麦农场源源不断运出的产品给予了我们富足的生活。西麦农场是这个世界上唯一的农场，像我这样年龄的人几乎从生下来起就蒙受其恩泽。西麦农场最初规模并不大，但如今的面积已经超过了澳大利亚。多年以来，位于基地附近的西麦农场几乎已成为人类心中的圣地。当然与此同时，西麦博士的声望也如日中天，他现在是地球联邦的副总统，不过，普遍的观点是他将在下届选举中毫无疑义地当选为总统。在西麦博士讲话的时候，我无意中瞟了蓝江水一眼，发现他眉宇间的皱纹变得很深，目光有些飘忽地看着远处，仿佛那里有一些令他感到很不安的东西。这个场景并没有激起我任何探究的念头，我只是名警察，对与己无关的事情没有太大的兴趣。

这时，戈尔叼着一支雪茄走了过来，他是我们这个小组里的 3 号。戈尔是令我讨厌的那种人，尽管现在世界上多数人都和他一样：好烟酒，爱吃肥肉和减肥药，不到 50 岁的人居然已经有了九个孩子，而且听说其中有三个还是特意用药物生产的三胞胎。当初分组的时候，我就不太情愿跟他在一组。戈尔是我们这个小组之中体格最壮的一个，背的装备也最多，就这一点还算让我对他有那么一丝好感。戈尔也是我们小组中唯一真正参加过战争的人，那是 20 多年前的事了，当时，几个国家为了粮食以及能源之类的问题打得不可开交。有意思的是后来西麦博士出现了，一场战争在快要决出胜负的时候失去了意义。于是，戈尔从军人变成了警察，他时时流露出没能成为将军的遗憾，不过我觉得他没有一点将军相。我记得从被选中参加这项任务时起，戈尔的脸上就一直笼罩着一团红晕，兴奋得像头猎豹，他甚至还宣布戒了酒。在这一点上，我有些瞧不上他，不就是打猎嘛，何必那么紧张。西麦博士说，我们的任务就是到西麦农场去把那些逃跑的家畜赶进圈栏，必要时可以就地消灭。不过说实话，我到现在仍然没看出这个地方有哪一点像是农场，在我看来，这里树高林茂，活脱脱是片森林。远处浓密的植被间不时跳出几只牛羊来，看见我们就惊慌地跑开。我叹口气，连最后一丝抓枪把的欲望也失去了。

"4 号、5 号、6 号以及第五小组在我们附近，他们暂时未发现目标。"戈尔很熟练地浏览着便携式通信仪上的信息，他的声音突然高起来，"等等，6 号发出紧急求援信号，他们遭到攻击。好像有什么东西……"

"我们快赶过去。"蓝月说着话已经冲了出去。我抽出激光枪紧随其后。

……

眼前一片狼藉，三名队员倒在血泊中。我不用细看便知道他们都已不治身亡，因为那实际上是三具血糊糊的彼此粘连的残躯。遍地是血，肌肉以及内脏组织的碎末飞溅得四处都是，骨骼在断裂的地方白森森地支棱着。我下意识地看了眼蓝月，她正掉头看着相反的方向，我看出她是强忍着没有当场吐出来。周围立时就安静下来了，我从未想过西麦农场安静下来的时候会这样可怕。我清楚地听到了自己的心跳声，空气中弥漫着强烈的死亡气息。尽管我不愿相信，但眼前的情形明白无误地告诉我，他们是被——吃掉的。我检查了一下，有一位队员的激光枪曾经使用过，但现场没什么东西有被激光灼烧过的痕迹。

戈尔的嘴唇微微发抖，他满脸惊惧地望着四周，手里的枪把捏得紧紧的，与几分钟前已判若两人——其实我又何尝不是这样。事情发生得太过突然，从我们接到报警至赶到现场绝不超过 10 分钟，但居然有种东西能在如此短的时间里袭击并吞吃掉了三名全副武装的特警战士，世界上难道真有所谓的鬼魅？

差不多在一刹那间，我们三个人已经背靠背地紧紧挨在了一起，周围的风吹草动也突然变得让人心惊肉跳。我这时才发现周围的景物是那样陌生而怪异，那些树！天哪，那都是些什么大树啊？几乎在同一时刻，蓝月和戈尔也都转过头来，我们三人面面相觑。良久之后，还是蓝月打破了沉默，她有些艰难地笑了笑，"这里果然是个农场。"

蓝月说的是对的，这儿的确是个农场，而我们正好就在农场的某块田地里。那些先前我们以为是树的植物竟然都是——玉米。

二

戈尔在前面探路，他故意发出很大的声音，我想这是他原先就设计好的，因为这是猎人驱赶野兽时常用的一招。只是我不知道现在这招是否仍然管用，三名特警的死状让我甚至怀疑自己到底是猎人还是猎物。我们这一批特警的任务是到七千米外的管理中心检修设备，那里是西麦农场的中枢所在。本来每隔几分钟西麦农场就会向外界输出一批产品，但一天前这个惯例突然中断了。也许我们心中所有的谜团都要在那里才能找到答案。行动之前，我们给其他四个小组发出了通知，但一直没有收到任何回音。当然，我们谁也不愿去深想这一点意味着什么。

蓝月一路上都显得心事重重的，她的嘴一直紧紧抿着，似乎还没从刚才那可怕的一幕中挣脱出来。她这副模样让我的心中不由得生出一些软软的东西，我走上前从她肩上取下补给袋放到自己的背包里。她看我一眼，似乎想推辞，但我坚持了自己的意思。蓝月看了看前面咋咋呼呼一路吆喝的戈尔，脸上的心事显得更重了。

"别太紧张了，"我用满不在乎的口气说，"刚才我给基地发了信号，援助人员就快到了。"

"援助？"蓝月突然用一种很奇怪的声音重复我的话道，"你真认为会有援助人员？"

我真诚地看着她，"当然会有。出发时西麦博士不是说过，遇到危险时我们可以发求援信号吗，你忘了？"

蓝月深深地看了我一眼，她没有搭腔，而是低下头去，似乎在思考什么问题。过了一会儿，她抬起头来，仿佛下了很大决心般地说："不会有什么援助部队的，那是根本不可能的事情。"

我大吃一惊，"你的话我不太明白。包括我们在内，这次只派出了五个小分队，大部分特警都在基地待命，怎么会派不出援兵？"

蓝月没有回答，她拿出张字条递给我，"这是临出发前父亲偷偷给我的，你看看吧。"

我接过字条，上面的字迹很潦草，看得出是匆匆而就：

西麦农场里很可能发生了超出人类想象的可怕事件，万望小心从事。如遇危险速逃，绝对不可抵抗。切记，切记。

"这是什么意思？"我问道，"科学家的话好难懂。"

"说实话我也不太明白。"蓝月若有所思地说，"也许是有什么难言之隐，再加上当时的时间实在太紧，他才会写下这么几句莫名其妙的话。不过有一点我可以肯定，基地是不会派遣援兵的。"

"为什么？"

"虽然我所知不多，但我能确定基地不可能收到我们的求救信号，无线电波无法在基地和西麦农场之间穿越。"蓝月很肯定地说。

我如坠迷雾，"可我们就在基地附近呀，要是没记错的话，我觉得基地和西麦农场中间好像只隔了一堵墙而已。"

"可你知道这堵墙之间隔着什么东西吗？这些奇怪的玉米树，还有那种在 10 分钟里吃掉三个人的……"蓝月语气一顿，看来她也不知该用什么词汇来描述那个东西，"你不觉得这一切太不正常了吗？"

"你是说……"

"是的，我要说的就是，这根本不是正常的地方，"蓝月的语气越来越怪，"或者说，这根本不是我们的那个世界。"

"可这会是哪儿？"我差点要大叫起来，蓝月的话语中暗示的东西让我感到一种莫名的恐惧，"我们到底在什么地方？"

戈尔突然在前面喊道："你们快跟上来，我们到达中心了！"

三

周遭安静得过分，中心的大门敞开着，安全系统显然早已失去了作用。我们径直由大门进入，里面也是死一般的寂静。我以前从来不曾见过如此宏大的建筑，感觉天花板的高度超过三十米，简直就像室内大平原。很多硕大无朋的机械四处堆放着，如同一块块蛰伏的岩石，一时间看不出它们的用途。

"大家小心！"蓝月突然喊道，她手里的激光枪立即发射了。差不多在同一时刻，我也发现了危险所在，在倒地的瞬间，手里的武器也开火了。一时间烟尘飞扬，一股焦臭的味道弥漫开来。

激战的时候时间过得很慢，等到我们重又站立起来时，才发现我们以为的敌人其实是一种足有两米高的造型像怪兽的机械。它长有六只脚和两只手，嘴的部位安有锯齿般的高压放电器。刚才我们击中了它的头部，一些散乱的集成电路板暴露了出来，显然，它是个机器人。

"快来看！"是戈尔在惊呼，我和蓝月奔上前去，然后我们立刻明白他为何惊呼了。在那个怪兽的脚爪和口齿间残留着许多破碎的动物骨骸，配合它那副狰狞可怖的模样，真让人胆战心惊。我倒吸一口气，转头看着蓝月。她一语不发地环顾四周，脸上写满疑虑。

"是它干的？"我喃喃地说。有关机器人失去控制进而酿成大祸的事情近年来时有发生，西麦农场的变故也许就是因为这个。

"准是这种东西干的。"戈尔恨恨地说，他似乎不解气，又用激光枪打掉了怪兽的一只爪子，"干吗要造出这种武器来？"

"我还是觉得不对劲。"蓝月说，"你们注意到没有，这个家伙的标牌上写着'采集者294型'，从名字看它不像是武器，倒像是一种农用机械。它会不会是用来捕捉牲畜的？而且你们看，别的那些巨大的机械像不像收割机——正好用来收割玉米树？"

我点头，"这样讲比较合理。可是这些东西好像都失灵了。"

"它们自身的元件都完好无损，失灵的原因肯定是中心的计算机中枢被破坏后，它们再也接收不到行动指令了。我们先搜索下周围，看看有没有别的线索。"蓝月沉着地指挥着。

我们三个人一字排开在杂乱无章的机械群中搜寻，如同穿行在丛林中。由于电力供应中断，大厅的绝大多数地方都是漆黑一团，我们的工作推进得很慢。除了偶尔传来的金属碰撞声外，这里静得就像一座坟场，我能很清楚地听见每个人的喘息声。虽然一路上的机器还是那些样子，但不知为何，我的心中却渐渐生出一种异样的感觉。有几次我都忍不住停下脚步想找出这种感觉的来处，但我什么也没能发现。

差不多过了15分钟，我们才到达管理中心的计算机机房，里面所有的设备都死气沉沉的。我打开背包，取出高能电池接到机房的电源板上，一阵乱糟糟的闪光之后机器启动了。

蓝月娴熟地操控着，她的眉头紧蹙。我的电脑水平比戈尔高一小截儿，但比蓝月低一大截儿，于是，我很自觉地和戈尔一起担任警卫工作。

"怎么会这样？"蓝月抬起头喃喃低语，"整个系统是因为能源供应受到破坏而中断运行的。系统最后一次工作的时间是……917402年的7月4日。"

"等等，你是说哪一年？"我大吃一惊地问。

蓝月急促地看我一眼说："我弄错了，对不起。"

我狐疑地看着重又低头操作的蓝月，她刚才的这句话分明是在掩饰，她肯定对我隐瞒了什么。可917402年又是什么意思，这个时间难道会有什么意义吗？如果有意义又意味着什么呢？我越发觉得这次的任务不那么简单，而是透着股邪气。看来蓝月似乎知道某些秘密，她本该对我讲出来的，但她显然顾虑着什么。

戈尔在一旁焦急地来回走动，并不时催促着蓝月。他看来已经没有了当初的雄心。不过，我这时反而没有了一点看轻他的念头，我知道像他这样经过残酷战争洗礼的人都不是胆小鬼，他们并不害怕危险，但我们现在面对的却仿佛是某种超自然的东西，而这正是像戈尔这样的人最害怕的。

"你们能快点吗？"戈尔大声说道，"这里我是一分钟都不想待下去了。"

蓝月从沉思中惊醒过来，她对戈尔说："我正在拷贝系统瘫痪前的数据记录，以便带回基地做技术分析。现在我跟何夕要到机房背后的区域察看一下，等拷贝完成后，你带上磁盘与我们会合。"

机房背后和中心别的地方一样，也堆满了收割机之类的机械。不知怎的，先前那种奇怪的感觉又来了。我不由得放慢了脚步。

蓝月幽幽地看我一眼，"你也感觉到了？"

我一愣，"感觉？什么感觉？"

蓝月指着那种似乎叫什么"采集者"的机械说："你看它跟我们最初见到的那一台有什么不一样？"

我立刻就明白是什么东西让我一直感到不安了。眼前的这台"采集者"在外形上和最初的那台没有什么不同的地方，但在体积上却大得多了，足有六米多高。我这才回想一路走来见到的"采集者"的确是越来越高大，那种让我感到异样的感觉正是因为这一点。我走近这台庞然大物，它的标牌上写着"采集者 4107 型"，从型号序列上看，它是比 294 型更新型的产品。我有些不解地望着蓝月，她对此却是一副仿佛有所预料的样子。我想开口问她这是怎么回事，但她那副拒人于千里之外的神情让我打消了这个念头。

蓝月突然停下来，她像是被什么东西击中一般僵立不动了。

"怎么了？你……"我开口问道，但我立刻就知道是怎么回事了，因为我也看见了那个耸入云天的东西——"采集者 27999 型"。如果说世界上真有什么东西能称得上巨无霸的话，我看就是它了。相形之下，"采集者 4107 型"只能算是小不点儿了。尽管我一再提醒自己这个足有二十米高的大家伙其实根本动不了，但我仍然不由自主地战抖。按蓝月的分析，它应该是一种捕捉牲畜的机械，可那会是种什么样的牲畜啊！一时间，我的背上冷汗涔涔。

这时，我们听到了戈尔的呼喊声，他已经拷贝完了数据。蓝月拉了一下仍在发呆的我说："走吧，我们先返回基地再说。"

四

返程的路在我的感觉中比实际上要长得多，我想，在蓝月和戈尔的心中一定也有这样的体会。有几次我们都听到一些奇怪的响声从周围的农作物丛林中传来，以至于我们三人都曾开枪射击——当然，除了在玉米树的粗干上穿出几个洞来之外没有任何收获——开始，我们还保持着合适的速度，到后来，尽管我不愿承认，但我们已的确是在狂奔。就在我感觉自己快要崩溃的时候，我们终于远远地看到了密码门。

"别忙。"蓝月阻住就要进入出口的我和戈尔，"我们应该再和另外四个组联系一下，一旦我们出去就和他们再也联系不上了。大家是队友，说不定他们需要帮助。"

戈尔呼哧呼哧地喘着气，他看上去累坏了，"那可不成，这个鬼地方我一秒钟也不想待了。我只想早点出去。"

蓝月咬住下唇，用漆黑的眸子看着我。我有些慌张地低下了头。说实话，戈尔的话正是我的意思，也许我比他还急着出去。

戈尔大声对蓝月说："这是关系我们三个人的事情。现在我们两个打平，就看何夕的那一票。"

我沉默了几秒钟，感觉快要虚脱了。但我终于还是说："就等一会儿吧。"

蓝月感激地看了我一眼，没有说什么。她发出了联络信号，并把重复发送时间间隔定为40秒，"我们等30分钟，看看有没有回应。"

我在蓝月的旁边坐下，默默地看着她。过了一会儿，她不自在地回过头来问道："你干吗这样看我？"

"为什么不把你知道的事情告诉我们？这不公平。"我尽量使自己语气平静。

蓝月的脸上微微一红，"你在说什么？我不明白。"

她的态度激怒了我，我有些失控地大声吼道："你一开始就瞒了我们很多事。你完全知道这是个什么地方，你也知道这里发生了什么事，你为什么不对我们讲明呢？难道我们出生入死却无权知道一点点真相吗？"

戈尔走过来，他无疑站在我这一边。我们两个人直勾勾地瞪着蓝月。

蓝月怔怔地盯着远方，似乎对我的话充耳不闻。良久之后，她才轻轻地叹出一口气说："我并不是存心欺骗你们，从西麦农场开始运转以来从没有人进来过。我也是到了这里之后才终于明白了许多事情的；而在此之前，我并不像你们认为的那样知道所有事情的前因后果。既然你们那么想知道真相，那我就把我知道的全说出来吧。反正一旦回到基地，你们马上就会想清楚是怎么回事的。这件事情的源头要从32年前说起。当时，我父亲取得了他毕生最大的研究成果。就在那一年，他发现了'时间尺度守恒原理'。这个名字听起来复杂，其实意思很简单。根据这个原理，只要不违背守恒性原则，人们可以改变某个指定区间内的时间快慢程度。举例来说，人们可以使包含一定数量物质的某个区间的时间进度变为原先的两倍，与此同时，减慢包含同样数量物质的另一个区间的时间进度为原先的二分之一。"

我倒吸一口凉气，"你是说西麦农场正是一块被改变了的时区？"

"准确地说是一块被加快了的时区。"蓝月纠正道，"我们从进入西麦农场算起已经过了 5 个小时，可等到返回基地时，我们会发现时间停留在了 5 个小时之前。送别的人群还在那里，在他们看来，我们只是刚走进传送门就立刻出来了，这 5 个小时只是对我们才有意义。就算我们在西麦农场过上几十年甚至老死在这里，对他们来说也不过才过去了 10 多个小时。还记得在机房里我念到的那个'917402 年'的时间吗？对人类来说，西麦农场是在二十几年前修建的，但在西麦农场里却已经春种秋收过去了 90 多万年，也就是说，西麦农场的时间进度是正常世界的四万多倍。西麦农场里的一年差不多只相当于正常时区里的 10 分钟，所以，在我们的世界里会感到西麦农场总是按这个时间周期循环输出产品。你们无法体会当我见到这个时间时的那种惊心动魄的感觉。正是西麦农场 90 多万年的生产，才供给了地球人这 20 年来富足的生活。"蓝月说着话转头看着戈尔，"你好像说过，你有九个孩子。"

戈尔一愣，"是啊，我带有他们的照片，你想不想看？"

"等等，"我打断了戈尔的话，"有一点我不太明白，既然是你父亲发现了这个原理，那为什么却是由西麦博士创建的农场？"

"这件事正是我父亲心中的一个结。当年他刚一发现这个原理，便立刻意识到了它在解决食物能源等问题上的应用前景，但几乎就在同时，他意识到了另外一个问题，一个称得上可怕的问题。想想看，我们人类其实也是从低等生物逐步进化而来的，如果我们把那些暂时比人类低等的生物放进一个比我们快了许多倍的时区……"蓝月不再往下说，或许她也知道根本不用再说了，因为我们已经见到了后果。

"所以，我父亲忍痛放弃了他毕生为之奋斗的成果，对整个世界秘而不宣。但他没想到的是，他最得意的学生和助手却背叛了他。"

"你是说西麦博士？"

"就是西麦。"蓝月苦笑道,"他创建了与外界隔绝的西麦农场,用高度聚集的太阳光束作为农场的能源。老实说,西麦也是少有的天才。从'时间尺度守恒原理'到西麦农场之间其实还有不短的距离,就好比从爱因斯坦的质能方程到核聚变发电站之间还有莫大的距离一样。等到我父亲发现时,一切都来不及了,西麦已经成为人类的英雄。我父亲唯一能做的事就是,尽可能地避免他所担心的事情发生。可是这一切还是发生了。"

"为什么没有早一点发现问题?"我有些多余地问道。

"刚开始时,西麦农场的时间只是比正常时间快两倍左右,但是人们很快就不满足了,他们不断提出要过更高水平生活的要求,于是,西麦加快了农场的时间。但人类的欲求越来越高,以至于后来成了以需定产,人们只管对西麦农场下达产出计划,由农场的计算机自行安排时间速度,最终使得一切失去了控制。没有谁愿意到西麦农场里去工作,因为这实际上意味着和亲人的永别,所以,人们将一切都交给计算机来管理。你们也看到那些机械了,它们都是农场的计算机根据需要自行设计的,单凭机械的升级换代速度,你就能想象农场里的生物进化得有多快了。如果有一种办法能站在正常的时区观察西麦农场,你将会看到怎样一幅图景呢?"

蓝月没有再往下说,她的目光有些迷离了。其实用不着她来描述,因为我想象得出那是怎样一幕可怕的情景:白天黑夜飞快更替,以至于天空像是灰色的;人造太阳在空中飞快地画出一道道连续不断的亮线;风雨雷电、云来雾去等自然景象走马灯似的频繁出现,永无结终;植物像是慢录快放的电影般疯长又枯黄,看起来就像是动物一样,而那些真正的动物则如同跳蚤一样地来来去去,所有的生物都在以比人类快成千上万倍的速度生长、繁殖、遗传、变异;死亡以不可想象的速度追逐着生命,同时又被新的生命追逐,造物主在这片加速了的实验室里孜孜不倦地验证着生命最大限度的可能性……

良久都没有人说话,我只感到阵阵头晕。蓝月描绘的图景让我不寒而栗,戈尔的情况也不比我好多少,他无力地瘫坐在地,身体仿佛虚脱了一样。

蓝月看了下时间说:"30分钟已经到了,我们回基地吧。不过,我们今天的谈话内容一定要保密。"

就在蓝月低头去取通信仪的时候，戈尔突然跳了起来，他的目光钉在了我身后。与此同时，我也看到自己脚下出现了一片巨大的阴影。我马上就明白发生什么事了。几乎是在本能的驱使下，我立刻把蓝月扑倒在地并一同向旁边滚去，手中也已多出了一把激光枪。但戈尔先开火了，我听到了一声令人肝胆俱裂的号叫，就像是千万头野兽一起发出的声音。等我回过头去时，却只看到一片犹自摇摆不定并被践踏得狼藉不堪的玉米林，而我和蓝月刚才所在的地方留下了几道深达一尺的爪痕。

戈尔的眼睛瞪得很大，仿佛要从眼眶里掉落出来，他的腰部以下都不见了，地上血迹斑斑。我默默地走过去把耳朵贴近他仍在嚅动的嘴唇，想听清他在说些什么。许久之后，我抬起头用手合上了戈尔那双不肯闭上的眼睛。

"他说什么？"蓝月脸色苍白地问我，"他看到了什么？"

"他一直在重复着两个字，"我低声说，"妖兽。"

五

我有两天没有见到蓝月了，作为此次行动仅有的两名生还者，我们一回到基地就被分开了，然后便是无休止的情况汇报。我的脑袋被接上了各式各样的仪器设备以帮助我回忆那段经历，由此整理出的一切材料直接报送西麦博士本人审阅。我当然不会违背我和蓝月的约定，谁也不能从我嘴里套出我们之间的那段谈话。这两天，蓝月的样子总在我眼前晃来晃去，她的眉宇和长发，她的声音，还有她若有所思的神情。尽管我不愿承认，但我内心有一个快乐的细小声音在执着地追问，你是不是喜欢上她了？有时候，这句话甚至通过我的嘴突然冒出来，吓了自己一跳。

今天看起来比较清静，都过10点了还没有什么人来烦我。我当然不会让时间白白流逝，和往常一样，我无论如何都要干些有意义的事情，也就是说接着想蓝月。想她现在在干吗，吃了没有，吃的什么，还想象她如果穿上普通女孩的衣服会是什么样。如果没人打搅的话，我可以这么神道地想上一整天，我到现在才发现男人婆婆妈妈起来也是蛮了得的。不过今天我刚神游了几分钟就被拉回了现实，蓝月一身工装地出现在了我的面前。我得出的唯一结论就是，她不是按正规渠道进来的，因为随后我便看到负责看管我的几个人全都很无奈地躺在外面房间的地板上。

"等等，"我用力挣脱拉着我一路狂奔的蓝月，"我不能就这样不明不白地跟着你逃走。"

蓝月停下脚步，她的脸因为奔跑而泛起了红晕，"你太天真了。西麦是因为西麦农场而成为人类英雄的，难道他会让你揭露其中的隐情？你还不知道，为了巩固自己的地位，西麦正在筹划再建一个农场。"

"那原先那个农场怎么办？尽管有密码门暂时把农场和我们的世界隔开，但如果那种……东西……再进化下去，密码门迟早会被破坏的。现在西麦博士去创建的新农场，几十年后岂不又和今天的西麦农场一样？"

蓝月满含深意地笑了笑，"如果西麦还是一位科学家的话，他肯定也会这么想，可他现在已经是一位政治家了。西麦农场是他全部的资本，他如果放弃，马上就会一文不名。"

"那他至少应该先把西麦农场的时间恢复正常，否则这样下去的结果太可怕了。"

"如果能够做到这一点，我父亲当年就不用保守秘密了。"蓝月冷冷地说，"我们还是快走吧，车就在前面。我父亲在一个安全的地方等我们。"

蓝江水教授比我上回见到时仿佛又瘦了些，一见面他就握住了我的手，"听蓝月说，你救过她一命，真谢谢你。"

蓝月飞快地看了我一眼，脸上微微一红，"谁说的？当时我自己已经发现危险了，他只是看起来像是救我一命而已。"

蓝江水正色道："受人之恩不可忘，还不过来谢谢人家。"

我自然连声推辞，同时把话题转到我向蓝月提的那个问题上去。

　　蓝江水一怔，他没有立即回答我，而是点起了一支烟，我注意到他的手有些发抖，"我年轻的时候和现在相比，对许多问题的看法都很不一样，简单点说，我那时在对待科学的态度上是非常乐观的，我相信科学最终能解决人类面临的所有问题。同时我还认为，就算科学的发展带来了一些负面影响，也只不过是暂时的，而且随着科学的进一步发展，这些负面问题都会由科学自身来圆满解决。可是在几十年后的今天，我却再也无法这么乐观了。"

　　"为什么？"

　　"到现在我仍然认为，所谓科学研究，其实就是不断揭示自然的谜底。我常常在想，造物主为何要把它的谜底深深地埋藏起来？核聚变为何必须要在几百万度的高温下才能发生？微观粒子为何必须要在几千万亿电子伏特的能量撞击下才向人类展现其内部结构？反物质又为何要在极其苛刻的条件下才能产生？不过我现在已经想清楚了，或者说我认为自己已经想清楚了这个问题。你可以设想一下，如果上述这些反应能在很常规的条件下发生，那么在石器时代或是青铜时代的人类，甚至远古的一只玩火的猿猴都可能已经把这个世界毁灭了。即便是现在，又有谁敢保证人类有绝对的把握可以万无一失地操控一切呢？"

　　我有点明白他的意思了，但还是问道："那个'时间尺度守恒原理'也是这样的谜底之一？"

　　"好久没听到这个名词了，是蓝月对你讲的吧？世界上知道这一原理的人不超过十个，而真正掌握其核心内容的就只有我和西麦。西麦农场里发生的事情是无法逆转的，它的时间可以继续被加快，但却再也无法被减慢，而与之对应的那块时区的情形则正好相反。"蓝江水的脸不自觉地抽搐了一下，他猛吸一口烟，在氤氲的烟雾中，他的脸变得模糊不清，"对一个从事科学研究的人来说，如果一生都没有成果是一件很痛苦的事，但最痛苦的事情却不止于此。就好像一个农艺师辛苦一生才培养出新的作物品种，然而却发现它的果实虽然清新可口，但却包含剧毒，我当时就是那种心情。后来的事你都知道了。直到今天，我有时仍然忍不住问自己在这个问题上到底后不后悔，让我感到欣慰的是，在多数情况下我都发自内心地回答：不。"

"那我们现在应该怎么办？"

蓝江水灭掉烟头说："我要去和西麦谈一谈。"

蓝月叫起来："不行，西麦是不会回心转意的，他已经不是科学家了，他是搞政治的人！"

蓝江水笑了笑，脸上的皱纹使他看上去比实际年龄要老得多，"要是我说在这个世界上我其实是最理解西麦的人，你们一定不会相信。"

"我当然不相信。"我大声说道，"你和他一点也不一样。"

"可事实上我的确理解他。"蓝江水幽幽地说，"因为我知道自己只是差一点点就成了西麦。放心吧，我不会有事的。这件事已经拖了20多年，是必须解决的时候了。"

"那我们该做些什么？"我追问道。

"你们唯一能做也必须去做的一件事就是——回西麦农场。"蓝江水无比肯定地说。

六

我做梦也想不到在两天后，自己居然有胆回到西麦农场。说实话，我不能算是有英雄气概的人，但正如蓝江水教授所言，除此之外我们别无选择。

来之前，蓝江水对我和蓝月说："西麦农场里的某种生物显然已经进化到了惊人的地步，根据上次从'采集者'上提取的部分组织标本做的分析来看，这种生物的智慧水平已和人类不相上下，更不用说它还有着那样强大的自然力量。如果现在不把问题解决掉的话，那么过不了多久，恐怕人类的末日就会来临。"

现在我们又置身于西麦农场了。正常时区里的两天在西麦农场差不多相当于两百年。看着四周那片我们曾在两百年前出没过的丛林地带，我的胸间涌起一种无法言说的感觉。沧海桑田这个词在这里找到了最好的注解。由于缺乏管理，当年的农作物大部分都已消失，把土地让位给了生命力更为强大的高达数米的野草，物竞天择的原理在这片土地上充分显示了自己的力量。

我们这次重回西麦农场的目的很简单。蓝月对上次拷贝的系统进行了分析，证实了西麦农场计算机系统的能源供给部件曾经遭到了某种生物的恶意破坏，很可能就是那种妖兽。仅凭这一点，就足以证明它们已经具有了多么发达的智慧。我们这次计划修复系统，以便利用西麦农场里的这些超级机械来对付那些我们至今都不知道长成什么样的可怕东西。由于经历过惨痛的教训，这次我和蓝月的装备及防护措施要严密很多。但即便如此，我的心里仍是忐忑不安，不知道蓝月的感觉会不会比我好点。

到中心的这段路上虽然有过几场虚惊，但总算没出什么事，我们见到不少已经变得有点不一样了的牛羊之类的牲畜，经过两百多年的放任生长之后，它们显然应该算是野兽了。这些家伙不时急匆匆地在我们附近掠过，一副警惕性很高的样子。在任何一个生态系统里，位于食物链顶端的只会有一种生物，看来它们也不过是妖兽的美食而已。

现在蓝月已经坐在中心电脑前开始修复系统。一切都还比较顺利，太阳能电站首先开始工作，中心的照明紧接着也恢复了。从外面不断传来机器启动的声音，大屏幕红外遥感监视器上显出了西麦农场的全图，上面一个个移动的黄色亮点表示机器都动起来了。蓝月得意地冲我一笑，竟然美得让人眩晕。

这时突然传来一阵号叫——正是那种让我一想起来就发抖的声音，蓝月的脸色也陡然一变。从声音判断，妖兽离我们不会超过一百米。

"快，下达采集命令！"我大声喊道。

"我正在寻找命令菜单项。正在找……"蓝月急速地操作着。

大地开始剧烈地震动，让人几乎站立不稳。在这样的情况下，电脑很容易损坏，如果在此之前不把采集命令发出去的话就来不及了。我大声催促着蓝月，由于过度紧张，我的声音已有些变调。

"我正在找。"蓝月艰难地回应，她的语气像是在哭，"……找到了，我……"

一阵巨大的震动袭来，我和蓝月双双被掀翻在地。与此同时，机房的顶盖被揭掉了，然后我们就看见了那种足有十五米高的东西，我想那就是妖兽了。我看不出它是由哪种生物进化而来的，只看出它拥有四肢，后肢用于行走；后足有六米多长，肌肉发达粗壮，前肢显得很灵活，五指上长着黑色的利爪。它的脖子长度超过一米，上面支撑着一颗硕大无朋的头颅，龇开的嘴缝里露出尖利的牙齿，看得出来这是它强大的武器。黏糊糊的涎水从它口中滴落下来，散发出腐臭难闻的气味。这时候我看到了它的眼睛：在我看到它巨大的头颅时，我仍不敢相信它是一种高级智慧生物，但当我看到它的眼睛时我相信了这一点。我和它对视着，我看到了它眼睛里有着藐视的意味，是那种洞悉对手全部心思的居高临下的眼光，这是智慧生物才有的眼光。巨大的震撼之下，我无法准确描述自己此时的感受。我想我第一个也是唯一的感觉就是它太强大了，在它面前我们简直弱小得可笑，就像是两只蚂蚁。我甚至没有一丝拔枪的念头，因为我知道那根本不会有什么用处。

蓝月突然转身抱住了我，将她的脸与我的紧贴在一起，我感到她的脸上满是泪水。她的这个表明心迹的举动让我感动不已，巨大的幸福充斥了我的胸膛。一时间，我几乎忘记了死神就在眼前，或者说我的眼中已经看不到死神了。不过，我仍旧抑制不住地流出了眼泪，并不是因为我就要死去，而是因为我的族类将要面临的灾难。我从来都不认为自己是一个高尚的人，但我相信任何一个人处于我现在的境地都会流出这样的泪水。相形于整个物种，个体的命运其实是微不足道的。这时候，妖兽缓缓举起了右前肢，然后以无法用语言形容的速度向我们劈了下来，风声凄厉。

但奇迹出现了，一台"采集者27999型"冲了过来，看来蓝月在最后的时刻点中了命令。它显然不是妖兽的对手，只两三个回合就变成了一堆废铁。不过，这点时间足以让我和蓝月脱离险境。我们一路飞奔，四周传来阵阵令人毛骨悚然的号叫。

西麦农场变成了战场和屠场，这是无生命的"采集者"和有生命的妖

兽之间的战争。机器的爆炸声和妖兽的号叫声交织在一起，火光与血光纠
缠在一起。妖兽张开巨口撕扯着"采集者"的合金身躯，如同撕扯着一张
薄纸。除了"采集者27999型"外，它显然没有任何对手。

"采集者27999型"的轰鸣声震耳欲聋，而当它的锯齿间突然出现一
道蓝白色的弧光时，天空中就会响起让大地也战栗不已的霹雳，与此同时
传来的血肉烧焦的气味令人恨不得把胆汁也吐个干净。相形之下，采集者
比妖兽要残酷得多，因为它是一种收获并加工肉类食品的联合机器。每当
一头妖兽被击倒后，采集者就会启动整套加工程序，将妖兽的尸体开膛破
肚、剔骨剜肉，那种血肉横飞的场面让人一见便如同置身阿鼻地狱。

我和蓝月一路奔跑着朝密码门的方向逃去，随身带的与中心无线联网
的便携式电脑不断显示着这场战争的进程。代表采集者的黄色亮点和代表
妖兽的红色亮点都在急速地减少。我焦急地关注着力量的对比变化。有几
次，采集者明显占据了优势，但很快又被压倒。我在心里为采集者加油。
我不敢想象如果采集者输掉了这场战争会是什么样的结果，我也不敢想象
那些嗜血的妖兽会怎样对待我们的世界。红色的亮点逐渐占据了优势，黄
色的亮点一个个地熄灭，我的心向着深渊沉落。最后，有六个红色的亮点
留了下来，那是六头妖兽。

我下意识地回头看着蓝月，她的眸子一片死灰。我有些歇斯底里地说：
"它们都是雄性，要不就都是雌性。一定是这样的，一定是的。上帝会保
佑人类的。"我无法自制地重复着这几句话，就像在念一种维系着唯一希
望的咒语。

蓝月苦笑，"妖兽也有它们自己的上帝。六头妖兽全为同一性别的概
率实在太小，但愿我们能活着逃出去报信，除了原子武器，恐怕没有什么
能消灭它们了。"

我绝望地摇头，"人类准备好核进攻要相当长一段时间，要知道，正
常世界的一天在西麦农场就是一百年，到时候妖兽的数量还不知道会有多
么庞大。而且在西麦农场这么广大的地方使用核武器，就算能消灭妖兽，
接下来持续数年的核冬天也会让人类付出无比惨重的代价。"

蓝月沉默半响，"那我还是和你一起祈求上帝吧，这是我们唯一能做的事。"她做了个祈祷的姿势。这时她好像突然想起什么，指着屏幕说："这六个红点一直待在原地不动，会不会是受了伤？"

我观察了一下，然后抽出激光枪说："走吧，不管怎样先去看看再说。"

当我们穿过荒园来到南部的一片开阔地带时，眼前的景象不禁让我们大吃一惊。很明显，我们已经置身于某个初具雏形的城市中。整齐的洞穴，完备的供水系统，储备了大量食物的仓库，以及用于聚会的广场。看来，妖兽们已经具备了自己的社会系统，它们和人类社会已经没有质的差别而只有量的差距了。

在城市角落的一个洞穴里，我们发现了要找的东西。直到现在我才明白，为什么在红外显影图像里它们会待在原地不动，因为它们是六头幼兽。一头身躯庞大的妖兽倒毙在不远处，嘴里犹自撕扯着一台"采集者27999"的躯壳，看得出它是为了保护这几头幼兽而流尽了最后一滴血。六头幼兽显然不明白发生了什么事情，它们也许只是感到很久没有得到父母的哺喂了，一个个都焦急地在洞穴里嘶叫着。看到我和蓝月，它们并不害怕，相反还很卖力地围拢来，把头往我们身上蹭，讨好而焦急地发出索取食物的声音。

"四雌两雄。"蓝月简单地说道，然后她回过头来看着我，一语不发。

我知道蓝月的意思，实际上，我也正陷于一种不得不做出决断的矛盾中。说实话，我现在很难把眼前这六只嗷嗷待哺的幼崽与那些嗜血的妖兽联系起来，尤其当它们把毛茸茸的头蹭上我的脚踝时。这种感觉很奇特，即使是狮虎等猛兽的幼崽也是惹人爱怜的。但我的内心有一个清晰的声音在大声说，它们是妖兽！它们是人类的死敌！它们必须死！尽管它们的产生完全是由人类一手造成的。

"让我来吧，如果你不想看的话就去看看风景。"我轻声对蓝月说，然后我抽出枪依次对准每头幼兽的额头扣下了扳机。它们到死都以为我是同它们逗着玩儿。

枪声悦耳。

一切终于都结束了。现在我站在山坡上有些后怕地环视着四周，仍不敢相信我们居然完成了这个几乎不可能完成的任务。空气中的血腥味正在消散，黄昏的原野上拂过阵阵清风，人造太阳正朝着地平线上连绵的草浪间滑落，那些无害的小兽出没其间。我仿佛第一次意识到西麦农场也具有同普通农场一样的田园风光。想到我和蓝月即将离开这里永不再来，我心中居然有些不舍。我转头望着蓝月，她也同我一样眺望着四周，目光中若有所思。

"你在想什么？"我低声问道，"是你父亲的事？"

蓝月没有回答我，她转过身去，"走吧，回我们的世界去，感谢上帝，我们再也不用来这个地方了。"

不久以后，我便发现蓝月和我都错了，西麦农场其实是一个幽灵，从一开始它就用无比强大的力量给我们织了一张密密的网，我们生生世世都注定无法逃脱了。

七

我们在西麦农场的这十多个小时的历险只不过是正常世界里的一秒钟，这样的反差总让人感觉是在做梦。当然，如果梦中总是有蓝月的话，我倒是无所谓要不要醒来。想到这一点，我不禁朝蓝月咧嘴一笑，却发现她的眼光里也闪现着同样的意思——这就是所谓的心有灵犀吧，我喜欢这样的感觉。

"我们去哪儿？"我问蓝月，这段时间以来我已经习惯了由她拿主意。

"去找西麦。"蓝月似乎早有安排，她的语气中有隐隐的担心，"不知道我父亲和他谈得怎么样了。"

西麦在基地里的住所守备森严，即使我和蓝月这样优秀的特警也费了不小的劲儿才潜进去。幸好只要过了门口的几关，里边就没有什么障碍了——谁愿意像在牢笼里一样地生活呢？

"快过来。"是蓝月的声音。我飞奔过去，在会客室的角落里，我看到了倒在血泊中的蓝江水和西麦。蓝江水的手中拿着一支老式的枪，显然他是在射杀了西麦之后自杀的。

在蓝月连声的呼唤中，蓝江水的眼睛缓缓睁开，他嗫嚅着问道："他死了吗？"

我过去察看了一下西麦的情况，他的瞳孔已经散大，使得平日里充满睿智的眼睛看上去有些吓人。然后，我退回来对蓝江水说："他死了。"

一丝很复杂的表情在蓝江水脸上浮现出来，他足足沉默了有一分多钟。但他最后还是露出高兴的神色说道："这就好，这个世界上掌握'时间尺度守恒原理'的两个人终于都要死了。我本来只是想劝他放弃重建西麦农场的念头，可是他不同意，我没有办法只好这样做。我了解西麦，他并不是一个坏人，在这件事情上，他并没有多少错。要说有错，也只是因为他顺从了人类的需求。实际上，在我所有的学生里，他是让我最得意的一个。西麦只小我5岁，更多的时候我都只当他是我的助手而不是学生。"蓝江水说着话，伸出手去拽住西麦已经冰凉的手，有些痛惜地摩挲着，"现在我俩一同死去倒也是不错的归宿，也许在九泉之下我们还能续上师生的缘分，还能……在一起做实验……"

蓝月痛哭出声，"你不会死的，我们想办法救你！"

蓝江水的目光渐渐涣散，"我自少年时便许身科学以求造福人类，没想到我这辈子对人类最后的馈赠竟是亲手毁掉自己的成果。其实我到现在也不知道自己做对了没有，我只能说，我也许避免了更大的浩劫发生。没有了西麦农场，地球上三百亿人中的大多数都会在几个月里以最悲惨的方式死去，面对他们，我的灵魂看来是永远都得不到安宁了……"

蓝江水的声音越来越低，终至渺不可闻，两滴浑浊的泪水自他苍老的眼角缓缓滑下，最后融入了脚下这片他深爱的曾经掩埋过无数像他一样的寂寂无名者的土地。

死者已矣。

只几天的时间，我便意识到蓝江水临死前所预见的是一幕多么可怕的场景。储备的食物很快告急，这颗星球上自从人类诞生以来最可怕的饥荒开始了。300亿张嘴大张着，就像是无数个黑洞。政府下令大规模地退耕还田，但这对大多数人来说肯定是来不及了。养尊处优的人们在灾难到来时尤其脆弱，大规模的死亡场景就要出现了。过了不多久，这颗星球的每个角落都将堆满人类的尸体，那是一种何等恐怖的场面啊！不过，我毫不怀疑我和蓝月能挺过这场灾难，因为我们是训练有素的特警，生存能力远胜于常人。随着人口的减少，粮食的压力将得到逐渐缓解。只要熬过最困难的时期，一切就会好转的。世界一片混乱，我和蓝月在这颗饥饿的星球上四处流浪。

"我快要疯了。"蓝月痛苦地伏在我的肩头，由于营养不良和精神上所承受的巨大压力，她瘦了许多，"这一切真是我父亲造成的吗？"

我安慰地拍着她的背，"这不是他的错。这是人类向自然界无节制的索取所该付出的代价。这样的索取自古以来就没有停止过，而到了创建西麦农场这一步，更是在向自然界的未来索取，人们索取的是大自然根本就给不起的东西。如果没有西麦农场，世界上根本就不会有这么多人。现在死于饥荒和将来死于妖兽是两枚滋味相同的苦果，人类必须咽下其中的一枚。"

说到这儿，我突然愣住了，我朝远方大张着嘴但却说不出话。蓝月用了很大劲儿才让我回过神来，她快被吓哭了。

"你怎么啦？"蓝月有些害怕地抚着我的脸。

我艰难地笑了笑，"我想起一件事。看来才过了十来天，我们又要旧地重游了。"

八

1000年过去了，西麦农场里一片蛮荒景象。采集者的身躯依然伟岸地耸立天宇，妖兽的残骸都已荡然无存，而当年埋骨于此的队友们却依稀音容宛在。想到差不多1200年前我和蓝月在这片诡异的土地上由相识到相知，以及那场决定人类命运的惨烈异常的战役，我不禁有种恍如隔世的感觉。我甚至怀疑那些都只是一场梦中的场景，但此刻掌中所握的蓝月的纤纤小手又肯定地告诉我，这一切都是真实发生过的事。

是的，我们又回来了，而且这一次我们将不再离去。我和蓝月正在写一封信，再过一会儿，等我们将这封信通过密码门发出去之后，我们将永久性地毁掉这个唯一的出口。在这封信里，我们把关于西麦农场的所有事情都向世人做了说明，而蓝江水和西麦这两位天才之间的是非恩怨，恐怕也只能任由世人去评说了。

……我们并不清楚会有多少人能看到这封信，更不知道会有多少人能理解我们的行为。今天我们回到西麦农场其实是迫不得已的事情，妖兽虽然不存在了，但这只是暂时的。在一个比人类世界的时间快了4万多倍的时区里，任何事情都可能发生。按照严肃的进化观点，现在在西麦农场里的这些无害的动物甚至植物中，最终肯定会产生比人类高级得多的生物，人类将永远不会是它们的对手。不要试图让我们相信不同智慧生物之间能和睦相处的神话，就算可能也不过是其中高一级生物的施舍罢了，就好比我们人类也为别的生物建造国家公园一样。而最大的可能性却是西麦农场里的这些生物会在将来的某个时候冲出西麦农场，给人类带来真正的灭顶之灾。如果这一切成为现实，先父蓝江水先生的灵魂将永堕地狱的底层。

所以，我们决定回到西麦农场，最起码我们现在还是西麦农场里最高级的生物。我们将活在这个时区里，与这里所有的生物按同样的节拍进化。如果不出现大的意外，我们和我们的子孙将继续——或者说一直——保持进化上的优势（但愿我们的这种乐观估计是正确的）。凭借这种优势，我们就能为人类守护西麦农场这块脱缰的土地。我们多灾多难的家园是那样的美丽，让人留恋万分，想到就要与之永别，我们不禁潸然泪下。

现在我们最想问的一句话就是：这一切到底为何要发生？难道人类对自然的索求真的是永无止境？

也许过不了多久（相对于你们的时间观来说），我们这一族将进化成某种和人类大相径庭的生物，甚至当有朝一日相逢时，你们根本就认不出我们曾经是人，谁知道造物主会怎样安排呢？但无论如何请相信，我们的心是永远和人类一起跳动的。而且我们要把这颗心一代代传给后人，要让他们和我们一样永远记住自己的根。

王晋康　　　　　　● 豹
　　　　　　非人基因

楔　子

8月的一个晚上，加拿大温哥华市的格利警官在阿比斯特街区例行巡逻，车上的微型电视机正播放着纳特贝利体育场里一千五百米决赛的实况，那儿正举行世界田径锦标赛。格利警官是个田径迷，他一边开车，一边用眼睛瞟着屏幕。忽然电话响了，是局里通知他立即赶往邓巴尔街的洛基旅馆，说那儿刚打来一个报警电话，是一名女子的微弱声音，话未说完声音就断了，但从电话中能听到她微弱的喘息声，很可能这会儿她的生命垂危。格利警官立即关了电视机，打开警灯，警车一路怪叫着驶过去，7分钟后在那个旅馆门口停下。

洛基旅馆门脸很小，透过玻璃门，能看见有几个旅客在门厅里闲聊，还有几个在看田径比赛的实况转播。柜台经理阿瓦迪听见了警笛，紧张地注视着门外。格利匆匆进去，向他出示了警徽，说："212 号房间有人报警。"

阿瓦迪立即领着他上到二楼，格利掏出手枪，侧身敲敲门，没有动静，经理忙用钥匙打开房门。格利警官闪身进去，一眼就看见一名浑身赤裸的黑人女子，半个身子溜在床外，电话筒还在床头柜半腰晃荡着。屋内有股浓烈的血腥气，那女子的下体浸泡在血泊中，未发现其他人。格利摸摸女子的脉搏，还好，她没有死，警官立即让柜台经理唤来救护车。

他用被单裹住女子的身体，发现她的上半身满是伤痕，像是抓伤和咬伤，在喉咙处更有两排深深的牙印。送走女子后，他仔细地检查了屋内，没有发现什么有用的线索，地毯上丢着女子的T恤、皮短裙、黑色的长筒袜和透明的内裤，床柜上放着一百美元，卫生间里的小物品整整齐齐，可以看出没人使用过。

柜台经理阿瓦迪告诉他，这名黑人女子是半小时前和一名高个男人一块来的，那个男人10分钟前已走了。"是个黄种人，身高约一米九，身材很漂亮，动作富有弹性，他留的名字是麦吉·哈德逊，当然可能不是真名。"

"他订房间是付的现款吗？"

"对。"

格利点点头。这桩案子的脉络是很清楚的，肯定这是一名妓女遇见了有虐待倾向的嫖客。这种情况他不是第一次遇上，也不会是最后一次。他记录了阿瓦迪的证词后，便离开了旅馆。

第二天早上他赶到医院，医生告诉他，那名女子早就醒了，她的伤势并不重，失血也不算太多，主要是因极度惊恐而导致的晕厥。格利走进病房时，那名女子斜倚在床头，雪白的毛巾被拥到下巴处，脸上还凝结着昨晚的恐惧，听见门响，她惊慌地盯着来人。格利把一个塑料袋递过去。

"这是你的衣服。我是警官格利，昨晚是我叫人把你送到医院的。"

黑人女子勉强挤出一丝微笑，"谢谢你。"她的声音很低，显得嘶哑干涩。格利在她的床边坐下，"能告诉我你的名字吗？还有地址。"

女子低声说："我叫萨拉，是美国加州人，5天前来到加拿大。"

格利点点头，他知道这个黑人妓女是那种"候鸟"，随着各国运动员、记者和观众云集温哥华，她们也成群结队地飞到这里淘金来了。他继续问下去："那个男人是什么样子？请你尽量回忆一下。"

萨拉脸上又浮现出恐惧的神情，脱口喊道："他就像是野兽，我从没见过这样的男人！"

"是吗？请慢慢讲。"

女子心有余悸地说："我们是在街头谈好的，那时他满身酒气，答应付我一百美元。一到房间，不容我洗浴，他就把我扑到床上，后来……我受不了，央求他放开我，我也不要他付钱。那个人忽然暴怒起来，用力扇我的耳光，咬我，掐我的脖子，后来我就什么也不知道了。"

格利看看她，"恐怕不是用手掐你，据我看他是用的牙齿，昨晚我就在你颈上发现两排牙印。"

女子打个寒战，用手摸摸脖子，把要说的话冻结在喉咙里。格利继续问道："还是请你回忆一下，有没有什么东西可以辨认他的身份？"

女子从恐惧中回过神来，回忆道："他像是个运动员……"

"为什么？"

"他把我扑到床上后，又突然下床开了电视机，电视画面是田径世锦赛的实况转播。此后，他似乎一直拿眼睛盯着屏幕，还有，他的身材完全是运动员的类型，匀称健美，肌肉发达。老实说，当他在街头开始与我搭话时，我还在庆幸自己的幸运呢。没想到……"

"他是哪国人？你知道吗？"

萨拉毫不迟疑地说："中国人。"

"为什么？柜台经理告诉我他是黄种人，但为什么不会是日本人、韩国人或越南人？"

萨拉肯定地说："他是中国人。他说着一口地道的美式英语，但在发狂时说的是中国话。我是在旧金山华人区附近长大的，虽然不会说中国话，但我能听懂。"

"那么，他是否也有可能是在华人区长大的华裔美国人？"

萨拉犹豫地同意了："也有这种可能，不过……他似乎是把中国话作为母语。"

"他说的什么？"

"是一些不连贯的单词，什么一百米、二百米、刘易斯、贝利等。"

"你知道刘易斯和贝利是谁吗？"

萨拉摇摇头，格利也没再告诉她。现在，他已经不怀疑萨拉所说的"他是个运动员"的结论了。贝利和刘易斯是几十年前世界上有名的短跑运动员，只有那些全身心投入田径运动的人，才会在忘情时还呼唤他们的名字。格利立即想到3天前看到的一百米决赛时的情况。起跑线上的八个运动员，有五名黑人，两名白人，只有一名黄种人，是中国的田延豹，他也是多少年来第一次杀入决赛的黄种人选手。田延豹是个老选手，已经35岁，这很可能是他运动生涯的最后一次拼搏。他在起跑线上来回走动时，格利几乎能触摸到他的紧张。事实证明，格利并没有看错。发令枪响后，牙买加的奥利抢跑，裁判鸣枪停止。但是，田延豹竟然直跑到五十米后才听见第二次鸣枪，等他终于收住脚步，离终点线只有二十米了。他目光忧郁，慢慢走回起跑线，走得如此缓慢，返回的时间足够他跑五回了。

那时格利就知道，这位不幸的中国人体力消耗和心理干扰太大，肯定与胜利无缘了。再次各就各位时，他恶狠狠地瞪着那位牙买加选手。很可能，因为这名黑人选手的一次失误，耽误了另一名选手的一生。

那次决赛田延豹是最后一名，而且这还并非不幸的终结。冲过终点线后他就栽倒在地上，中国队的队医和教练急忙把他抬下场。刚才他耗尽了最后一丝气力以求最后一搏，不幸又把腿部肌肉拉伤了。

这样，两天后，也就是昨天晚上的二百米决赛，他不得不弃权，可是按他过去的成绩来看，他在二百米比赛中的获胜把握更大一些。在电视中看到这些情况时，格利十分同情和怜悯这个倒霉的中国人，但此刻他却不由自主地把怀疑的矛头对准了他。按体育频道主持人的介绍，田延豹恰是一米九的身高，体型十分匀称剽悍。也许，一个在赛场上遭受打击的男人会怀着一腔怒火去毁灭一个素不相识的女人？他问萨拉："那人大约有多大岁数？面部有什么特征？"

"20多岁，圆脸，短发，至于别的特征……我回忆不起来。"

"你能确定他不足30岁吗？"

萨拉迟疑地摇摇头，"我不能，他没有给我足够的观察时间。"

"他走路是否稍有些瘸拐？"

"没有注意到。"

"如果看到他的照片，你能认出来吗？"

"我想可以。"

格利站起身，"那好，你休息吧，我下午再过来。"

他立即动身去温哥华电视台借来了前天晚上决赛的光盘，但在返回途中他已经后悔了。冷静地想想，他的推测纯属臆断，没有什么事实根据。而且……即使犯罪嫌疑人真的是那个可怜的中国运动员，他也是在一时的精神崩溃状态下干的，很可能这会儿已经后悔了，何况他也没有造成什么严重的后果，何必为了一个肮脏的妓女毁掉一个优秀运动员的一生？

等他迟疑不决地回到医院，那名妓女已经失踪。她趁护士不注意，穿上自己的衣裙溜走了。这不奇怪，哪个妓女没有违犯过法律？她们不会喜欢到警察局抛头露面的。于是，格利警官心安理得地还了光盘，把这件事抛到脑后了。

一

中航波音 777 客机正飞在北京—雅典的航线上，高度一万五千米。从舷窗望出去，外面是一片淡蓝色的晴空，脚下是凝固的云海，云隙中镶嵌着深蓝色的地中海。

午餐已经结束，老记者费新吾用餐巾纸揩完嘴巴，把杯子递给空姐。看看他的两个同伴，田延豹和他的堂妹田歌，已经闭着眼睛靠在座背上，专心听着耳机里的英语新闻广播。田延豹今年 40 岁，圆脸、平头，穿着样式普通的夹克衫。他退出田径场后身体已经发福了，但行为举止仍带着运动员的潇洒。田歌则是一位青春靓女，在机舱里十分惹人注目。

飞机上乘客不多，不少人到后排的空位上观景去了。前排几个小伙子正神情亢奋地大谈特谈，听口音是东北人。其中一个嗓门特别大："这叫哀兵必胜！雅典几次申奥失败但坚持接着干，这不把奥运会争到手了？再看咱们，一次申奥失败就永不开口。中国人的面子值钱哪！"

费新吾微微一笑，看来，机上至少一半人是去观看雅典奥运会的，他们属于迟到的观众，奥运会早在三天前就开幕了。不过费新吾是有意为之，因为他和两个同伴主要是冲着田径之王——男子百米决赛而去的，他们不想多花 3 天的食宿费。

男子百米决赛定于明晚举行。

从头等舱里出来一个老人，大约 60 岁，面目清癯，银发，穿一身剪裁得体的藏蓝色西服，细条纹衬衣，淡蓝色领带，举止优雅，目光十分锐利。他径直朝这边走过来，边走边打量着费新吾和他的同伴。费新吾开始在心里思索这是不是一个熟人，这时老人已立在他身旁，抬头看看座位牌，微笑着俯下身，"如果我没有看错，您就是著名的体育记者费新吾先生吧。"

费新吾赶忙起身，"不敢当，我曾经当过体育记者，现在已经退休了。先生……"

老人接着向田延豹示意："这位先生……"费新吾碰碰同伴，田延豹张开眼睛，看见一个老人在笑着看他，便取下耳机，欠过身子。老人继续说："如果我没有看错，这位就是中国最著名的短跑运动员田延豹先生吧。"

田延豹的目光变暗了，那个失败之夜就像一根烧红的铁棒烙着他的心房。一辈子的追求和奋斗啊，就这么轻易地断送在"偶然"和"意外"上，谁说上帝不掷骰子？那晚，他违反了团队纪律，独自一人外出，在酒吧中喝得酩酊大醉。第二天，焦灼的领队和老费在警察局的收容所里找到了他。他拂去这些回忆，惨然一笑，对老人说："一个著名的失败者。"

老人在前排空位坐下，慈爱地看着他，"失败的英雄也是英雄，折断翅膀的鹰仍然是鹰。毕竟你是第一个杀入世锦赛百米决赛的中国选手，历史不会忘记你。"老人看见了两人好奇的目光，又作自我介绍，"我姓谢，双名可征，美国马里兰州克里夫兰市雷泽夫大学医学院生物学教授，也是去看奥运比赛的。"

靠窗坐的田歌忽然扯下耳机，兴奋地喊："半决赛刚结束，他已经杀入决赛了！"

田延豹急忙问："成绩呢？"

"9.90秒，仍是最后一名——最后一名也是英雄，飞得再低的雄鹰也是雄鹰！"

她刚才并没有听见三个男人的谈话，所以这番关于鹰的对话纯属巧合，三个男人不由得笑了。田歌不知道笑从何来，诧异地看着三个人，眼珠滴溜溜的像只小鹿，三个人又一次笑起来。

谢教授的目光被田歌紧紧地吸引住了，22岁的田歌具有上天赐予的美貌，虽然不重脂粉，但无论何时何地都能光芒四射，艳惊四座。她穿一身白色的亚麻质地的休闲装，显得飘逸灵秀。很可能，前边那一群东北小伙子的亢奋就与身后有这样一位美貌姑娘有关。

费新吾为老人介绍："这个漂亮姑娘是田先生的堂妹，超级田径迷，虽然她自己的百米成绩从未突破15秒。后来我为她找到了其中的原因：老天赐给她的美貌太多，坠住了她的双腿，所以她只好把对田径的一腔挚爱转移到她的偶像身上。"

这番亦庄亦谐的介绍使田歌脸庞羞红，她挽住哥哥的手臂说："豹哥是我的第一个偶像。"

谢教授微笑着问："你刚才谈论的是谢豹飞的成绩吧？"

"对，美国运动员鲍菲·谢，那是我的第二个偶像，他与我豹哥是世锦赛和奥运史上唯一杀入决赛的中国人，而且名字中都带一个'豹'字，这真是难得的巧合！我想他们的父母在为儿子起名时，一定希望他们跑得像非洲猎豹一样轻盈！"

费新吾纠正道："你犯了一个错误，这名运动员只是华裔，不是中国人。"

老人微微一笑，"田小姐说得并不算错，虽然谢豹飞，还有我，不是法律意义上的中国人，但在心灵上仍属于中国。"他眼睛中闪着异样的光芒，压低了声音，"透露一点小秘密，谢豹飞就是我的独生子，我是去为他助威的。"

田歌闻讯立即蹦起来，惊叫道："你……"

老人把手指放在唇边，"嘘……暂时保密。"

田歌因站立过猛，膝盖狠狠地撞在铺展的小餐桌上，但她似乎并未感觉到疼痛，仍异常兴奋地盯着这位老人。她做梦也想不到能有这样难得的机会，遇见谢豹飞的父亲！在她的心目中，谢豹飞差不多和外星人一样神秘。费新吾和田延豹也很兴奋。

老人说："我在乘客名单中看到了你们两位，哦不，你们三位的名字，我和田先生、费先生已经神交多年了。为了表示敬意，我已为你们准备了百米决赛的入场券，到雅典后请用这个电话号码与我联系。"他递过一张写着电话号码的小纸片。

费新吾衷心地说："谢谢，衷心希望令郎在明天取得好名次。"

老人起身同三人告别，想了想，又俯下身神秘地说："再透露一点小秘密，希望绝对保密，直到明晚 9 点之后。可以吗？"

田歌性急地说："当然可以！是什么秘密？"

老人嘴角漾着笑意，一字一顿地说："除非有特大的意外，鲍菲在决赛中绝不是最后一名。"

他展颜一笑，返回头等舱。这边，三个人面面相觑，被这个消息惊呆了。田歌声音发颤地说："豹哥，费叔叔……"

费新吾向她摇摇手指，止住她的问话。他和田歌一样有抑制不住的狂喜。虽然在种族融合的世纪中，狭隘的种族自豪感是一种过时的东西，但他还是没办法完全摆脱它。不错，在体育场上，黑人、白人运动员所创造的田径纪录也使他兴奋不已，他十分羡慕这些天之骄子，他们有上帝赐予的体态体能，尤其是黑人，他们有猎豹一样的体形，长腿、窄髋骨、肌肉强劲，在田径场上看着他们刚劲舒展的步伐简直是种享受。他们多年来称霸田坛，最红火的时候，一百米、二百米的世界前二十五名好手竟然全是黑人！黄种人呢？尽管他们在灵巧性项目上早已占尽上风，但在力量型项目上至今仍是远远落后。5 年前，35 岁的田延豹的崛起曾使他兴奋过，结果失望了。其实回想起来这种结局是正常的，因为田延豹身上背负着国人太多太多的期望，他在心理上被压垮了。那天赛场上的意外只是一根导火索。

近两年来，华裔运动员谢豹飞像一颗耀眼的新星突然出现在天际，从一个默默无闻的三流选手迅速爬升，直到杀入奥运决赛。在体育界，他是一个带着几分神秘的人物，连他的英国教练也从不抛头露面。费新吾对他一直抱着极高的期望，不过他始终认为，谢豹飞夺冠只能是下一届奥运会了，因为他的成绩一直徘徊在八至十名好手之后。

这时，田延豹附在他耳边兴奋地低声说：“他在复赛和半决赛中都是倒数第一名，如果……”

作为多年的体育记者，费新吾完全听懂了他的话。如果一个有意隐藏实力的选手一直以这种成绩杀入决赛，那就说明他对自己有绝对的信心——他知道自己不会因为不慎被挤出决赛圈。那么，这个选手极可能有夺冠的实力。

他们兴奋地交换着目光，不再交谈。他们不会辜负老人的信任，一定要把这个秘密保守到决赛之后，因为这是出奇制胜的绝妙的心理战术。

飞机下面已经是白色的雅典城，空姐们敦促乘客系上安全带，迅速增大的气压使他们的两耳轰鸣着，机场的光团渐渐分离成单个的灯光。

田歌紧紧拉住哥哥的右臂，激动地说：“豹哥，我真盼着快点到明天！”

雅典帕纳辛奈科体育场一直是奥林匹克运动的圣殿，就像是伊斯兰信徒心中的麦加天房。帕纳辛奈科体育场建于大约公元前 330 年，全部由洁白的大理石建成，坐落在圆形的山丘上。体育场正面是典型的古希腊多利亚建筑风格的高大前柱式门廊，门廊中央是巍峨庄严的白色大理石圆柱，前后共排列二十四根。中央门廊呈品字形，共十二根，后门廊柱共六根。看台依跑道的形状而建，也全部是洁白如雪的大理石，跑道两端是白色大理石砌成的方形圣火台。

体育场后面是郁郁葱葱的绿树，晚霞洒落在高大的树冠上。这个古老的体育场同样也充满了现代气息，两块巨型电视屏幕高高耸立，十个锅状的卫星天线一字排开朝向天空。暮色渐渐沉落，但体育场内亮如白昼，灯光映照着绿色的草坪、朱红色的跑道，还有数万名兴奋的盛装观众。费新吾和两个同伴在靠近跑道终端的二层看台上找到了自己的位置。做了多年的体育记者，他知道在百米决赛的黄金时段，这样的位置是十分难得的。他十分感激那个慷慨的老人，但他没有找到老人的影子，附近没有，贵宾席上也没有。莫非在这个令人癫狂的时刻，他还能端坐在卧室中看电视？

他在贵宾席上看到了原美国短跑名将刘易斯，这个百米跑道上的风云人物，他曾经多次获得奥运冠军，打破世界纪录，现在已是50多岁的老人了。此刻，刘易斯正在与贵宾席正中的国际奥委会前主席交谈，他左侧则是现任奥委会主席。两位主席当然不会错过今天的比赛，毕竟，男子百米的金牌是田径运动中分量最重的。

回头望望看台，七排以上全是各国的新闻记者，他们胸前挂着长焦距相机，膝上摆着最新的笔记本电脑，面前还有为他们特意配置的小型闭路电视。费新吾扫视一遍，从他们佩戴的台徽看，有英国的BBC，美国的NPR，意大利的RAI，日本的TBS，加拿大的CBC，法国的RFI，挪威的NRK，以色列的IBA……自然也少不了新华社。新华社的穆明也看到了他，两人远远地招招手。

田延豹一直闭目而坐，眉峰微蹙。他一定是又回到了五年前那个痛苦的夜晚。田歌穿着一件洁白的露肩装，紧紧捧着一束硕大的花，里面有象征胜利的月桂和象征爱情的玫瑰。她的眸子里有两团火在燃烧，从她手指和嘴角无意识的抖动，能看出她心中极度的渴盼。

忽然观众骚动起来，随即各种语言的欢呼声响成一片。八名短跑选手从休息室里出来了，有美国的老将格林、蒙戈马利，英国新秀德锐克，加拿大的贝克尔，牙买加的奥塞，尼日利亚的老将埃津瓦，乌克兰的斯契潘奇。这里面有五个黑人，两个白人。最后出来的是美国的鲍菲·谢，选手中唯一的黄种人。八名选手都很从容，步履悠闲地走着，不时向看台上招招手或送个飞吻。

当谢豹飞经过记者席时，二排看台上的一个姑娘用英语高喊："鲍菲·谢，谢豹飞，这束花是你的！"

姑娘的声音十分悦耳，谢豹飞看到了那个手持花束用力挥舞的姑娘，纵然是决战前的紧张时刻，那姑娘明月般的美貌还是让他心神摇曳。他点点头，送去一个飞吻，继续往前走。

田歌脸红红地坐下来，把脸埋在花束中，心脏狂乱地跳动。她心目中的偶像听到了她的声音！为这一句话，她曾踌躇良久，她原想喊"不管胜利或失败，这束花都是你的"，但仔细考虑，这样喊未免不吉利。反复斟酌到最后，她才把自己的激情浓缩在那六个字中。

八名选手正在脱外衣，她心醉神迷地盯着自己的偶像。其实，她对谢豹飞知之甚少，也不知道他是否有意中人，但她仍不顾一切地把自己的感情给予他了。谢豹飞已脱掉长衣，悠闲地做着调整运动。他身高1.88米，肩宽，腰细，臀部微凸，双腿修长有力，圆脑袋，背部微有曲度，整个身体像非洲猎豹一样矫健剽悍。

9点30分，八名选手各就各位，谢豹飞在第八跑道，这正是他和教练设想的最佳位置。他的步幅较大，外跑道更有利。裁判高高地举起发令枪，八台激光测速器都对准了各人的腰部，全场突然变得一片寂静。

在三个中国人附近，有一位衣着普通的白人老者，他坐在四排看台的普通席上，冷静地看着谢豹飞的一举一动，没有人认出他就是著名的耐克公司的董事长。3天前，在美国俄勒冈州波特兰市耐克公司总部，秘书告诉他，有一个从雅典城打来的越洋电话，一定要找董事长本人。打电话的人自称是百米决赛中最差劲的一位选手，华裔美国人鲍菲·谢。奈特忽然心中一动，让秘书把电话转接过来。

电子屏幕上出现了那个年轻人圆圆的面孔，穿着运动衫，背景是吵吵嚷嚷的体育场。他嬉笑着说："我是百米决赛中最差劲的一名选手，以致各个体育用品公司都不把我放在眼里。不过，先生是否知道中国有句话叫'烧冷灶'？也许在某个冷灶里烧一把火，会得到意想不到的好处呢？"他大笑一阵后继续说道，"所以我自己找上门来，想与先生签一份对双方都有利的合同。"

他的笑容明朗而自信，在这一瞬间，董事长忽然触摸到了这个人明天的成功。董事长十分相信自己的商业直觉，他仅停顿两秒钟，就果断地说："好，我同意，我马上派人去雅典跟你签合同。"

那人笑着说："我不喜欢同你的下级讨价还价，还是咱俩在这儿敲定吧。我会在百米决赛中穿上耐克跑鞋——毕竟我一直在穿它——比赛后，我会把耐克跑鞋抛到天空，或顶在头上，总之做出你想要我做的任何表演。至于贵公司的酬劳，当然与我的名次有关。我提个数目，看先生是否赞成。如果我取得第八名到第二名的任何名次，贵公司只需付我一美元……"

董事长立即问道："你说多少？"

"一美元，只需一美元。但我若夺得冠军，这个数目就立即上升到5000万。你同意吗？"

董事长对他的自信无比震惊，短时间的踌躇后，他干脆地说："我同意，付款期限……"

"不不，我的话还没有说完呢。如果我夺冠的同时又打破世界纪录，贵公司要把上述酬劳再增加一美元。但如果我的纪录打破9.5秒大关，"那人一字一顿地说，"听清了吗？如果打破9.5秒大关，我的酬劳就要变成一亿美元。"

纵然老董事长是体育界的老人儿，他仍然吃惊得站起身来，"你说9.5秒大关？那是多少体育专家论证过的生理极限呀，根据计算，为了达到这个速度，大腿的肌肉纤维都要被拉断。换句话说，这是人类体能所无法达到的。"

对方不耐烦地说："那就是我的事了。怎么样？一亿美元，据我所知，贵公司还没有同哪一个运动员签过这么大数额的合同。"

老董事长按捺住内心的激动，平静地说："我答应。你不要把我看成唯利是图的商人。只要你能超越体育极限，达到人类不敢梦想的这个高度，我情愿奉送你一亿美元，而且不要你承担任何义务。"

鲍菲目光尖锐地看看他，略作停顿后笑道："也好，我会把这段谈话透露给某位记者，我想这将是对耐克公司更好的宣传，远远胜于向天空扔跑鞋之类的杂耍。至于付款期限等枝节问题就由你们酌定吧，我不会挑剔的。"说完，他就挂了电话。

这会儿，老董事长用望远镜盯着蹲伏在起跑线上的鲍菲，心中默默祈祷着。一方面，从理智上说，他不相信谢的大话——这确实是令人难以置信的；另一方面，从直觉上，他又十分相信，他能从那人当时的笑声，从他明朗的表情，甚至从他的不耐烦上触摸到他的才能和信心。好了，10秒钟之后就能看出究竟了。

一声枪响，八个人像箭一般冲出起跑线，鲍菲和奥塞跑在最前面，但随即又是一声枪响，有人抢跑！八名运动员随即都很快收住脚步，怏怏地返回起跑线。

田延豹心头猛然一阵紧缩。这两年他一直盯着谢豹飞的崛起，因为一种潜意识的种族情结，他把自己破灭的梦想寄托在这个黑头发、黄皮肤的华裔年轻人身上。其实他知道谢豹飞是美国人，他得奖时会升起星条旗，奏起美国国歌，但不管怎样，他仍然期盼着这名华裔选手获胜。在邂逅了谢先生之后，这种亲切感变得更浓了。但是，今天的情形简直是五年前的重演，莫非他也要遭到命运之神的毁灭？

他原以为是谢豹飞抢跑了，但裁判却向牙买加选手奥塞发出了警告。谢豹飞返回起跑线后，怒气冲冲地瞪着第五道上的奥塞，向他狠狠啐了一口。田歌没有想到自己的偶像会在众目睽睽之下做出这样粗野的举动，不由得面庞发烧，垂下目光。田延豹却突然攥住老费的胳臂——在这一瞬间，他对谢豹飞获胜的把握又大了几分。不错，这个动作是有失体面的，谦恭的中国选手绝不会这样做，但恰恰是这个粗野的举动显露了那人的自信，显示了他身上未泯灭的野性。

这种可贵的野性在国内选手身上太少见了，而在国外选手尤其是黑人选手身上则常常可以看到。那时，国内运动员中流传着一个近乎刻薄的笑话，说黑人正是因为进化得较晚，所以才保留了较多的野性。当然这是吃不到葡萄的自我解嘲，因为据近代基因科学的判定，非洲人的基因是最古老的，非洲是全世界人类的摇篮。

发令枪又响了，谢豹飞第一个冲出起跑线。依田延豹多年的经验，他的起跑反应时间绝对在 0.115 秒之下，看来他的体力和心理都没有受到上次抢跑的影响。他的动作舒展飘逸，频率较高，步幅也大，腰肢柔软，酷似一头追捕羚羊的猎豹。从一开始，他就把其余的选手甩到身后，在后程加速跑又把这个差距进一步扩大，领先第二名将近五米。转眼之间，他就昂首挺胸地冲过终点线。看台上立即响起雷鸣般的掌声，这阵惊涛骇浪几乎把看台冲垮。

但今天场上的情形很奇怪，欢呼声仅限于普通观众，而那些教练、老选手、老资格的体育记者都屏住气息，紧紧盯着电动记分牌。他们凭感觉知道，一项新的世界纪录就要诞生。9.49 秒！记分牌上打出这个不可思议的数字，全场足足停顿了 10 秒钟，才爆发出惊天动地的欢呼声，数万名观众不约而同地站起来，有节奏地欢呼着："鲍菲——谢！鲍菲——谢！"

谢豹飞接过别人递来的美国国旗，绕场狂奔。新闻记者们低着头，争分夺秒地用专用电话发送最新报道。两位奥委会主席也忘形地站起身大声喝彩，尤其是满头银发的前主席，兴奋得不能自制，以至于泪流满面。费新吾和田延豹的眼眶也都湿润了。

田歌捧着花束跳到场中间，等谢豹飞跑过来时，她狂喜地扑上去，"谢豹飞，这束花是属于你的！"

她递过鲜花，忘情地搂住谢的脖颈。谢豹飞一手执旗，一手执花，环抱着姑娘的臀部，把她举起来，在她的胸前吻了一下。

虽然这个动作稍显轻薄，但狂喜中的田歌毫无芥蒂，她深深地吻了一下谢豹飞的额头，然后跑回看台。其他几名选手也过来同冠军握手祝贺，他们对这个冠军心悦诚服。奥塞也过来了，谢豹飞笑着特意同他紧紧拥抱，了却了刚有过的冲突。

直到运动员回到休息室，全场的狂欢声才慢慢平息。

各家电视台、电台和电子报纸都以最快的速度报道了这则爆炸性的消息。美联社套用了首次登月的宇航员阿姆斯特朗那段著名的话："对于鲍菲·谢而言，这只是短短的一百米；但对于人类来说，却跨越了几个世纪。"

不久，奥运会兴奋剂检测中心公布了对谢的检测结果："我们在赛前及赛后对鲍菲·谢进行了两次兴奋剂检查，检查结果均为阴性。此外，我们还用才投入使用的最新技术对他的生长激素服用情况进行了检查，结果也为阴性。值得一提的是，是谢本人主动要求我们强化对他的检查。他要向世人证明，他这次令人震惊的胜利是光明磊落的。"

那位董事长先生不动声色地看完比赛，悄悄返回波特兰市的耐克公司总部。鲍菲·谢履行了他的诺言，比赛后立即向报界公布了 3 天前两人之间的谈话，这使耐克公司的声誉达到了巅峰，连总统也打电话向他表示了敬意。这种效果是多少广告费也达不到的。而且，凭多年的经验，他知道几天后大把的订单就会飞向耐克总部，至少 20% 的美国青少年会立即去买一双耐克跑鞋挂在墙上，以此宣泄他们对鲍菲·谢的狂热崇拜。

二

在雅典瓦尔基扎富人区的一座寓所里，谢可征教授独自躺在沙发上看完电视转播，然后给国内的妻子打了一个电话，就儿子的惊人成功互相道喜。这个结果早在他们预料之中，所以他们的谈话十分平静。

刚放下电话，电话铃响了，屏幕上是田歌的面庞，她眼睛发亮，两颊潮红，略带羞涩但口气坚决地说："谢伯伯，向你祝贺！……二百米决赛后鲍菲有时间吗？如果他能陪我吃顿饭，我会十分荣幸。"

谢教授微微一笑，他想这个姑娘已经开始了义无反顾的爱情进攻。他也知道儿子已经成了世界名人，狂热痴迷的美女们会成群结队地跟在儿子身后。不过他十分喜欢田歌，喜欢她不事雕琢的美，也喜欢她的开朗和落落大方，更喜欢她是一个中国人。他半开玩笑半认真地说："田小姐，我给你一个电话号码，你自己同鲍菲联系吧。要抓紧啊。"

田歌羞红了脸，说："谢谢伯伯。"

两天后，二百米决赛结束了。谢豹飞以 18.62 秒的成绩再次夺冠——又是一个世纪性的成绩。这些天，费新吾和田延豹一直处于极度亢奋之中，他们兴致勃勃地谈论着这个罕见的"鲍菲现象"：为什么他能把同时代的人远远抛在后边？为什么他能轻而易举地突破科学家预言的生理极限？他并没有服用兴奋剂，他事先要求对自己进行药检，正是为了向舆论证明自己的清白；是否他父亲发明了一种新的高能食品？或者是其他合法的方法，比如电刺激？

无疑，他创造的两个纪录会成为两座突兀的高峰，恐怕多少年内都无人能超越。这种现象并非绝无仅有。1968 年，美国运动员鲍勃·比蒙的世纪性一跳创造了难以超越的跳远纪录，一直保持了 15 年。乌克兰选手布勃卡的撑杆跳纪录至今仍是运动员可望而不可即的彩虹。但尽管这样，在短跑中出现这样的突破仍是不可思议的，是极不正常的，因为短跑技术早已发展得近乎尽善尽美，它已经把人类的潜能发挥到了极致。众所周知，水平越高的运动就越难做出突破。

他们常常心醉地、不厌其烦地回忆起谢豹飞在赛场上的那份矫捷和飘逸。他们都是内行，越是内行，越能欣赏谢的天才和技术。费新吾自嘲道："咱们这是秃子借着月亮发光呀。中国人在这方面成绩平平，拉个华裔猛夸一通。说到底，他的奖牌还是美国的。"

田延豹脱了衣服走进浴室，忽然扭头问："他会不会是个混血儿？你知道，远缘杂交——这个名词虽然有些不敬——常常有遗传优势。比如有传言说法国著名作家大仲马是黑白混血儿，他的体力就出奇强壮，常和狐朋狗友整夜狂嫖滥赌，等别人瘫软如泥时，他却点上蜡烛开始写小说。他的不少名著就是这样写出来的。"

费新吾摇摇头，"不，我侧面了解过。他是百分百的中国血统。"

3 天没好好睡觉，两人真的乏了，他们洗浴后准备好好地睡一觉。就在这时，电话铃响了。拿起电话，屏幕上仍是一片漆黑，看来对方切断了视频传输，他不想让这边看到他的面貌。

那人说的英语，音调十分尖锐，让人觉得很不舒服："是费新吾先生吗？"

"对，你是……"

"你不必知道我的名字，我想有一点内幕消息也许你会感兴趣。"

费新吾摁下免提键，同田延豹交换个眼色，"请讲。"

"谢豹飞的胜利大家都知道了，也许，作为中国人，你会有特殊的种族自豪感？"

那人的口气十分无礼，费新吾立即滋生了强烈的敌意，便冷冷地说："我认为这是全人类的胜利。当然，同是炎黄后裔，也许我们的自豪感更强烈一些。是否这种感情妨害了其他人的利益？"

那人冷静地回答："不，毫无妨害。我只是想提供一点线索。谢豹飞今年25岁，26年前，谢可征先生所在的雷泽夫大学医学院曾提取过田径飞人刘易斯先生的体细胞和精液。"

费新吾一怔，随后勃然大怒道："天方夜谭，你是暗示……"

"不，我什么也不暗示，我只是提供事实。谢先生和刘易斯先生正好都在雅典，你完全可以向他们问询，需要两人的电话号码吗？"

费新吾匆匆记下刘易斯的电话，又尖刻地说："即使证实了这个消息又有什么意义？我看不出刘易斯的细胞和谢豹飞先生之间有什么联系。"

那个尖锐的嗓音很快接着道："请不必忙于做出结论，你们问过之后再说吧。明天或后天我会再和你们联系。"

电话挂断后，两人很久都没说话，那个尖锐刺耳的声音仍在折磨他们的神经，就像响尾蛇尾部角质环发出的声音；那个神秘人物的眼睛似乎仍在幽暗处发出绿光，就像响尾蛇的毒眼。他是什么居心？他主动向两个陌生人提供所谓的事实，而这两个人既非名人，又不属新闻界；那人清楚地知道谢可征和刘易斯还有这儿的电话号码，他是怎么知道的？没准儿他在跟踪这些人。

田延豹摇摇头说："不会的，谢豹飞身上没有任何黑人的特征。"

费新吾愤愤地说："即使他是用刘易斯的精子人工授精而来，又有什么关系？我难以理解，这个神秘人物披露这些情况，是出于什么样的阴暗心理？！"

但不管如何自我慰藉，他们心中仍然很烦躁，莫名其妙地烦躁。半个小时后，田延豹下了决心："我真的要问问刘易斯，我和他有过一段交往。"

费新吾没有反对。田延豹拨通了刘易斯的电话，但没人接。他一遍又一遍地拨着，又出现了几次忙音。直到晚上 11 点，屏幕上才出现刘易斯黝黑的面孔和两排整齐的牙齿。他微笑地说："我是刘易斯，请问……"

"刘易斯先生，你好。我是田延豹，你还记得我吗？多年前世界田径锦标赛百米决赛那个倒霉的中国选手。"

刘易斯笑道："噢，我记得。我很佩服你当时的毅力。你现在在哪儿？"

"我也在雅典。请原谅我的冒昧，我想提一个无礼的问题，如果不便，你完全可以拒绝回答。"他简单追述了那个神秘的电话，"刘易斯先生，你真的向谢可征先生提供过体细胞和精液吗？"

刘易斯耐心地听完后说："田先生，今天你已是第八个提问者了，我刚回答了七名新闻记者的同样问题，这已在舆论界掀起了一场轩然大波。"

田延豹和费新吾交换着目光，现在问题更明显了。那个打电话的人是想掀起一阵腥风恶浪把胜利者淹死。

刘易斯接着说："对，我记得这件事，我是向雷泽夫大学医学院提供过的，那是个严肃的学术机构，他们希望得到一些著名运动员的体细胞和精液进行某种试验。刚才几名记者都问我，鲍菲的父亲是不是那个研究课题的负责人，我的回答是：可能是一名姓谢的华裔，不过这一点我记得不准确。"说到这里他笑了笑，"我知道那个多事的家伙是在暗示什么。坦率地讲，我非常乐意有这么一个杰出的儿子，可惜这只是我的一厢情愿。在鲍菲·谢先生身上，你能看到一丝一毫刘易斯的影子吗？"

他爽朗地大笑起来，这笑声也冲淡了田、费二人心中的阴影。刘易斯快言快语地说："不要听他的鬼话！不管这个躲在阴暗中的家伙是什么人——我想大概不会是黄种人——他一定是个心地阴暗的小人，他想制造一些污秽泼在胜利者身上。不要理他！"

放下电话，两人都觉得心中轻松了些。田延豹说："不必给谢老打电话了吧？"

"不必了，不要搅扰他的好心境。"费新吾沉思地说，"你说，这个神秘人物究竟是什么动机？莫非他也是短跑圈内的人？是失败者的嫉妒？就像逄蒙暗算了后羿。"

田延豹勉强笑道："那，我是最大的失败者。"

费新吾知道自己失言了，这句无意的话又勾起了田延豹已经冷却的痛苦。那年温哥华世锦赛他也在场，是他和中国田径队的领队到警察局领回了烂醉如泥的田延豹。清醒过来后，田延豹对头天晚上的事完全没有记忆。按那时中国田径队的严格纪律，肯定是要给他一个处分的，不过领队也是运动员出身，知道 20 年奋斗而一朝失败是多么深重的痛苦。于是，他和费新吾悄悄把这事压了下来。

这会儿，他不愿多做解释，便拍拍田延豹的肩膀，表示这一页已经掀了过去。田延豹已经上床休息了，费新吾仍在电脑前快速浏览着电子新闻。也许是本能，也许是潜意识的预感，他总觉得这个电话只是一个大阴谋的开场锣鼓。查阅时，他把注意力全部集中在这次的一百米和二百米决赛上，集中在谢豹飞身上，看看有没有什么异常的蛛丝马迹。

新闻报道中没有什么特别的东西，各国记者在报道这两次决赛时都使用了最高级的形容词：世纪之战，体育史上的里程碑，百世难逢的奇才……美国《新闻周刊》的老牌记者甚至这样写道："鲍菲·谢不仅成功地打破了一百米 9.5 秒大关和二百米 19 秒大关的壁垒，也成功地打破了人类的心理壁垒。从此之后，那些对人类生理极限抱悲观态度的人，那些以'科学态度'对各种运动定下这种那种极限的体育生理专家，对自己的结论要重新考虑了。"

在正规的电子出版物中，没有出现有关刘易斯提供体细胞和精细胞的消息报道，看来，已经得到消息的七名记者都十分慎重，毕竟这是非常一则爆炸性的新闻。费新吾又把目光转向"网络酒吧"，这是网友们随意交谈的地方。这里面关于谢豹飞的话题占了很大部分，那些终日沉迷于电脑的网虫都感受到了这则消息的震撼，对谢的能力表示了极大的敬意。还有不少女性在倾诉着自己的爱意。看着这些赤裸裸的爱情宣言，费新吾会心地笑了。他想这些姑娘、女士大概是没戏了。这两天田歌一直同谢豹飞泡在一起，他们的感情急剧升温。昨晚深夜，谢把田歌送回来，费新吾发现，姑娘眸子中的爱情之火是那样炽烈，目光所及，简直可以把窗帘烧着。田延豹摆出一副"老兄嫁妹"的苦脸，叹息道："田歌已经'目中无人'了，哪怕是面对着你，她的眼光也会透过你的身体射到远处去了！"

就在这时，他在屏幕上发现了一份特殊的短函。他一目十行地看着，目光逐渐阴沉，耳边又响起那个神秘人物的尖锐嗓音。正在床上闭目养神的田延豹突然听见"啪"的一声，是费新吾在猛拍桌子，他声音沙哑地说："小田，你快来，看看这封信件，那条毒蛇又露出毒牙了！"

在向那座爱情要塞发起进攻之前，田歌已经抱定破釜沉舟的决心。但她没料到这座要塞竟然不攻而破，任由她的美艳之旗在城头猎猎飘扬。

从谢伯伯那儿要来谢豹飞的电话号码后，田歌努力提起自己的信心，对自己的第一句言辞反复考虑，她要在中国姑娘的羞涩心许可范围内尽量大胆地进攻，但事件的进展完全出乎她的意料。

当电话打通，两个头像同时出现在对方的屏幕上之后，谢豹飞脱口而出："我的上帝！"这句话是用英语说的，他随即转用汉语，"谢天谢地，我正发愁怎么在人海中找到你呢。你怎么知道我的电话号码？为了摆脱记者们的纠缠，这个号码是严格保密的。不不，你不用回答，"他笑了，"我更愿是冥冥中的上帝之力把你送到了我的身边。请问你的名字？"

田歌这才说出第一句话："田歌，田野的田，歌曲的歌。"

"美丽的名字。你能允许我去拜访你吗？我需要你。"

于是，两条爱情的溪流纳入一条河床，开始汹涌奔流。谢豹飞推掉了所有的应酬，小心地避开新闻记者的追踪，终日和田歌四处游玩。他的中国话非常地道，能够流畅地表达微妙的情感，这使田歌倍感亲切。他们一块儿欣赏奥林匹斯山的朝霞、萨罗尼科斯湾的落日，参观白色的帕特农神庙、宙斯神庙和阿塔洛斯柱廊，到圣徒教堂里陪希腊正教徒一块儿做祈祷。雅典是一个浸泡在历史和神话中的城市，几乎每走一步都能踢到古希腊的尘埃。谢豹飞虽然只有 25 岁，但已经是个见多识广的成熟男人了。他为田歌讲解各个景点的历史，讲述奇异多彩的希腊神话，还不时加上一些个人的独特观点："希腊神话和东方神话不同，在古希腊人的神界里，同样有阴谋、通奸、乱伦、血腥的复仇、不计生死的爱情……一句话，希腊神话中还保留着原始民族的野性。对比起来，汉族神话未免太'少年老成'了。"

这些话使田歌觉得新鲜，也有一点点惶惑。

几天下来，田歌已深深爱上了谢豹飞——当然她早就爱上了，两年前就爱上了。不过那时她爱的是一个偶像，现在爱的是一个活生生的人。她会痴迷地看着他强健的肌肉，流畅的身体曲线，潇洒剽悍的举止。他就像蛮荒之地的非洲猎豹，随时随地喷吐着生命的活力。

那天，他们行驶在拉夫里翁的滨海公路上，忽然一辆菲亚特紧紧追上来。谢豹飞放慢了奔驰的速度让他们超车，但两车并行后，那辆菲亚特并不急于超车，一个人从车窗里探出身子频频拍照。这是那些被称为"狗仔队"的讨厌记者，他们想抢拍百米飞人与新结识的情人的照片去卖个大价钱。谢豹飞愤怒地落下车窗，做手势让他们滚蛋。那个家伙不但毫不收敛，反倒趁着车窗落下的机会拍摄得更起劲了。谢豹飞勃然大怒，立即踩下刹车，让菲亚特超到前边，他从内侧超过去，猛打方向盘，狠狠撞击菲亚特的内侧。

菲亚特车内的人惊恐万状，田歌也急急地喊："不要这样，豹飞，不要这样！"

谢豹飞两眼喷着怒火，毫不理会她的劝阻，仍是一下接一下地猛撞。那辆车最终躲闪不及，从路堤上翻下去，打个滚，四轮朝天地扎在河滩上。谢豹飞大笑着开车走了，田歌从后视镜里向后张望着，担心地问："他们会不会有生命危险？停车看看吧。"

谢豹飞笑道："这些狗仔的命长着哪，不管他！"

奥运会已近尾声，不少赛事已毕的运动员开始陆续离去。但费新吾和田延豹都闭口不提回国的日程，田歌知道他们的苦心，心中暗暗感激。

第五天早上，谢豹飞很早就来到普拉卡旧城区，把那辆豪华的奔驰停在狭窄的坡度很大的街道上。白色的建筑上爬满了爬墙虎和刺玫，到处是卖鲜花的小摊贩。他按响喇叭，很快一个白衣白裙的仙子在高处一个小旅馆的门口出现。她像羚羊一样踏着陡峭的石阶，转瞬来到谢的身边。两人先来一个让人透不过气的长吻，而后田歌回身向旅馆方向招招手，她知道费叔叔和豹哥在窗户里望着她。

汽车开动后，她问："今天去哪儿？"

"去比雷埃夫斯港。我送你一件小礼物。"

比雷埃夫斯港桅樯如林，不少私人帆船或快艇麇集在一起。谢豹飞停下车，拉着田歌来到岸边，一艘形状奇特、浑身亮光闪闪的崭新游船停在那儿。船舷上是三个新漆的中国字：田歌号。制服笔挺的船长在驾驶室里向他们行着注目礼。

田歌呆呆地看着谢豹飞，不敢相信这是真的。谢豹飞侧身说："请吧，'田歌号'的主人，这就是我送给你的小礼物。"

田歌踏上甲板时就像在梦境中，谢豹飞详细为她解释着，说这艘船主要是以太阳能为动力，船中央那两个直立的异形圆柱是新式船帆，所以也可利用风力行驶。田歌痴迷地走过一个又一个房间，抚摸着亮灿灿的铜栏杆、一尘不染的墙壁、卧室中豪华的双人床，觉得心头过多的幸福直向外漫溢。她知道按西方礼节，受礼者不能询问礼品的价格，但她忍不住想问一问，按她的估计，它至少值一千万美元，豹飞可不要为它弄得破产！

谢豹飞理解了她的心思，轻描淡写地说："耐克公司已把第一笔三千万美元划到我的账户上，我愿意为你把这笔钱花光。"

田歌着急地说："千万不要！……我可是个节俭成性的中国女人，你这么大手大脚，我会心疼死的。"

谢豹飞笑着把她拥入怀中。两人的心脏怦怦地跳动着，炽烈的情欲在两个身体中间来回撞击。田歌从他怀中挣脱出来，笑着问："启航吧，今天到哪儿？"

"到米洛斯岛吧，断臂的维纳斯雕像就是在那儿发现的，我今天要给它送去一位活的维纳斯。"

说罢，两人的嘴唇又自动凑到了一块儿。

送走幸福得发晕的田歌，费新吾和田延豹继续研究那条毒蛇的毒牙。那封电子函件是这样写的——

……我一直奇怪，为什么一个黄种人选手在短跑项目中取得如此惊人的突破。要知道，相对于黑人、白人而言，黄种人的体能是较弱的，这不是种族偏见，而是实际存在的事实。

不久前，我得知一个事实，恰在鲍菲·谢出生前一年，美国马里兰州克里夫兰市雷泽夫大学医学院（谢的父亲，也就是谢可征教授正是该学院的资深教授）从田径飞人刘易斯身上提取了体细胞和精细胞。不久前，我的朋友、中国著名体育记者费新吾先生和短跑名将田延豹先生已就此事问过刘易斯先生，并得到后者的确认……

费新吾和田延豹都愤怒地骂道："卑鄙！"

……当然，我们不相信鲍菲·谢是用黑人精子受精而产生的后代，因为他完全是蒙古人种的形貌特征，包括肤色、眼角的蒙古褶皱、铲状门齿等。但是，如果了解谢可征先生的专业，也许能引起一些新的联想。谢教授是著名的生物学家和医学科学家，他领导的研究小组早已成功地拼装出了改型的人类染色体。

这些半人造的染色体是为了医治某种遗传病症而制造的，是为了弥补人类遗传中出现的缺陷，为那些不幸的病人恢复上帝赐予众生的权利。不过，一旦掌握了这种魔术般的技术，是否有人会禁不住魔鬼的诱惑而去"改进"人类？这种行为本来是生物伦理学所严格禁止的，是对上帝的挑战。但据我所知，谢先生的心目中并没有上帝的位置。……

两人再次激愤地骂道："卑鄙！十足的卑鄙！"

的确，这封电子函件的内容已经不仅是猎奇或哗众取宠，更是赤裸裸的人身攻击了。费新吾心情沉重地说："小田，我们不能再沉默了，这些情况必须通知谢先生，让他当心这些恶毒的暗箭。也许，他能猜到这些暗箭是从什么地方射出来的。"

"对，马上给他打电话。"

谢先生的电话很快就打通了，费新吾小心地说："你好，谢先生，最近忙吧，我和小田想去拜访你，最近我们听到了一些宵小之言，我想必须让你了解。"

谢先生的目光暗淡下来。"我知道你们的意思，我也看到了那封电子函件。不过你们来吧，我正想同你们聊一聊——不不，"他改变了主意，"我开车去接你们，然后找一个希腊饭店品尝希腊饭菜，我请客。"

谢教授把他的车停在普拉卡区的一家老饭店前，饭店在半山腰，从窗户望出去可以俯瞰鳞次栉比的旧城区、弯弯曲曲的胡同和忙碌的人群。

当服装艳丽的男招待递过菜单，田延豹摆摆手，费新吾也笑着摇头道："雅典我倒是来过两次，却从来没有自己点过菜，还是谢先生来吧。"

谢教授没再客气，点了白烧鳕鱼加柠檬汁、番茄汁鲟鱼加香芹、茄子馅饼、鱼子酱和柠檬色拉，又要了一瓶茴香酒。三人边吃边聊，谢教授问："这些都是希腊风味的菜肴，味道怎么样？"

费新吾说不错，田延豹笑道："不敢恭维。我只要一出国，就开始馋北京的八宝酱菜、王致和臭豆腐和香喷喷的小米粥。"

三个人都笑起来。费新吾不想耽误时间，立即切入正题问："谢先生，你已经看过那封电子函件了，你能估计是谁搞的鬼吗？"

"毫无眉目。"

"也许是一个失败的心怀嫉妒的运动员？"

"不大可能。这个人对基因工程方面的进展似乎颇为熟悉，大概是学者圈子中的某人吧。"

费新吾小心翼翼地说："他信中暗示的可能性当然是胡说八道了，对吧？"

谢教授略为迟疑后才回答："当然。但是，我不妨向你们介绍一下这方面的最新进展。你们有没有兴趣？"

两人交换一下眼神，都表示乐意聆听。

谢教授饮了一杯茴香酒，略为整理思路后说："大家都知道，人类的基因遗传是上帝最神奇的魔术。科学家们曾做过估计，如果用非生物的方法制造一个婴儿，所花代价将是人类有史以来所创造财富的总和！但上帝是如何造人的？一个精子和一个卵子的碰撞，伴随着男人女人的爱情欢歌，一个新生命就诞生了。直到现在，尽管已在基因研究领域徜徉了40年，我对这种上帝的魔术仍充满畏惧之情。"

他停顿一下，接着说："不过，日益强大的人类已经揭掉了这个宝藏的封条，开始剖析这个魔术的技术细节。现在，人类基因组标志工作已经全部完成，对其中40%的染色体又排出了图谱、进行了解析，掌握了这部分基因的功能。比如，医学科学家可以准确地指出各种致病基因的位置并去修正它们，像肥胖基因、耳聋基因、哮喘病基因、血友病基因、白血病基因……总之，现代医学已能用基因工程的办法治愈这些遗传病患者，使他们享受到健康的权利。

"但是，人类在获得健康上的平等后，还存在着体能上的不平等、智能上的不平等。比如，黑人肌肉中的红色纤维较多，这种纤维与白色纤维相比，不易产生乳酸，不易疲劳，因而黑人有更强的体育能力。如果把产生红色肌纤维的基因片段移植到白人和黄种人体内，就会使他们的体能大大提高，使各个种族在体能上趋于平等。从本质上讲，这样做只不过是用基因工程的微观办法代替异族通婚，按说它并不是什么大逆不道的行为。可惜，西方国家的科学界有一种根深蒂固的观点，认为这是向上帝的权力挑战；他们只允许补救上帝的不足，而不允许比上帝干得更好。所以，在正统的生物伦理学戒律中，这样干是违禁的事。"

费新吾和田延豹听得一头雾水，两人相对苦笑。"谢教授，我越听越糊涂了，我怎么觉得你的观点和那封诽谤信中的观点是完全一致的？"费新吾踌躇片刻后说，"坦率地讲，我从你的话中得出这样的印象：你认为用基因工程的办法改良人类并不是一桩罪恶，甚至在悄悄地这样干了。但为了不被舆论所淹没，你在口头上不敢承认这一点。"

谢教授仰靠在椅背上，沉默很久才答非所问地说："你们两位呢，是否觉得这种基因优化技术是一种罪恶？"

费新吾摇摇头，"我不知道，我已被你的雄辩征服了。但我是今天才认真思考这个问题，还不能得出结论。"

三人陷入尴尬的沉默。透过落地窗，他们看到一辆黑色轿车开过来，停在饭店外，一名带着照相机的中年男子走下来，仔细看看谢教授那辆豪车的车牌，随即兴奋地冲进饭店。

那名中年男子在人群中一眼看到了谢教授，立即对他拍了两张照片，然后把话筒递过来，用英语问道："谢先生，我是加拿大 CBC 电台的记者。我已经看到了今天的美国《基督教科学箴言报》，知道谢豹飞先生实际上是你用基因改良技术培育出的超人，你能谈谈其中的详情吗？"

谢教授厌恶地看看他，不管他怎样哀求，一直固执地闭着嘴巴。费新吾走过去，用力推着那位记者，把他送出门外，回过头看见老人仍靠在椅背上一动不动。饭店里的顾客有不少懂英语的，他们都停下刀叉，把惊奇的目光聚焦在谢教授身上。田延豹探头看看门外，那个记者正和饭店的保卫人员在推搡，又有几辆汽车飞快地开过来，走下一群记者模样的人，他见状忙拉起老人，向侍者问清了后门在哪里，三人很快溜走了。

回程途中，三人都沉默着。谢教授把两人送到旅馆，简短地说道："我要回去了，我想早点休息。"

两人与教授告别，看着那辆豪车开走了。他们回到自己的旅馆，走进房间，先按下电话答录机的录音键，传来了田歌兴奋的声音："费叔叔、豹哥，鲍菲给我买了一艘漂亮的游艇。我们准备在地中海好好玩3天。你们如果想回国的话，不必等我。这几天我不再同你们联系，为了避开讨厌的记者，这艘游艇上将实行严格的无线电静默。放心，我会照顾好自己，并守身如玉……"

虽然心绪繁乱，费新吾仍不由得哑然失笑。难得这个现代派女子还有这种贞节观，虽然他不相信在那样浪漫的旅途中，在仙境般的水光山色中，一对热恋的情人能够做到这一点。田延豹的目光明显变暗了，不高兴地摁断录音。

费新吾看看他，打趣道："你干吗不高兴？算了，不必摆出一副老兄嫁妹的苦脸，早晚是人家的人。如果这段姻缘真的如愿，你也算尽到了当哥哥的责任啦。怎么样，咱们是否明天回国？我的荷包已经瘪了。"

田延豹犹豫片刻，"再等几天吧，田歌那边总得看到一个圆满的结局呀。"

"也好，其实我也想等几天，看看谢教授这儿还有什么变化。"

说起谢教授，费新吾立即从沙发上蹦起来，打开电脑，进入互联网络，直觉告诉他，那件事不会就此了结。果然，公共留言板上又有了一封信件，这是那个神秘人物的第三支毒箭。与这支毒箭相比，此前种种都不值一提了。他迅速看下去，头脑嗡嗡作响，血液猛劲上冲。田延豹见他满脸涨红，咻咻地喘气，在床上关心地问："老费，你是怎么了？"

费新吾喘息着，手指颤抖地指着屏幕，"你来，你自己看！"

在我上封信披露谢可征教授的基因嵌接术之后，事情的真相已经逐渐明朗。我的老友、正直坦诚的费新吾先生和田延豹先生当面质询了谢教授，后者坦认不讳。但我刚刚发现其中另有隐情，我们几乎全被轻易地骗住了。在华裔智者谢可征先生的计谋中，我们表现得像一群傻子。这几天，我们似乎都忽略了一个很明显的问题：纵然是百米之王刘易斯的基因也不可能让鲍菲打破9.5秒大关，因为刘易斯先生本人也远未达到这个高度。

也许，谜底存在于另一桩事实中。我已经做过详细了解，26年前向雷泽夫大学医学院提供体细胞和精细胞的并非刘易斯一人，还有体能远远超过刘易斯的另一位先生。这位先生的肌肉内含有较多的能量之源——线粒体，因而奔跑更为迅速。刘易斯先生的百米最高时速是40多千米，而后者的瞬间时速可达130千米！

这位先生名叫塞普，来自非洲察沃国家公园。他的速度是所有哺乳动物中最快的。让我小心地把谜底揭开吧，塞普先生是一只凶猛剽悍的非洲猎豹！……

非洲猎豹！

非洲察沃国家公园的稀树大草原。在一米多深的硬毛须芒草和营草的草丛中，一头母猎豹逆着风悄悄向羚羊群靠近。它已经怀孕了，一套有关四条小生命的复杂的链式反应已经启动，通过种种物理的、化学的媒介，表现为强烈的食欲，它急需补充营养。枯草丛后露出一只未成年的羚羊，它警惕地向四方睃视着，四条优雅的细腿随时准备跳跃而去。母豹知道这只羚羊不是好的猎杀对象，它已足够强壮，很可能逃脱自己的利爪。但在饥饿的驱使下，它踌躇片刻，深深吸了一口气，突然猛扑过去。小羚羊及时发现了敌人，敏捷地逃走了。母猎豹全速追赶，距离越来越近。

但速度上逊于敌人的小羚羊自有天赋的本领，它灵巧地左蹦右跳，一次次从母猎豹的利爪下逃脱。双方的速度都开始减慢，小羚羊更甚，它的黑眼珠里已经有了恐惧，母猎豹确信下次的一扑就能将小羚羊扑倒。就在这时，它听到了自己体内的警告。猎豹在追猎时是屏住气息的，就像人类的百米选手一样，现在那次深呼吸所得的氧气已经耗尽，它的血液不再能提供奔跑所需的巨大能量，再奔跑下去，它的心脏就要破裂……母豹只好收住脚步，塌肩弓背，凶猛地喘息着，眼睁睁看着猎物轻快地逃走。

只差半米，这半米是捕食者和被捕食者的生死线：或者羚羊被杀死，或者猎豹被饿死。母猎豹疲惫地久久注视着自己的猎物，在它的潜意识中，一定滋生了极其强烈的欲望：让自己跑得再快一点，再快一点点！

这头猎豹最终没有饿死，它就是塞普的母亲。没人知道这位母亲那一瞬间的强烈欲望是否也能通过染色体遗传给下一代。科学界公认的遗传变异规律是说生物基因只能产生随机性的变化，被环境汰劣取优，从而使生物一点点向优良性状进化。这种盲目进化的观点未免不大可信，不妨考虑爬行动物向鸟类的进化。在盲目的随机的变异中，怎么能"恰巧"进化出羽毛、龙骨突、飞行肌等变异基因？即使能够，无数变异性状进行纯数学的排列组合，得出的也将是天文数字，它不可能在有限的地质年龄中一一得到验证和取舍。也许某一天科学家们会发现，生物强烈的求生欲才是遗传变异的指路灯，它在冥冥中引导染色体做"定向"的而不是盲目的变异：使渴望奔跑迅速的兽类变得四肢强健，使渴望飞翔的爬虫变异出羽毛，使渴望游泳的哺乳动物变异出尾鳍……

也许，嵌入谢豹飞体内的、片段的猎豹染色体也能传递一定的欲望？

非洲猎豹！

费新吾和田延豹沉重地喘息着，互相躲避着对方的目光，一种冷酷沉重的氛围渐次升起。他们几乎同时认识到，尽管这个神秘人物心理阴暗，几近无赖，但他指出的极可能是事实。在那位远远超越时代的、生命力强盛的短跑之王身上，也许真的嵌入了猎豹的基因片段。对这个结论，至少费新吾不感到意外，这些天他已通过网络查阅了大量有关基因的资料。DNA 是上帝的魔术，但任何魔术实际上只是充分发展的技术——尽管这些技术十分精细、神秘，但终究是人类可以逐渐掌握的技术。而掌握了基因技术的人类将成为新的上帝，随心所欲地改良上帝创造的亿万生灵——包括人类自身。

他在脑海中历数了一番二三十年来基因工程技术的神奇发展：

早在上个世纪末，科学家就定位了果蝇的眼睛基因，并能够随心所欲地启动这个基因，在果蝇身上或翅膀上激发出十个八个的眼睛。他们还发现，地球上所有有眼生物的成眼基因都是十分近似的，是从一个原始基因变化而来。所以，从理论上说，完全可以在人类的额角或后脑勺上激发出第三只眼睛，就像对果蝇已经做的那样。科学家们至今没有做到这一点，仅仅是因为他们"不愿"去做。

上个世纪末，美国的一所大学的研究小组已经能制造"浓缩"的人体染色体，他们把染色体中的废基因剔掉，将有效基因融合或聚合，得到只有正常染色体长度十分之一的、功效相同的染色体。

更早一点，瑞典某大学的一个研究小组将细菌血红蛋白基因移入烟草，英国某研究所将人的血红蛋白基因移入绵羊，以这种羊奶治疗人类的血友病，又将人类的抗胰蛋白酶植入绵羊，以治疗人类的囊性纤维变性。上述技术早已进入工业化生产。

如今，医生们已不必再走这样的弯路，他们已经能将上述基因直接嵌入先天缺损的病人体内。

······

人类已经接过了上帝的权杖，还有谁能限制他使用这根权杖？

费新吾不是上帝的信徒，并没有宗教界人士对基因技术心生的深深恐惧。对于他们来说，基因技术比哥白尼的日心说、达尔文的生物进化论更要凶恶千百倍。

费新吾也不是生物学家，对生物伦理学知之甚少，因而也没有生物学家那种"理智"的担心。生物学家一方面兢兢业业地开拓基因工程技术，一方面对任何微小的进展都抱有极大的戒心，生怕一条小裂纹会导致整个生命之网的崩裂。

所以，从理智上说，费新吾并不认为这是大逆不道的恶行。但他心中仍有隐隐的恐惧，说不清道不明的恐惧，脊背上甚至掠过一波又一波的冷战。

电话铃一遍又一遍地响着，谢教授的房间里没人。

网络中的报道几乎与事实同步：

短跑之王、豹人鲍菲·谢已经神秘失踪 3 天了。

鲍菲父亲谢可征教授昨日神秘失踪。

世界发疯了。

罗马教廷发言人：事态尚未明朗，教皇不会匆忙表态。但教廷的态度是一贯的，我们曾反对试管婴儿和克隆人，更不能容忍邪恶的人兽杂交。愿上帝宽恕这些胆大妄为的罪人。

以色列宗教拉比：犹太教义只允许科学治愈人体伤痛，绝不能容忍亵渎神的旨意，破坏众生的和谐与安宁。

伊朗宗教领袖：这个邪恶的巫师只配得到一种下场，我们向安拉起誓，我们将派十名勇士去执行对罪犯谢可征的死刑判决，不管他藏到世界哪一个角落。

雷泽夫大学医学院发言人：我们对社会上盛传的人豹杂交一无所知。如果确有其事，那纯属谢可征教授的个人行为。我们谨向社会承诺：本院不会容忍这种欺骗行为。

中国科学院遗传研究所发言人：谢可征教授是我们很熟悉的、德高望重的学者，我们不相信他会做出这样轻率的举动。对事态发展我们将拭目以待。

本届奥运会男子百米银牌得主、尼日利亚选手埃津瓦：我不知道深奥的基因技术能不能做到这一点，但我早对鲍菲·谢异乎寻常的成绩有所怀疑。如果不幸是真的，我会把自己的银牌扔到垃圾箱里。想想吧，如果今天允许一个嵌着万分之一猎豹基因的"人"与我们同场竞技，明天会不会牵来一头嵌有万分之一人类基因的四条腿的猎豹？

"费先生、田先生，我是澳大利亚《新星时报》的记者。请问那位在互联网络公共留言板上披露这则惊人内幕的先生是谁？"

"无可奉告。"

"为什么？他多次宣称你们是他的挚友。"

"无可奉告。"

"他是否提前向你们透露了这则消息？你们是否当面质询过谢可征教授？"

"无可奉告。"

"那么田先生，令妹此刻是否正与鲍菲·谢在一块儿？他们目前躲在什么地方？我们已买到一些照片，足以证明两人之间的亲密关系。"

"滚！"

晚上，两人仍然同室而眠。田延豹曾戏谑地说："记者一定把咱们当成同性恋了。"不过今天他没心戏谑了，只是久久地盯着天花板，烟卷在唇边明明灭灭。很久以后他终于开口："老费，明天我要出去找田歌。我不放心她和那人在一起。"

费新吾早就知道，田延豹和堂妹的感情极为深厚。他勉强开玩笑说："不必顾虑太多，即使谢豹飞身上嵌有猎豹基因的片段，他仍然是人，而不是一头豹子。"

"不管怎样，我要尽力找到她。"

"你到哪儿去找？"

"尽力而为吧，那么大的一条游艇，不会没有一点踪迹。"

费新吾沉吟着，他想陪小田一块去，又觉得不能离开此地。田延豹猜到了他的想法，说："老费你留在这儿，我会经常同你联系，一旦田歌同这儿通话，请你立即把她的地址转给我。另外，也许谢教授会同你再度联系。"

"那好吧，就这样安排。"

三

第二天一早，田延豹就乘车去比雷埃夫斯港。港口船舶管理局的一名职员接待了他。那人叫科斯迪斯，大约50岁，身体健壮，一脸黑中夹白的络腮胡子。田延豹问："科斯迪斯先生，请问最近是否有一艘游艇在这儿注册？游艇的主人是鲍菲·谢，美国人。请你帮我查一下。"

科斯迪斯惊奇地回答："鲍菲·谢？就是人人谈论的那个豹人？不，没有，如果他在这儿注册，我一定会记得。"

"也许他是以田歌的名字注册。"

科斯迪斯立即说："有！有一艘最新式的太阳能金属帆游艇，船名就叫'田歌号'，是利物浦船厂的产品。3天前，不，4天前在这儿注册。"

"这艘游艇目前在哪儿？我的堂妹田歌告诉我，为了躲避记者，船上将实行无线电静默。但我急于找到它，我有十分重要的事。"

科斯迪斯笑道："这不难。如今的船上都有黑匣子，持续向外发出无线电脉冲，以便卫星定位系统能随时对每一艘船精确定位。我来帮你查一下。"

"太感谢你了。"

科斯迪斯向利物浦船厂查询了该船的无线电脉冲参数，接着又同全球卫星定位系统联系。卫星很快给出回答："田歌号"目前正泊在克里特岛的伊拉克利翁港。科斯迪斯兴致勃勃地查找着——查到豹人的下落并不是每个人都能碰上的运气，他可以拿这则消息去卖一个大价钱。

田延豹问明后由衷地一再表示谢意，临走时犹豫了一会儿，才又启齿道："科斯迪斯先生，我还有一个冒昧的请求：能否请你为'田歌号'的方位保密？你知道，我妹妹是鲍菲·谢的恋人，她现在并不知道所谓豹人的消息。我想慢慢告诉她，使她在心理上能够有所准备。"

科斯迪斯原打算送走这个中国人就去挂通电视台的电话，但来人的恳求打动了他的心，他只迟疑了一下，便爽朗地说："好，我会用铅封死这个爱饶舌的嘴巴。祝你和那位小姐好运，你是一位难得的好兄长。"

"谢谢，我真不知道怎样才能表达我的感激。"

这些天，费新吾一直把自己关在屋子里，一边焦急地等待着田歌和谢教授的消息，一边努力查找和浏览有关基因工程的资料。他感慨地想，他早就该学一点基因工程的知识了。过去他总认为那是天玄地黄的东西，只与少数科学家有关，只与科幻时代有关。他没有想到在如此短暂的时间里，它就会逼近普通民众的身边。上午他接到田延豹的电话："老费，查询很顺利，我已得知这艘船泊在克里特岛的伊拉克利翁港。我正在联系一架水上飞机赶到那儿，等会儿我再同你联系。"

从屏幕上看，田延豹的表情比昨天略显轻松一些，费新吾也舒了口气。挂上电话，他回头坐到电脑前查了一会儿，电话铃又响了。拿起话筒，屏幕仍是关闭状态，他马上猜到了对方是谁。果然，他听到了那个尖锐的、让人生理上感到烦躁的声音，不过这次对方使用的是汉语："费先生和田先生吗？还记得我吧，我说过要同你们联系的。"

费新吾又是鄙夷又是气恼地说："我也正要找你呢，你在电子函件中说了不少不负责任的话。"

那人笑道："我知道我知道，非常抱歉，我想以后你会谅解我的苦心。你愿意同我见面吗？我会把此事原原本本地告诉你。"

费新吾没有犹豫："好的，我们在哪儿见面？"

"到奥林匹亚的宙斯神殿吧。"

"奥林匹亚？那儿距雅典有 6 个小时路程呢。"

"对，那样才能避开记者的耳目。另外，我很想把这次意义重大的谈话放到一个合适的历史背景中。奥林匹亚是奥林匹克运动的发祥地，那儿的宙斯神殿可以说是西方神话的源头。我想，万神之王一定会乐意聆听我们的谈话。晚上 6 点在宙斯神像下见面吧，再见。"

放下电话，费新吾不由得沉吟起来。电话中仍是那个神秘人物的声音，但似乎那个人变了，自信、从容，上帝般地睥睨众生。这究竟是怎么回事？他急于见到此人，揭开这折磨人的秘密。

费新吾走前，没忘在录音电话中给田延豹留言："小田，我去赴一个重要约会，今天不能赶回来了。你那儿如有进展，明天中午给这儿打个电话。我会及时从那儿往旅馆打电话听你的留言。"

他匆匆披上一件风衣，租了一辆雷诺牌轿车，立即向伯罗奔尼撒半岛的皮尔戈斯城方向开去。

奥林匹亚是最能引发黍离之思的地方。这儿是历史和神话古迹的存放所，巍峨壮观的体育馆、宙斯祭坛和赫拉神殿都已塌裂。这些建筑中以宙斯神殿最为雄伟，它大约建于公元前 5 世纪，是典型的多利克式石柱风格。殿内高大的宙斯神像，左手执着权杖，右手托着胜利女神。人们走进神殿时，眼睛恰与宙斯的脚掌平齐，这个高度差形象地表现了那时人类对众神的敬畏。

但这个世界七大奇观之一的神像早已不复存在，它被罗马的征服者运走并在一场大火中毁坏。费新吾走进大殿，只看见了残破的基座和横卧的石柱，他想，也许这正象征着众神在人类心目中的破落？

落日的余晖洒在残破的巨型石柱上，为这片属于历史和神话的场所涂上庄严的金粉。穿着鲜艳民族服装的希腊儿童在石柱间玩耍，手里拿着一种叫"的的乌梅梅利"的冰淇淋。费新吾看到一辆豪车停到停车场里，一个老人下车，匆匆走进神殿，他不由得大吃一惊——那正是失踪了 3 天的谢教授。

费新吾犹豫了几秒钟。因为牵涉同那个神秘人物的约会，他不知道这会儿该不该同教授打招呼。但他随即想到，谢教授恰在此时此地出现，绝不会是巧合，很可能也是那个神秘人物约来的，与今晚的谈话有关。于是，他迎上去唤了一声："谢教授！"

谢先生并没有显出丝毫惊奇，看来，他果然知道今天的约会。他微笑着同费新吾握手，手掌温暖有力。费新吾细细端详着他：这是一个超越时代的强者，他只手掀起了这场世界范围的风暴，也几乎成了世界公敌。但从他的表情中看不出这些，他的目光仍是过去那样从容镇定。

教授微笑道："你早到了？"

"不，刚到。"

教授点点头，转身凝望着夕阳，"多壮观的爱琴海落日。在这儿，连夕阳的余晖里也浸透了历史的意蕴。"

费新吾不想多事寒暄，他直截了当地问："你知道今晚的约会？你知道那个可恶的神秘人物是谁吗？"

谢教授微微一笑，拉着他走到宙斯神像台基附近的一个僻静处。他从口袋里掏出一个微型录音机，按一下按键，里边立即响起那个尖锐的声音："你愿意同我见一次面吗？我会把此事原原本本地全部告诉你。"

费新吾顿时惊呆了："是你？那个神秘人物就是你？"

谢教授平静地说："对，是我，我使用了简单的声音变频器。很抱歉，这些天让你和田先生蒙在鼓里。但听完我的解释后，我想你能谅解我的苦心。"

费新吾脸色阴沉，一言不发，他恨自己的愚蠢，他早该看透这层伪装，但在感情上，他顽固地不愿承认这一点。他无法把自己心目中"明朗的"、令人敬重的谢教授同那个"阴暗的"、令人厌恶的神秘人物叠合在一块儿。过了很久，他才声音低沉地问："那么，飞机上的邂逅也是预先安排好的？"

"对，我一直想找一张'他人之口'来向世界公布这个成果。这人应该是一个头脑清醒、没有宗教狂热和禁忌的人，应是生物学界圈子之外的人，最好与体育界有一定渊源并且事发时最好正在雅典奥运会上。还有一点不言自明，这人最好是我的中国同胞，是一个中庸公允的儒者。去雅典前，我特意先到北京去寻找这个人，我很快发现你是一个完美的人选，所以我未经允许就把你拉到这场风波中了。务必谅解，我当时不可能事先公布我的计划，因而不可能征询你的意见。"他稍停顿了一下，"我在两封电子函件中说了一些不合事实的话，也是想尽量树立你权威发言人的地位。这个身份以后会有用的。"

此前的交往中，费新吾一直很尊敬谢教授，但在两个真假形象叠合之后，他不自觉地产生了疏远和冷淡，便淡淡地说："可能我并没打算当这个发言人。"

"当然，等我把真相全部披露后，要由你自己做出决定。田先生呢？"

"他找田歌去了。教授，请讲吧。"

谢教授微笑道："实际上，我已经把真相基本上全倒给你了。我之所以把此事的披露分成人工授精——嵌入人类基因——嵌入猎豹基因这样三个阶段，只是想把高压锅内的过热蒸汽慢慢释放出来。即使这样，这次爆炸仍然够猛烈了！"他开心地笑起来。

费新吾皱着眉头问："谢先生，你真的认为人兽杂交是一种进步或是一种善行？"

教授笑道："人兽杂交，这本身就是一个人类沙文主义的词汇。人类本身就诞生于兽类——回忆一下达尔文在揭示这个真理时曾遭到过多少人的切齿痛恨吧！人体与兽体有着千丝万缕的联系。追溯到细胞层面，所有动物（包括人类）之间都是相似的，更遑论哺乳动物之间了。在 DNA 中根本无法划定一条人兽之间的绝对界限。既然如此，坚持人类隔离于兽类的纯洁性又有什么意义呢？"

他停了停，接着说："当然，这种异种基因的嵌入并非没有一点副作用。生物圈是一个极其复杂的立体网络，任何一个微裂缝都能扩展开来。但我想总得有人走出第一步，然后再去观察它引起的震荡：无论是积极的还是消极的，然后再决定下一步如何去做。我很高兴你是一个圈外人，没有受那些生物伦理学的毒害，那都是些逻辑混乱、漏洞百出、不知所云的东西。科学所遵循的戒律只有一条：看你的发现是否能使人类更强壮、更聪明，使人类的繁衍之树更茂盛。你尽可拿这样的准则来验证我的成果。"

费新吾几乎被他的自信和雄辩征服了。谢教授又恳切地说："如果你决定开口说话，我并不希望你仅仅当我的代言人。你一定要深入了解反对我的各种观点，尽可能地咨询各国的生物学家、社会学家、人类学家和未来学家，甚至包括神学家和生物伦理学家，再由你做出独立的思考，然后把你认为正确的观点告诉世人。你愿意这样做吗？"

费新吾对他的建议很满意，立即回答："我愿意。"

"好，谢谢你的社会责任感。"谢教授自信地说，"我相信一个头脑清醒、中庸公允的儒者会得出和我一样的结论，当然现在没必要谈这一点。一会儿我会交给你十张光盘，有关的资料应有尽有。"

费新吾说："你能否用尽量浅显的语言，向一个外行解释一下，怎样把外来基因嵌入到人类基因中？"

教授微笑道："并没有人们想象的那么难。你要知道，归根结底，基因是无生命物质靠'自组织'的方式诞生的，所以基因之间的联结'天然地'

符合规律。染色体有三个主要部分——两端是端粒，它们就像鞋带两端的金属箍，作用是防止染色体之间互相发生融合；中间是可以复制的 DNA 短序列；另外还有被称作'复制起源'的 DNA 序列，它负责发动染色体的复制。过去，科学家就多次做过试验：把端粒去掉，再把剩余的染色体分成数段，放在合适的环境中，这些染色体片段又会精确地按照原来的顺序结合起来。猎豹和人类同属哺乳动物，各自控制肌肉生长的基因非常相似，所以相互置换是很容易的。"

他大致讲述了基因嵌入的具体过程，问："顺便问一句，鲍菲仍同田歌在一块儿吧？"

费新吾吃惊地问："这些天他同你也没有联系？"

"没有。我事先曾嘱咐他必须随时同我保持联络，但整整 4 天了，他没有这样做。恋人在怀，老爹就抛到脑后了。"他笑道。

费新吾却笑不出来，他的心一沉，问："谢夫人知道儿子的秘密吗？"

"知道。除我之外，她是唯一的知情人。鲍菲本人并不知情。"

"这些天谢夫人没来电话？"

"没有。"

费新吾的心又是一沉。沉默片刻，他觉得最好还是直言相告："那么，难道你们两人都没有想到，这几天已经披露的真相，至少是揣测，会对豹飞造成多大的心理压力？你们两人都没有设身处地地为他想一想？"

谢教授的脸红了，目光中也有了一些惶惑，他勉强笑道："谢谢你的提醒。他目前在哪儿？"

费新吾告诉他，"田歌号"游艇正泊在克里特岛的伊拉克利翁港，估计田延豹这时早与他们会合了。谢教授说："去饭店休息吧，我已预订了两间套房。到那儿后我再通过熟人同儿子联系，明天早上我们赶过去。"

开车去饭店的路上，两人都陷入自己的心思，没有多交谈。费新吾苦笑着想，看来，他已无意中看到了这项技术的第一个副作用：谢氏夫妇对儿子似乎没有多少亲情，谢豹飞只是他们的一个实验品，而不是他们的亲生儿子。在保护儿子的隐私和炫耀成功两者之间，谢教授选择的是后者，如果说当父亲的天生粗心，当母亲的也该想到啊。

饭店十分豪华，凭栏俯视，室内游泳池清澈见底。房间墙壁是灿烂的金黄色，挂着用紫檀木框装裱的杭州丝绣，地上铺着法国萨冯纳利地毯，天花板上悬着巨型镀金水银灯，卧室也相当宽敞。费新吾无心体会这些富贵情趣，他立即给雅典的那个旅馆挂了电话，录音电话中仍是自己当时的留言，田延豹竟然未同他联系，这是不太正常的，按时间他早该同田歌会合了。

会不会出了什么意外？虽然他一再宽解自己的忧虑，但心中的忐忑却驱之不去。他在豪华的雪花石浴盆里匆匆洗了澡，然后摁灭壁灯，躺在床上。

他刚蒙　入睡，忽听一阵急促的敲门声，一个人扭开房门进来。是谢教授，他的面色苍白，虽然还维持着表面的镇定，但已经不是那个从容自信、有上帝般目光的谢教授了。费新吾的心跳加快了，急忙问："出了什么事？"

谢教授简单地回答："凶杀。官方已经派直升机来接我们过去，飞机马上就到。"

费新吾匆匆穿上外衣，追问道："是谁被害？"

"田歌和鲍菲，两人都死了……田先生……已被拘留。"

这几天，"田歌号"几乎游遍了爱琴海的每个角落，穿行在历史与神话、海风和月光中。船上实施着严格的无线电静默，甚至连电视都不看，所以外界的风暴丝毫没有影响船上的伊甸园气氛。美轮美奂的游艇，强健美貌的恋人，细心的希腊女仆……田歌过的是公主般的生活。她出生在一个相当富裕的中国家庭，被父母捧在手心里长大，但这些天她才知道了"富裕"和"豪富"的区别。

上船的第一天，田歌偎在鲍菲怀里，在他耳边轻声说："鲍菲，我的心早已属于你了。正因为我爱你太深，我想提出一个要求，你能答应吗？"

"你说吧，我一定答应。"

田歌羞涩地说："我不是个守旧的女人，可是我想守住我的处女之身，直到我结婚的那一天。请你成全我的心意，好吗？"

谢豹飞高兴地答应了，这话正合他意。在潜意识中，他一直希望把这一天尽量往后推，他想起温哥华的那个黑人妓女，想起自己在旧金山、香港和曼谷的几次艳遇。那几次男欢女爱的结局都是狂乱的、模糊的。他不明白为什么在每次性高潮后，尤其是闻到血腥味后，他血液中的狂暴就会迅速膨胀，完全冲毁了理智。现在，面对着像薄胎瓷器一样美丽脆弱的田歌，自己会不会再次陷入那种癫狂？

这些天他的表现完全是一个地道的绅士，白天他们尽情玩耍，晚上则相互吻别，各回各的房间。能做到这一点并不容易，终日耳鬓厮磨，他体内的情欲之火日渐炽烈。在拥抱中，田歌能感觉到这个男人变硬的肌肉，每一次无意的碰撞都能激起一阵阵的战栗。有时，田歌禁不住暗自想："要不就放纵一次？"不过她总能及时收敛心神。

这天晚上两人吻别后，田歌躺在那张极宽敞的双人床上，凝视着窗外的圆月。今天正是月圆之夜，她几乎能听到月球引力在自己体液中激发的潮汐声。现代人类学的研究复活了古代的天人感应思想，比如人们发现妇女经期就与月亮盈亏有直接的关系。在大洋洲及南美洲的一些原始部落里，妇女的经期严格遵照月亮的时刻表：满月时排卵，新月时来经。现代人已被房屋和灯光隔断了与月亮的天然联系，不过人类学家做过实验，让城市妇女睡在一间按月亮调节灯光的屋内，半年后她们竟完全恢复了自然经期。人类学家还证明，满月会引起大脑左右半球电磁压差的显著变化，因此，在满月期间，狂躁病患者、癔病患者、梦游症患者发病的可能性会增大。

田歌不知道该不该把责任推给满月。但无论如何，今晚她体内的情欲之河比往日更加汹涌澎湃。她眼前一直晃荡着那具猎豹一样刚劲舒展的躯体：宽阔的肩头，修长强健的双腿，微凹的腰弯，凸起的臀部……随着她的回味，心底会泛起一波波的震颤。她终于克制了自己的欲望。透过窗户，她忽然看见恋人的身影，他正倚在栏杆上，仰着脸呆呆地看着月亮。田歌悄悄开门出去，从后边揽住他的腰部。这次谢豹飞没有热烈地拥抱她，他的身体显得非常僵硬，只定定地盯着满月，像是在竭力回忆一个前生之梦。他的嘴里有很浓的威士忌的味道。田歌探头看看，发觉他的表情似乎在生气，也许是为了自己的拒绝？她温柔地说："天晚了，回去休息吧。"

她调皮地把情人推回他的房间，与他再次吻别，回到自己的床上。半个小时后，刚刚入睡的田歌被门锁的扭动声惊醒了，赤身裸体的谢豹飞披着月光走进了她的房间。田歌面庞发烧，忙起身为他披上一件浴袍。谢豹飞顺势把她紧紧搂在怀里，他的肌肉深处泛起不可抑止的震颤。在这一瞬间，田歌再次泛起那个念头："要不就放纵一次？"但她仍克制住自己，柔声哄劝道："鲍菲，你答应过的，请你成全我的愿望，好吗？"

没有回答。田歌突然发觉恋人变了，他的目光十分狂热，没有理性。他抽出右手，一把撕破田歌的睡衣，裸露出浑圆的肩头和一只乳房。

田歌怒声喝道："豹飞！……"她随即调整了情绪，勉强笑了笑，"豹飞，你是不是喝醉了？我知道这几天你一定很难受，你冷静一点儿，好吗？我们坐下来说话，好吗？"

谢豹飞仍一言不发，毫不费力地一把拎起田歌，大踏步地走过去，把田歌重重地摔到床上，然后刺啦一声，把她的睡衣全部扯掉。

田歌勃然大怒，抓起毛巾被掩住身体，愤怒地喊："豹飞！……你把我当成什么人了？娼妓？女奴？"

谢豹飞又一把扯掉毛巾被，把田歌按在床上，绝望的田歌抽出右手，狠狠地给了他一记耳光。这记耳光似乎更激起了谢的兽性，他贪婪地盯着月光下白皙诱人的躯体，喉咙里咻咻地喘息着，扑了上去。

他很快压制了田歌的反抗，半个小时后，他才支起身体。身下的田歌早已停止了挣扎，头颅无力地垂在一旁，长发散落在雪白的床单上，下体浸在血泊中，散发着浓重的血腥味。谢豹飞并未因兽欲已经发泄而清醒，血腥味刺激着他的神经，在他意识深处唤起一种模糊的欲望：他甚至想要咬住这个漂亮的脖子。

全身的血液一阵又一阵凶猛地往上冲，在癫狂中，他呵呵地笑着，低下头咬紧猎物的颈项……

田延豹租用的水上飞机降落在"田歌号"附近的水面上。他发觉情况异常，一架警用直升机落在这艘游艇上，警灯不停地闪烁着。警察的身影在艇上来回晃动。一艘快艇驶过来，靠近他的水上飞机，一个长着黑胡子的希腊警察在船舷上大声问他是谁，来这儿干什么。然后他用无线报话器同上司交谈了两句，探过身大声喊着："请田先生上船吧！"

田延豹交代飞机驾驶员停在此地等他，急忙跳到船上，心中那种不祥的预感更强烈了。他急急地问："先生，出了什么事？田歌还好吗？"

这位警察一言不发，仔细地对他搜了身，带他来到游艇。在餐厅里，警官提奥多里斯更加详细地询问了他的情况，尤其是追问他为什么"恰在这时"赶到凶杀现场。田延豹的眼前变黑了，声音喑哑地连声问："是谁被害了？是谁？"

提奥多里斯遗憾地说："是田小姐被害，凶手已被拘留。是船上的女仆发现的。可惜我们来晚了，你妹妹是一个多可爱的姑娘啊。"

提奥多里斯警官带他走进那间豪华的卧室，蜡烛形的镀金吊灯散着柔和的金辉，照着那张极为宽敞、洁白松软的卧床。那本该是白雪公主才配使用的婚床，现在，田歌却躺在白色的殓单下面。田延豹手指颤抖着揭开殓单，田歌的头无力地歪着，黑亮的长发散落一旁，脖颈处有两排深深的牙印，已经变成了紫色的瘀斑。她眉头紧皱，惨白的脸上凝结着痛苦和迷惘。也许她至死都不明白命运之神为何对她如此残酷，为何她挚爱的恋人会这样残忍。

再往下是赤裸的肩头，田延豹不忍再看下去，轻轻地放下殓单，声音嘶哑地说："替她穿上衣服吧，她不能这样离开人世。"

警官同情地看看他，点头应允，退出房间，让希腊女仆过来帮忙。

收拾完毕，田延豹走出卧室，他问提奥多里斯警官，凶手在哪儿，他想同对方谈一谈。他苦笑道："放心，我不会冲动。告诉你，我也是曾杀入世锦赛百米决赛的运动员，我想以同行的身份同他谈一谈，以便妥善了结此事。"

提奥多里斯犹像片刻后答应了，带他走进隔壁的房间。谢豹飞被反铐在一张高背椅上，头发散乱，脸上有血痕，赤裸的身上披着一件浴衣。警官告诉田延豹，他们赶到时，谢豹飞精神似已错乱，绕室狂走，完全没有逃跑的打算，不过警察在逮捕他时经历了相当激烈的搏斗。警官小声骂道："这杂种！真像一头豹子，力大无穷。"

田延豹拉过一把椅子坐在他的面前，冷冷地打量着他。凶手紧咬着牙关，嘴巴凶狠地弯成弓形，目光空洞狞厉，丝毫没有理性的成分。

田延豹冷冷地说："谢先生认出我了吗？我是田歌的堂兄，也是一名短跑选手。小歌是我看着长大的，看着她从一个娇憨的、步履蹒跚的小丫头，长成快乐的豆蔻少女，又长成玉洁冰清的美貌姑娘。我总是惊叹，她是造物主最完美的杰作，集天地灵秀于一身。坦白地说，没有哪个男人不会对她产生爱慕之心。但我不幸是她的堂兄，只好把这种爱慕变成兄长的呵护，小心翼翼地守护着她，不让她受到一丝伤害。后来她遇上了你，我庆幸她遇见了理想的白马王子，我这个兄长可以从她的生活中退出来了。但是……"

在他沉痛地诉说时，提奥多里斯一直鄙夷地盯着谢豹飞，他看出田先生沉痛的诉说丝毫未使那个杂种受到触动，他的目光仍是空洞狞厉。田延豹停顿下来，艰难地喘息着，忽然爆发道："我宰了你这个畜生！"

他猛地一下扑了过去，精神迷乱的谢豹飞凭本能做出反应，敏捷地带着椅子蹿起来，但手铐妨碍了他的行动，在 0.1 秒的迟缓中，田延豹已经掐住他的脖子，两人连同椅子訇然倒在地板上。提奥多里斯和另一名警察先是一愣，因为田延豹一直在冷静地谈话，没料到他会突然爆发。随即他们立即跳起来，想把两人拉开。但田延豹的双手像一把铁钳，两个人无论如何也拉不开。眼看谢豹飞的脸已经变色，瞳孔已经开始发散，提奥多里斯只好用警棍对着田延豹的脑袋来了一下。

田延豹休克过去了，两名警察这才把他的双手掰开。谢豹飞卡在椅子中间，头颅以极不自然的角度斜垂着，就像一株折断了的芦苇。提奥多里斯急忙试试他的鼻息，翻看他的瞳孔——他已经死了，是被高背椅硌断了脖子。提奥多里斯懊丧地向警察局通报了这个情况。

两个小时后，又一架直升机悬停在游艇上空。游艇上已经没有可停机的空地，所以直升机悬停在空中，放下一架软梯，费新吾和谢可征从软梯上爬下来，旋翼气流猛烈地翻搅着他们的衣服。当他们站在两具尸体前时，谢教授努力克制着自己没有失态，只有手指在抽动着。

四

对田延豹的审判在雅典拉萨琼法院举行，能容纳三百人的旁听席里座无虚席。这是一桩十分轰动的连环案，其中身兼凶手和被害人双重身份的鲍菲·谢既是百米王子，又是世界上第一位"豹人"，这自然引起新闻界极大的关注。田歌小姐虽然没有什么知名度，但这些天通过报纸、电台的宣传，包括展示那些偷拍的热恋镜头，美貌的田歌已成了公众心目中最纯洁可爱的偶像。种种情绪压倒了谢豹飞的名声，对田延豹的量刑无疑是有利的。

大厅中有一块地方专门辟为记者席，各国记者云集此地，有美联社、路透社、共同社、塔斯社……自然也少不了新华社。不过，由于凶手和死者是中国人或华裔，这种情形对中国记者来说多少有些微妙，所以他们小心地保持着同其他记者的距离，沉默着，不愿与同行们交谈。

审判庭前方的平台上放着三把黑色的高背皮椅，这是法官的座席。平台前边是证人席，小木桌上放着一本封皮已旧的《圣经》。左面是被告席，田延豹已经入席，他显得十分平静超脱，给别人的强烈印象是：他心愿已毕，以后不管是上天国还是下地狱都无所谓了。

费新吾坐在旁听席的第一排，一直同情地看着他，眼前不时闪过田歌的倩影，笑靥如花、俏语解人、水晶般纯洁……有时他想，换了他在场，照样会把那个该千刀万剐的凶手掐死！他收回目光，扫了一眼前排的一个空位，那是谢先生的位置，大概今天他不会来了。

那天他们赶到"田歌号"游艇，目睹了一对恋人惨死的场景。作为凶手的田延豹没有丝毫歉疚，目光炯炯地盯着死者的父亲；作为苦主的谢教授反倒躲避着他的盯视，只是失神地看着死去的儿子。田延豹被押走后，费新吾陪教授到岛上开了一间房间，他想尽量劝慰这个被丧子之痛折磨的老人。

谢教授沉默着，步履僵硬。等侍者退出房间，教授痛心地说："都怪我啊，没有及早发现豹儿是个虐待狂症患者，以致酿成今天的惨剧。"

费新吾心中渐次升起复杂的情感：怜悯、鄙夷夹杂着愤恨，因为他十分清楚谢教授的这个开场白是什么动机。他冷淡地问："谢豹飞仅仅是一个虐待狂？"

"对，美国是这样的一个社会，性虐狂和受虐狂有许多，他们有时会做出种种不可理喻的怪诞举动，据统计，在满月之夜发病率会更高一些，昨天是满月之夜吧。但我没发现豹儿也受到这种社会习俗的毒害，我对他的教育一直是很严格的。"

费新吾已经不能抑制自己的鄙夷了，他冷冷地问："你是想让我相信，他只是人群中的精神病患者，与他体内嵌入的猎豹基因无关？"

谢教授一愣，苦笑道："当然无关，我想你总不会相信，一段控制肌肉发育的基因能影响人性。"

费新吾大声说："我为什么不相信？什么是人性或兽性？归根结底，它是一种思维运动，是由一套指令引发的一系列电化学反应，它必然基于一定的物质结构。人性的形成当然与后天环境有很大关系，但同样与遗传密切有关。早在很久以前，科学家就发现有 XYY 基因的男子比具有 XY 正常基因的男子易于犯罪，他们常常杀死妓女，在公共场合暴露生殖器；还发现人类 11 号染色体上的 D4DR 基因有调节多巴胺的功能，从而影响性格，D4DR 较长的人常常追求冒险和刺激。其实，人体的所有基因都与人性有联系，或多或少，或直接或间接。作为一位杰出的学者，你会不了解这些发现？你真的相信猎豹的嵌入基因丝毫不影响人性？如果基因不影响性格，那么请你告诉我，猎豹的残忍和兔子的温驯究竟是由什么决定的？难道后者是由神学院、礼仪学校教出来的？"

这些锋利的诘问使教授的精神突然崩溃了，他没有反驳，而是低下头，颤颤巍巍地回到自己的卧室去了。那天晚上后，两人没有再见面。第二天一早，费新吾就从这家旅馆搬走了，他不愿再同这位自私的教授住在一起，也希望永远不要再与谢教授接触。这会儿，费新吾盯着旁听席上的空座位，心中还在鄙夷地想，对于谢教授来说，无论是儿子的横死还是田歌的不幸，在他心目中都不会激起任何波澜，他关心的只是自己的科学发现在科学史上的地位。

国家特派检察官柯斯马斯坐上原告席，他看见被告辩护人雅库里斯坐在被告旁边，便向这位熟人点头示意。雅库里斯律师今年50岁，相貌普通，像一只沉默的老海龟，但柯斯马斯深知他的分量。这个老家伙头脑异常清醒，反应极为敏锐，只要一走上法庭，他就会进入极佳的竞技状态，发言有时雄辩，有时委婉，就像一个琴手那样熟练地拨弄着听众和陪审团的情感之弦。还有一条是最令人担心的：雅库里斯接手案件前有严格的选择，他向来只接那些能够取胜的（至少按他的估计如此）业务，而这次，听说是他主动表示愿当被告的律师。

不过，柯斯马斯不相信这次他会取胜。这个案件的脉络是十分清楚的，那个中国人的罪行毫无疑义，最多只是量刑轻重的问题。这时，只听书记员喊了一声："肃静！"接着，两名法官和一名庭长依次走进来，在法官席上就座，宣布审判开始。

柯斯马斯首先宣读起诉书，概述了此案的脉络，然后说："这是一起连环案，第一个被害人是纯洁美丽的田歌小姐，她挚爱着自己的恋人，却仅仅因为守护自己的处女之身就惨遭不幸，她激起了我们深深的同情和对凶手的愤慨。但这并不是说田先生就能代替法律行使惩罚，血亲复仇的风俗在文明社会早已废弃了。因此，尽管我们对田先生的激愤和冲动抱有同情，仍不得不把他作为预谋杀人犯送上法庭。"

柯斯马斯坐下后，雅库里斯神色冷静地走向陪审团，做了一次极短的陈述："我的委托人杀死谢豹飞是在两名警察的注视下进行的，他们都有清晰的证言，我的委托人对此也供认不讳。实际上，"他苦笑了一下，"田先生曾执意不让我为他辩护，他说他为田歌报了仇，可以安心赴死了。是他的朋友费新吾先生强迫他改变了主意，费先生说，'尽管你不惧怕死亡，可你的妻子和未成年的女儿在盼着你回去！'法官先生，陪审员先生，我的陈述完了。"

他突兀地结束了发言，把两个女人的"盼望"留给陪审员。

柯斯马斯开始讯问证人，警官提奥多里斯第一个做证，他详细叙述了当时的过程。

柯斯马斯追问："看过田歌小姐的遗体后，被告的表情是否很平静？"

"对，当然后来我才知道，这种平静只是一种假象。"

"他在要求见凶手谢豹飞时，是否曾说过：'放心，我不会冲动，我想以同行的身份同他谈谈，以便妥善了结此事？'"

"对。"

"也就是说，他曾经成功地使你相信，他绝不会采取激烈的报复手段，在这种情形下你才放他去见鲍菲·谢，是吗？"

"是的，我并不想因失察而受上司处分。"

柯斯马斯已在公众中成功地确立起"预谋杀人"而不是"冲动杀人"的印象，他说："我的讯问完了。"

律师雅库里斯慢慢走到证人面前，"警官先生，被告在杀死鲍菲·谢之前，曾与他有过简短的谈话，你能向法庭复述吗？"

提奥多里斯复述了被告当时的谈话后，雅库里斯接着问："那么，在田歌死后，他才第一次向世人承认，他也曾暗恋着漂亮的堂妹，但他用道德的力量约束了自己，仅是默默地守护着她，把爱情升华成默默的奉献，我说得对吗？"

"对。当时我们都很敬重他，认为他是一个正人君子。"

雅库里斯叹道："是的，一个真正的君子。我正是为此才主动提出做他的免费辩护律师。法官先生，我对这名证人的问题问完了。"

警官退场后，雅库里斯对法官说："我想讯问几个仅与田歌被杀有关而与鲍菲·谢被杀无关的证人。这是在一个小时内发生的两起凶杀案，一桩案件的'果'是另一桩案件的'因'，因此，我认为被讯问者至少可以作为本案的间接证人。"

法官表示同意，按他的建议传来游艇上的女仆。

"请把你的姓名告诉法庭。"

"尼加拉·克里桑蒂。"

"你的职业。"

"案发时我是田歌小姐和鲍菲·谢先生的仆人。"

"请问，依你的印象，他们两人彼此相爱吗？"

"当然！我从没见过这么美好的一对情侣，这艘昂贵的游艇就是谢先生送给田小姐的。我真没有料到……"

"在4天的旅途中，他们发生过口角吗？"

"没有，他们总是依偎在一起，直到深夜才分开。"

"你是说，他们并没有睡在一起？"

"没有。律师先生，我十分佩服这位中国姑娘，她上船时就决定把处女之身留到新婚之夜再献给丈夫。她对我说过，正因为她太爱谢先生，才做出这样的决定。在这几天中，她始终能坚守这道防线，真不容易！"

"那么，案发的那天晚上，你是否注意到有什么异常？"

"有那么一点，那晚谢先生似乎不太高兴，表情比较沉闷，我曾发现他独自到餐厅去饮酒。田小姐一直亲切地抚慰着他。我想，"她略为犹豫，"谢先生那晚一定是被情欲折磨，这对一个强壮的男人来说是很正常的，但谢先生曾赞同田小姐的决定，不好食言。我想他一定是为此生闷气。"

听众中有轻微的嘈杂声。律师继续问："后来呢？"

"后来他们各自睡了，我也回到自己的卧室。不久我听见小姐屋里有响动，她在高声说话，好像很生气。我偷偷起来，把她的房门打开一条缝，见小姐已经安静下来，谢先生歪着头趴在她的脖颈上亲吻。我又悄悄掩上门回去。但不久，我发觉谢先生一个人在船舷上狂乱地跑动，赤身裸体，腹部好像有血迹。这时我忽然想到了电视上关于豹人的谈论。虽然谢先生那时一直隐瞒着姓名，但我发现他的相貌很像那个豹人。那一瞬间我突然意识到，"虽然已事隔一月，回忆到这儿，她的脸上仍浮现出极度的恐惧，"谢先生刚才亲吻的姿势非常怪异，实际上他不像是在亲吻，更像是在撕咬小姐的喉咙！"

她的声音发抖了，听众都感到一股寒意爬上脊背。女仆又补充了一句："我赶紧跑到小姐的屋里，看到那种悲惨的景象，我真不敢相信自己的眼睛，因为谢先生曾经那样爱她！"

雅库里斯停止了讯问："我的问题完了，谢谢。"

由于本案的脉络十分简单，法庭辩论很快就结束了。检察官柯斯马斯收拾文件时，特意看看沉默的辩护人。今天这位名律师一直保持低调，当然，他成功地拨动了听众对凶手的同情之弦——但仅此而已，因为同情毕竟代替不了法律。看来，在雅库里斯的辩护生涯中，他要第一次尝到失败的滋味了。

田延豹在离席时，面色平静地向熟人告别，当目光扫到检察官身上时，他同样微笑着点头示意，柯斯马斯也点头回礼。他感到很遗憾，虽然不得不履行职责，但从内心讲，他对这位正直血性的凶手满怀敬意。

第二天早上9点，法庭再次开庭。身穿黑色西服的谢可征教授步履蹒跚地走进来，坐到那个一直空着的位子上。很多人把目光转向他，窃窃私语着，但谢教授却竖起了冷漠之墙，高傲地微仰着头，半闭着眼睛，对周围的声音充耳不闻。

法官宣布开庭后，雅库里斯同田延豹低声交谈几句，站起来要求做最后陈述。他慢慢走到场中，苦笑着说："我想在座的所有人对被告的犯罪事实都没有疑问了。大家都同情他，但同情代替不了法律。曾几何时，在人道主义思潮冲击下，大部分西方国家都废除了死刑，唯独希腊还坚持着'杀人偿命'的古老律条。我认为这是希腊人的骄傲。自从人类步入文明，杀人一直是万罪之首，列于《圣经》的十戒之中，这是为什么？为什么杀死一只猪羊不是犯罪，而杀人却是罪恶？这个貌似简单的问题实际是不证自明的，是人类社会公认的一条公理，它植根于人类对自身生命的敬畏。没有这种敬畏，人类所有法律都失去了基础，人类的信仰将会出现坍塌。所以，人类始终小心地守护着这一条善与恶的分界线。"

检察官惊奇地看着侃侃而谈的律师，心里揶揄地想，这位律师今天是否站错了位置？这番话应该是检察官去说才对。

雅库里斯大概猜到了他的心思，对他点点头，接着说下去："所以，如果确认我的委托人杀了人——不管他的愤怒是多么正当——法律仍将给予他严厉的惩罚，我们，包括田先生的亲属、陪审员都将遗憾地接受这个判决。现在只剩下一个小小的问题——"

他有意停顿下来，检察官立即竖起耳朵，心里有了不祥的预感。不仅是他，凡是了解雅库里斯的法官和陪审员也都竖起耳朵，看他会在庭辩的最后关头拿出什么法宝。

在全场的寂静中，雅库里斯极清晰地、一字一顿地说："只有一个小小的问题：被告杀死的谢豹飞究竟是不是一个人？"

庭内有一个刹那的停顿，紧接着是全场的骚动。检察官气愤地站起来，没等他开口，雅库里斯立即堵住他的嘴："少安毋躁，少安毋躁。不错，在众人常识性的目光中，鲍菲·谢自然是人，这一点毫无疑问。他有人的五官，人的四肢，人的智力，说人的语言，生活在人类社会中。但是，正如大家所知道的，当他还是一颗受精卵时，他就被植入了非洲猎豹的基因片段，关于这一点，如果谁还有什么疑问的话，可以质询在座的两个证人：谢可征教授和费新吾先生。检察官先生，你有疑问吗？请你简单回答：有，还是没有。"

庭内的注意力全部转向谢可征和费新吾，但谢教授仍是双眼微闭，浑似未闻。柯斯马斯不情愿地说："关于这一点我没有异议，可是……"

雅库里斯再次打断了他，顺着他的话意说下去："可是你认为他的体内仅仅嵌有极少量的异种基因，只相当于人类基因的十万分之一，因此没人会怀疑他具有人的法律地位，对吧？那么，我想请博学的检察官先生回答一个问题：你认为当人体内的异种基因超过多少才失去人的法律地位？1%、20%还是50%？奥运会的百米亚军埃津瓦说得好，今天让一个嵌有万分之一的猎豹基因的人参加百米赛跑，明天会不会牵来一只嵌有万分之一人类基因的四条腿的豹子？不，人类必须守住这条防线，半步也不能后退，那就是：只要体内嵌有哪怕是极微量的异种基因，这人就应视同非人！法官先生，陪审员先生，我想本法庭面临的是一个全新的问题，我代表我的委托人向法庭提出一个从没人提过的要求：在判定被告'杀人'之前，请检察官先生拿出权威部门出具的证明，证明鲍菲·谢具有人的法律地位。"

柯斯马斯暗暗苦笑，他知道这个狡猾的律师已经打赢了这一仗。两天来，他一直在拨弄着法庭的同情之弦，使他们对不得不判被告有罪而内疚——忽然，他在法律之网上剪出了一个洞，可以让田先生从网眼脱身了。陪审员们如释重负的表情便足以说明这一点。其实何止陪审员和法官，连柯斯马斯本人也丧失了继续争下去的兴趣，就让那个值得同情的凶手逃脱惩罚，回到他的妻女身边去吧。

雅库里斯仍在侃侃而谈："死者鲍菲·谢确实是一个受害者，另一种意义的受害者。他本来可以是一个正常人，虽然也许没有出众的体育才能，但有着善良的性格，能赢得美满的爱情，有一个虽然平凡但却幸福的人生。但是，有人擅自把猎豹基因嵌入他的体内，使他既获得猎豹的强健肌肉，又具有猎豹的残忍，因此才酿成了今天的悲剧。那个妄图代替上帝的人才是真正的罪犯，因为他肆意粉碎了宇宙的秩序，毁坏了上帝赋予众生的和谐和安宁。"他猛然转向谢教授，"他必将受到审判，无论是在人类的法庭，还是在上帝的法庭！"

雅库里斯的目光像两把赤红的剑，咄咄逼人地射向谢教授，但谢教授仍保持着他的冷漠。记者们全都转向他，闪光灯闪成一片。旁听席上有少数人不知内情，低声交谈着。法官不得不下令让大家肃静。

许久，谢教授才站起来，平静地说："法官先生，既然这位律师先生提到了我，我可以在法庭做出答辩吗？"

三名法官低声交谈几句，允许他以证人的身份陈述。谢教授走向证人席，首先把《圣经》推到一边，微微一笑，"我不信《圣经》中的上帝，所以只能凭我的良知发誓：我将向法庭提供的陈述是完全真实的。"他面向观众，两眼炯炯有神，"这位律师先生曾要求权威部门出具证明，我想我就具备了这种权威身份。我要出具的证言是：的确，鲍菲·谢已经不能归于自然人类的范畴了，他属于新人类，我姑且把它命名为'后人类'，他是'后人类'中第一个降临于世界的。因此，在适用于'后人类'的法律问世之前，田延豹先生可以无罪释放了。"

　　他向被告点头示意。法庭上所有人，无论是法官、被告、辩护律师、陪审员，还是听众，都没有料到被害人的父亲竟然这样大度，庭内响起一片嗡嗡声。

　　谢教授继续说道："至于雅库里斯先生指控我的罪名，我想请他不要忘了历史。当达尔文的物种起源发表后，也曾激起轩然大波，无数'人类纯洁'的卫道士群起而攻之，咒骂他是猴子的子孙。随着科学的进步，现在已经很少有人羞于当'猴子的子孙'了。不过，那种卫道士并没有断子绝孙，他们会改头换面，重新掀起一轮新的论战。从身体结构上说，人类和兽类有什么截然分开的界限？没有，根本没有，所有生物都是同源的，是一脉相承的血亲。不错，人类告别了蒙昧，建立了文明，从而与兽类区别开来，但这是对精神世界而言。若从身体结构上看，人兽之间并没有这条界限。既然如此，只要对人类的生存有利，在人体内嵌入少量的异种基因，为什么竟成了大逆不道的罪恶？

　　"自然界是变化发展的，这种变异永无止境。从生命诞生至今，至少已有90%的生物物种灭绝了，只有适应环境的物种才能生存。这个道理已被人们广泛认可，但从未有人想到这条生物界的规律也适用于人类。在我们的目光中，人类自身结构已经十全十美，不需要进步了。如果环境与我们不适合——那就改变环境来迎合我们嘛。这是一种典型的人类自大狂。比起地球，比起浩渺的宇宙，人类太渺小了，即使亿万年后，人类也没有能力去改变整个外部环境。那么我要问，假如十万年后地球环境发生了很大的变化，人类必须离开陆地而生活在海洋中怎么办？或者必须生活在没有阳光，仅有硫化氢提供能量的深海热泉中，生活在近乎无水的环境中，生活在温度超过八十摄氏度的高温条件下（这是蛋白质凝固的温度）怎么办？上述这些苛刻的环境中都有蓬勃的生命，换句话说，都有可供人类改进自身的基因结构。如果当真有那么一天，我们是墨守成规、抱残守缺、坐等某种新的文明生物替代人类呢，还是改变自己的身体结构去适应环境，把人类文明延续下去？"

他的雄辩征服了听众，全场鸦雀无声。谢教授目光如炬地说下去："我知道，人类由于强大的思维惯性，不可能在一夜之间接受这种异端邪说，正像日心说和进化论曾被摧残一样，很可能，我会被守旧的科学界烧死在火刑柱上。但不管怎样，我不会改变自己的信仰，不会放弃一个先知者的义务。如果必须用鲜血来激醒人类的愚昧，我会毫不犹豫地献出我的儿子，甚至我自己。"

记者们都飞快地记录着，他们以职业的敏感意识到，今天是一场历史性的审判，它宣布了"后人类"的诞生。谢教授的发言十分尖锐，使人感到肉体上的痛楚，但它却有强大的逻辑力量，让你不得不信服。连法官也听得入迷，没有试图打断这些显然已跑题的陈述。谢教授结束了发言，居高临下地俯视着听众，高傲的目光中微带怜悯，就像上帝在俯视着自己的羔羊。然后，他慢慢走下证人席，回到自己的座位上。

他的陈述完全扭转了法庭的气氛，使一个被指控的罪人羽化成了悲壮的英雄。

三位法官低声交谈着，忽然旁听席上有人轻声说道："法官先生，允许我提供证言吗？"

大家朝那边看去，是一个60岁左右的老妇人，鬓发花白，穿着黑色的衣裙，看模样是黄种人。法官问："你的姓名？"

"方若华，我是鲍菲的母亲，谢先生的妻子。"

费新吾恍然回忆起，这个妇人昨天就来了，一直默默坐在角落里，皱纹中掩着深深的苦楚。他曾经奇怪，鲍菲的母亲为什么一直不露面，现在看来，这个家庭里一定有不能向外人道及的纠葛。谢教授仍高傲地眯着双眼，头颅微微后仰，但费新吾发现，他面颊上的肌肉在微微抖动着。

庭长同意了妇人的要求，她慢慢走到证人席，目光扫过被告、检察官和陪审员，定在丈夫的脸上。她说："我是28年前同谢先生结婚的，他今天在法庭陈述的思想在那时就已经定型了。那时，我是他的助手，也是他坚定的信仰者。当时我们都知道基因嵌接术在社会舆论中是大逆不道的，所谓始作俑者，其无后乎？率先去做的人不会有好结果。但我和丈夫义无反顾地开始去进行这件事。

"后来，我们的爱情有了第一颗果实，在受精卵发育到八胚胎期时，丈夫从我的子宫里取出胚细胞，开始了他的基因嵌接术。"她的嘴唇颤抖着，艰难地说，"不久前死去的鲍菲是我的第七个儿子，也是唯一发育成功的一个。"

片刻之后，人们才意识到这句话的含义，庭内响起一片嗡嗡声。妇人继续说，声音充满了苦涩："当年，第一个改造过的受精卵植入我的子宫时，我也像所有的母亲一样，感受到了体内的神秘变化，我也曾呕吐、嗜酸，感觉到轻微的胎动。体内的黄体胴分泌加快，转变成强烈的母爱。我也曾多次憧憬着儿子惹人爱怜的模样……但这次妊娠不久就被中止了。超声波检查表明，他根本不具人形，只是一个丑陋的、能够生长和搏动的肉团而已！"

她沉默下来，定是回想起当年听到这个噩耗时五内俱焚的痛楚。不管怎样，那也是她身上的一块血肉。听众都体会到一个母亲的痛苦，安静地等她说下去。

停了一会儿后，她接着说："流产之后，丈夫立即把这团血肉处理了，没有让我看见，但我对这团不成形的血肉一直怀着深深的歉疚。直到第二个胎儿开始在腹中搏动时，这种痛楚才稍许减轻。可是，第二个胎儿也是同样的命运。这种使人发疯的过程总共重复了六次。六次啊，这些反复不已的锯割已经超过我的精神承受能力，我几乎要发疯了。

"不过我并不怪我丈夫，他探索的是宇宙之秘，谁能保证没有几次失败？等第七个胚细胞做完基因嵌接术，丈夫不愿我再受折磨，想找一个代孕母亲，我坚决拒绝了。我不能容忍自己的儿子让别人去孕育。还好，这次获得了空前的成功。我满怀喜悦，小心翼翼地把这个体育天才养育成人。不过，坦率地讲，我心里一直有抹不去的可怕预感，这种预感一直伴随着鲍菲长大。这次儿子来雅典比赛，我甚至不敢赶来观看。鲍菲在赛后曾欣喜地告诉我，说他遇到了世上最美的一个姑娘，我也为他高兴，谁料到仅仅三天后……"

她说不下去了。法官们交换着目光，都不去打断她。妇人接着说："一月前我来到雅典，儿子和田小姐的尸体使我痛不欲生。但你们可知道，我丈夫是如何安慰我的？他说，有人说鲍菲的兽性来自嵌入的猎豹基因，他要把第八个冷藏的胚细胞解冻，进行同样的基因嵌接术，让他按鲍菲的生活之路成长，以此来推翻或验证这种结论。从那时起，我就知道我们之间的婚姻已经完结了。不错，谢先生是在勇敢地探索他的真理，百折不回，但这种真理太残酷，一个女人已经不能承受了。在那次谈话后，我立即返回了美国，谢先生，"她转向旁听席上的丈夫，"你知道我回去的目的吗？我已经请人把最后一个胚细胞植入我的子宫，但没有做什么基因嵌接术。我要以 59 岁的年龄再当一次母亲，生下一个没有体育天才的、普普通通的孩子！"她回过头歉然道，"法官先生，我的话完了。"

法庭休庭两个小时后重新开庭，法官和陪审员走回自己的座位，两名法警把田延豹带到法官面前。法庭里非常寂静，在前一段庭审中，听众已经经历了几次感情反复，鲍菲母亲的话把谢教授悲壮的殉道者形象重重地涂上黑色。现在，听众们紧张地等待着判决结果。

法官开始发言："诸位先生，我们所经历的是一场十分特殊的审判。诚如雅库里斯先生和谢可征先生所说，在所有人类的法律中，尽管人们可能没有意识到，但的确有两条公理，是法律赖以存在的、不需求证的公理，即人的定义和人类对自身生命的敬畏。现在，这两条公理已经受到挑战。"他苦笑道，"坦率地说，对此案的判决已经超出了本庭的能力。我想此时此刻，在新的法律问世之前，世界上没有任何法官能对此做出判决。刚才的两个小时里，我们已经尽可能咨询了世界上有名的人类学家、社会学家、生理学家和物理学家，他们的观点大致和谢先生关于'后人类'的观点相同。所以，我即将宣读的判决是权宜性的，是在现行法律基础上所做的变通。"

他清清嗓子，开始宣读判决书："因此，根据国家授予我的权力，并根据现行的法律，我宣布：在没有认定鲍菲·谢作为'人'的法律身份之前，被告田延豹取保释放。鉴于本案的特殊性，诉讼费取消。"

退庭后，记者们蜂拥而上，包围了田延豹和他的辩护律师，几十个麦克风举到他们的面前。费新吾好不容易挤到田延豹的身边，同他紧紧握手，又握住雅库里斯的手，由衷地说道："谢谢你的出色辩护。"

雅库里斯微笑道："我会把这次辩护看成我律师生涯的顶点。"

他们看见谢豹飞的母亲已经摆脱记者，走到自己的汽车旁，但她没有立即钻进车内，而是抬头看着这边，似有所待。田延豹立即推开记者，走过去同她握手，"方女士，我为自己那天的冲动向你道歉。"

方女士凄然一笑，"不，应该道歉的是我。"她犹豫了很久才说，"田先生，我有一个很唐突的要求，如果觉得不合适，你完全可以拒绝。"

"请讲。"

"田小姐是回国安葬吗？是火葬还是土葬？"

"回国火葬。"

"能否让鲍菲和她一同火葬？我知道这个要求很无礼，但我确实知道鲍菲是很爱令妹的——在猎豹的兽性发作之前。我想让他陪令妹一同归天，让他在另一个世界里向令妹忏悔自己的罪恶。"

田延豹犹豫了一会儿，爽快地说："这事恐怕要我的叔叔和婶婶才能决定，不过我会尽力说服他们，你晚上等我的电话。"

"谢谢，衷心地感谢。这是我的电话号码。"

他们看到一群记者追着谢教授，直到他钻进自己的富豪车。

在他点火启动前，新华社记者穆明提出了最后一个问题："谢先生，你还会冒天下之大不韪，继续你的基因嵌入研究吗？"

那辆车的前窗落下来，谢教授从车内向外望望妻子、田延豹和费新吾，斩钉截铁地吐出了两个字："当然！"

王晋康　　　　————●　三色世界
　　　　　　　　　　　　惊人直觉

楔 子

卡尔·伊斯曼把微量的 CAMP（环磷酸腺苷）滴入玻璃皿中，说："看，黏菌社会马上就要建立了。"

这是在纽约沃森智能研究所的实验室里。伊斯曼是一位高个子的白人青年，30 岁左右，金发，肩膀宽阔，表情很生动。他身后有两个女同事：25 岁的松本好子，身材稍显矮胖；江志丽（英文名字是凯伦·江）大约 32 岁，典型的中国南方女子，细腰，瓜子脸，一头乌黑的柔发盘在头上。

他们用肉眼观察着玻璃器皿中微小的黏菌，旁边的大屏幕上则是放大后的图像。黏菌是一种奇怪的生物，是一个超有机体，或者简直是人类社会在微观尺度上的演习。它们在湿地上游来游去，各自专心致志地吞食着食物，互不关心，是一群冷漠孤独的流浪者，以直接分裂的方式各自繁殖后代。但一旦食物耗尽，某一个细胞就会有节奏地发出"CAMP"，这只先知先觉的细胞就成了黏菌社会的"领袖"。

不过，今天的 CAMP 是黏菌社会之外的神灵滴入的，那只黏菌"领袖"只是偶然受到命运垂青的傀儡，但其他的黏菌并不知道真情，它们仍按照冥冥中的本能朝那只细胞聚集，同时释放 CAMP，形成正反馈，唤醒更多的黏菌来集合，无数黏菌的运动组合成了清晰的螺旋波。

数小时之后，这些黏菌集合成了一个发亮的长着尖头的有机体，有一两毫米长。它们在尖头的带领下开始缓缓爬行，找光，找水，找食物。之后连它们的生殖方式也会改变，尖头处将会产生孢子，孢子飞散后产生一群新个体。

江志丽已是第五次观察这个神秘的过程，但她仍有一种喘不过气的敬畏感。在这种原始的生物中，群体和个体的界限被泯灭了。她记得第一次观察时，导师乔·索雷尔曾对新弟子们有过一次讲话，讲话中既有哲人的睿智，也有年轻人才有的汹涌激情——要知道他已经55岁了——江志丽几乎在听完这段讲话后，立刻就爱上他了。

那天，教授说："请你们用仰视的目光来看这些小小的黏菌，这是宇宙奥秘和生命奥秘的交汇。这种在混沌中（是远离平衡态的混沌）所产生的自组织过程，是宇宙及生命得以诞生的最根本的机制。黏菌螺旋波和宇宙混沌中产生的旋涡星云的本质是相同的，只是尺度不同而已；同时，这又是原始智力的自组织过程。单个黏菌谈不上什么智力，它们也确实太简单了，甚至没有神经系统。但只要它们的数量达到某一临界值，形成一个'社会'或者叫'大个体'，它就能趋光、趋水，做最简单的但是有预定目的的运动，并启用新的繁殖方式。无数微不足道的个体形成了高一级的智力，动物社会、人类社会也都是如此。"

当时，伊斯曼曾插话问："教授，这就是你常说的智力的'外结构'？"

"对。还有一个典型的例子是白蚁，它们的个体也十分简单，不过是几条神经纤维连着几个神经节而已。几只白蚁在一块儿搞不出什么名堂，它们只会把土粒搬来搬去。但只要白蚁的数量超过临界值，信息素就把它们组织在一起，它们就能同心协力，令行禁止，建造连人类也为之咋舌的复杂建筑。人们常认为智力是生物体内的、脑（神经节）内的玩意儿，是单独的、有封闭边界的东西，这是一个错误。实际上，在任何一种生物社会中，智力都是开放的，个体智力通过种种外结构——信息素、声媒介等构成一个大整体。"

江志丽记得自己当时说："人类智力的'外结构'主要是语言。"

"对。遗憾的是，人们通常只把它看成是一种交流方式，而不是智力结构的有机部分。人类已经把语言发展得尽善尽美，并为此心满意得。实际上这种满足是十分浅薄的，这种智能连接方式十分低效，你不妨去观察一个面孔，再试着向别人描述。在这个过程中，首先那个面孔通过光媒介进入你的眼睛，转变成电信号。这一步过程的效率倒是很高的，你头脑中会即时形成一个十分清晰完整的图像。但你怎么能把这个图像完整地搬到另一个人的头脑中？无论你的语言表达能力多么出色，也是绝对不可能的事。所以我们应在黏菌和白蚁这儿受到启发，开发一种新的高效的'外结构'。"

当时江志丽笑道："总不成也用信息素？据我所知，人类在进化中已淘汰了大部分外激素，只保留了少量的性激素，它可以使异性情绪稳定，工作效率提高。美国宇航局已注意到在宇航员中增加女性的比例。"

那天教授兴致很高，笑道："所以我选择研究生时很注意收几个漂亮的女士。"他又收起了笑容，"不，不是信息素，我想这种化学结构难以胜任。为了非常高效、快速地在众多人脑中交换信息，恐怕更可能入选的是电磁结构，也可能是量子力学预言的那种'幽灵式的超距作用'，我们只有摸索着去寻找它。据我所知，斯坦福研究所一直在中情局的资助下研究超能力，如果它确实存在，那将是很理想的方式——可惜，直到今天还没有确证。"

教授一向偏爱这个试验，他说这个过程能以"固有的神秘唤起科学家的灵感和冲动"，所以今天他让弟子们又重复了一次，这次他本人没有参加。这会儿，那个黏菌大个体已爬行到了食物充足的地方，它的尖头发出号令，无数孢子立即分散，四处游荡，寻找食物，开始了新一轮生命循环。

不久，到了下班时间，伊斯曼宣布："黏菌聚集会结束，女士们，收拾东西吧。"

他们正要离开试验室时，电话铃响了。松本好子拿起听筒问了一声，便默默递给江志丽。

是索雷尔教授，他邀请江志丽共进晚餐，江志丽愉快地答应了。她没注意到好子的目光中流露出一丝嫉恨，她比江志丽早来一年，曾经钟情过教授。

一

　　江志丽回到自己的单人公寓里，仔细地挑选着衣服，最后她决定穿那件湖绿色的高领旗袍，到美国后她还没有穿过一次。她站在镜前略施淡妆，现在镜子里是一个娇小典雅的东方女子，皮肤很白，近似西方人的肤色，又远比西方女子细腻。黑色长发蓬松飘逸，散落在浑圆的肩头，一双丹凤眼蕴含柔情，剪裁合体的旗袍更衬出身段的婀娜。她对自己满意地笑笑，拎上女用挎包出门。

　　教授的黄色大都会型轿车已经在门外等着。教授仔细打量着她，微笑着说："凯伦，你真漂亮。"

　　"谢谢。"

　　"今天晚上去哪儿？找一个中餐馆？"

　　"NO，NO，干吗吃中餐呢，我已经吃了 30 年了。如果回国的话，还要继续吃下去，为什么不趁现在多尝尝异乡美味呢？"

　　"好，今天去一家意大利餐馆。"

　　教授打开车门，请志丽上车。他发动汽车后轻轻笑了一声，江志丽奇怪地问："你笑什么？"

　　汽车迅速冲出林荫道，索雷尔先用电话向卡勒莫餐厅预定了座位，然后笑着说："我刚才想到了一位中国朋友，他是北京人，一个很成功的中间商，家产已经逾亿，移民美国也有 15 年了。现在，他仍然吃不惯西餐，只要儿孙没有在家，逮着机会就吃北京炸酱面。亲爱的江，炸酱面真的那么美味吗？"他夸张地惊叹着，江志丽也笑了。

　　他们来到卡勒莫饭店的平台餐厅，穿过衣帽间，侍者领班在门口迎候着，教授说："预定的两人桌。"

　　领班殷勤地把他们领到栏杆旁的一张桌子上，楼下是室内游泳池。教授为女伴斟了一杯矿泉水，问："还喝点什么？咖啡，威士忌？"

江志丽为自己要了一杯加冰威士忌。侍者送来菜单时，江志丽没有客气，很快点了意大利小牛肉、咖喱鸡块、意大利空心面。

吃饭时，教授笑道："我记得你到美国不足 4 年吧，你已经非常成功地西方化了。想好了留下来没有？"

江志丽爽快地说："我已经有这个打算了。一踏入美国这个移民社会，我就觉得似乎我天生就该在这儿生活。我会努力融入这个社会的，也希望得到你的帮助。"

"我会尽力的。"教授吃着小牛肉，沉思了一会儿，小心翼翼地问，"这么说，你与中国的丈夫已经离婚了？"

江志丽抬起头很快看他一眼。教授的头发和胡子已经微见花白，但身体十分健壮，胸膛宽厚。她突然冲动地说："对，我对他已不再依恋。他谨小慎微，住在简陋的楼房，连睡觉时都生怕床板的响声惊动邻居。那种环境能使人的天性慢慢枯萎。我一直盼着有一个地方能自由自在地宣泄我的天性，现在总算找到了！"

在冲动中说了这些话，她多少有些后悔，低下头默默地吃饭。眼前晃动着从前丈夫的影子，还有 3 岁的女儿小格格，她对那个男人没有多少感情，不过想起女儿天真无邪的目光，仍觉得内疚。

5 年前，她以优异的成绩获得了公派留学生的身份，但在办护照前却被告知，这个名额已改派他人了。她出身寒微，没有什么背景，在那张无所不在又毫无踪迹的关系网中挣扎、窒息。她到系主任、外事处长、校长那儿大吵大闹，结果到处都撞在冷淡的礼貌上。同在这所大学的丈夫劝阻不住，负气道："你是不是想把人得罪完？你不留后路，总该为我留条后路吧！"

那时她不由得打一个寒战，也就是从那时起，她萌生了离婚的念头。后来她凭自己的本事自费留学，临走时她斩钉截铁地公开宣布："我再也不会回来了！"

她走时，丈夫甚至没有去送她。所以，在她成为索雷尔教授的情人时，她也没有丝毫负罪感。

索雷尔教授用刀叉吃着牛排，斜睨着女伴，小心地说："你知道，我有一个很好的妻子，我们已经共同生活了 30 年……"

江志丽猛然抬头，恼怒地打断了他的话："不必说了，我绝不会妨碍你的家庭！"教授的话严重挫伤了她的自尊心，"我做你的情人，是因为我喜欢你，仰慕你的智慧，并不是想做索雷尔夫人。我们随时可以说再见的。"

教授很尴尬，沉默片刻后，他诚恳地解释道："请原谅，我绝不是想冒犯你。但我知道中国女子对男女关系看得比较重，我不想让你有一个虚假的希望……"

江志丽已经恢复了好心境，她知道教授的用意是真诚的，便嫣然一笑："行了，亲爱的乔，不必解释了。从现在起，请你把我当成一个彻头彻尾西方化的女人吧。"

教授愉快地笑起来。他们吃完后，唤侍者结了账，教授便携她驱车去他的新寓所。

教授的新寓所在寂静的长岛富人区，俯瞰着浩渺的大西洋。江志丽浴后，教授久久地注视着她，赞扬道："凯伦，你真漂亮！"

江志丽莞尔一笑。可她突然想起，去年回国时，3 岁的女儿小格格也曾这么说："妈妈，你最漂亮，我最喜欢妈妈！"

那时她正同丈夫协议离婚，这句话几乎使她丧失了勇气。此刻想起来，心中仍觉刺痛。

客厅的电话铃响了，索雷尔去接电话，随手摁下免提键："我是索雷尔，请问是哪一位？"

电话中是一个男人略带沙哑的声音："请问，你是沃森智能研究所的乔·索雷尔先生吗？"

"是的，我能为你做些什么？"

"请原谅我打扰你，我向《纽约时报》寻求一位大脑或智能方面的专家，他们推荐了你。我和儿子之间出了一点奇怪的事情……"

他带着浓重的西部口音，说话不太连贯，索雷尔和江志丽努力听着。

那人说："我有一个 6 岁的儿子，他母亲早去世了。两个月前，我偶然发现儿子能读出我的思想……"

索雷尔打断了他的话："你说什么？他能读出你的思想？"

"对，特别是我比较专注地看一幅画面或照片时，他会漫不经心地说，爸爸，你在看妈妈的照片？或者说，你看到的风景多美啊，是吧？但那时他却是在低着头玩，并没有看到我手里的东西。发现这一点后，我有意做了多次试验，结果证明他的确能读出我脑中的东西！"

索雷尔看看江志丽，她仰着头，似笑非笑地听着。那人激动地说："这个游戏我们已经进行了几十次,绝大部分都成功。更奇怪的是,从前天开始,我也能读出儿子的思想了！我正在厨房做饭,忽然头脑中出现了一只沙皮狗,几乎碰到我的鼻子,非常逼真。我急忙跑到客厅,见儿子正盯着邻居家的那只沙皮狗,它是偶然闯进我家的。这以后我又试验了几次,证明我确实也有了儿子那种能力。不过,到目前为止,我们好像只能传递画面之类的东西。"

索雷尔教授听得十分专注,他问："你可以确认吗？不是错觉或是幻觉？"

"我想可以确认,索雷尔先生。我没上过大学,没有什么知识,不过我的神经很健全,不是一个妄想狂患者。"

索雷尔蹙着眉头,与志丽交换着目光。这个消息太出人意料,他一时还难以接受。他有意放慢了节奏,缓缓地问："我还不知道你的姓名和职业呢？"

对方笑了："噢,是我忘了介绍。我叫马高,儿子叫山提,你大概知道这是印第安人的名字。对,我是一个印第安人,在亚利桑那州派克县印第安人之家当管理员。"

索雷尔沉思着,他觉得对方虽然文化素质不高,说话不太连贯,但条理分明,显然不是一个精神病人。略为思忖后,他说："谢谢你打来的电话。你能不能来这儿一趟？路费由我支付……噢,不,不,"他忽然改变了主意,"还是我们去吧,我想你可以尽量保持所处的环境条件,也许你们的特异能力与环境有关。明天我将派一个助手去核实,如果确实的话,我本人随后也去。请告诉我你的电话号码和详细地址。"

江志丽递过来记事本和圆珠笔，他匆匆记下后说："行，就这样决定，我们明天去人。再次谢谢你的电话。"

电话挂上后，江志丽冲动地对教授说："明天让我去吧，我是在盛行特异功能的国家长大的，对这种鬼话早就有免疫力了。"

索雷尔皱着眉头，生气地说："如果这样，就不能派你去。"

"为什么？"

"从事科学研究的人不应有任何框框，而只能相信自己的眼睛。当然，我也不相信他说的，但在用足够的观测去否定它之前，我们不能事先认定它是谎言，法律上的无罪推定同样适用于科学。"

江志丽也严肃起来："我会记住你的话，但还是让我去吧。"她又换了玩笑的口吻，"我去有一个有利条件，中国人和印第安人同属蒙古人种，也许我们之间会有天然的亲近感。"

索雷尔微笑着说："美国是一个成功的民族熔炉，我想，马高先生不会赞同这种带有种族主义色彩的感情。"

他的笑容温文尔雅，但话语深处却分明带有逼人的寒意。江志丽想不到一句玩笑招来这样的反应，她沉默了一会儿，觉得就此哑口未免堵得慌，便佯作无意地说："听说美国的感恩节和印第安人有关？我记得在 1607 年，印第安一个酋长的女儿波卡洪塔丝救助了濒临绝境的英国移民，并教会了他们种烟草、土豆和玉米。1621 年 11 月的第四个星期四，英国移民把这天定为感恩节，以表达对印第安人的感激之情。可是到了 1836 年，羽翼丰满的白人就把印第安人赶出平原，使他们大半死在西部荒凉的山路上，这就是有名的'眼泪之路'。美国社会的基石下埋着一百一十万印第安人的尸骨，占当时北美印第安人总数的 80%。当然比起西班牙人，美国人还是很文明的，西班牙在中南美屠杀了一千二百万印第安人。我知道，还有几十万华人劳工同样埋在美国文明的基石下。我想，至少在那儿，他们应当有一些天然的亲近感。"

索雷尔沉默了一会儿，语调恳切地说："亲爱的江，如果我刚才的话无意中冲撞了你，请你原谅。你说的那种劣行是资本积累初期的罪恶，它再也不会在美国出现了。"

教授的诚恳使她很感动，她笑着用双臂搂住教授的脖子，表示和解。

教授接着刚才被打断的话题说："我有一个挚友在斯坦福研究所，所以我有可靠的消息来源。他们在中央情报局资助下研究超能力已经整20年了，据说成功率很低，所以中情局在征询了俄勒冈大学著名的心理学家 R. 海曼之后，中止了这些研究。不过我的看法不同，我认为成功率是一个不值得注意的数据。20年中哪怕只有一个确凿的事例，也值得继续干下去。据那位朋友说，他们的确有过成功的事例。有一次，一个超能力者凭空画出了弗吉尼亚州一个中情局绝密设施的地图，甚至还猜出了当天的通行口令。按他们那种严格的测试环境，这绝不可能是偶然或是捣鬼。可惜，这种能力的可重复性太差。"他郑重地叮咛，"所以，最重要的是可重复性！只要有一个可重复的例证，就是重要的突破！"

二

第二天早上，江志丽在纽约机场乘上了德尔塔航空公司的麦道飞机。不久，她就看到了连绵不断的落基山脉和著名的科罗拉多大峡谷，峡谷两侧，红黄两色的山崖壁立千尺。空中小姐热情地介绍亚利桑那州的旅游名胜，除了大峡谷外，还有著名的索诺兰彩色沙漠和几百万年前留下的化石林。

飞机很快就在亚利桑那州首府菲尼克斯降落，江志丽租了一辆银云牌轿车，驱车向派克县开去。

下午她找到了那个印第安人之家，它类似于一个小型的自然保护区，坐落在一个山弯里，满坡是翠绿的黄松和长叶松，北美红雀和野云雀在林中鸣叫。路口立着一根两米高的木质图腾柱，上面刻着怪异的面孔，不知是印第安人的祖先还是一位神　，但雕刻精美，显然是后人的仿造而不是真品。图腾旁还有一块低矮的铜制铭牌，简单地记述着其部族的历史以及建立印第安人之家以保存印第安人文化的意义。江志丽取出理光相机照了两张相，便匆匆上车。

落日的余晖照着图腾柱上的面孔，江志丽似乎感受到那双目光穿越时空的沧桑。她知道印第安人同中国人一样，同属蒙古人种，他们的语言也属于孤立语，他们和亚洲人一样，尿中含有 β-氨基异丁酸。据说，他们是在 2.5 万年前从亚洲出发，踏着串珠般的阿留申群岛和白令海峡的浮冰来到北美的。时间似乎已经淹没了一切痕迹，但生物学家从印第安人的线粒体 DNA 中，挖掘出了他们从北美的西部逐渐向东、向南扩散直到南美洲的踪迹。北美印第安人在极盛时达到一百五十万人，但白人殖民者的到来中断了这个进程。

碑文中没有记下这段血迹斑斑的历史，江志丽想，即使在以自由、平等、客观、公正著称的美国，历史的真实也是有限的。不过，她并不想批评美国，毕竟，"为贤者讳"的传统在亚洲要更为浓厚一些。

在山间公路上绕行了 10 分钟，她看见山脚下有一幢小小的二层楼房，这肯定就是马高先生所说的那个印第安民俗博物馆了。一个 30 岁左右的男人在门口迎候，他穿着印第安人服装，但那显然是向游人展示的道具，就像中国的宋城饭店让女招待穿上簇新的宋朝服饰一样。从外表上看，他已失去了祖先的强悍粗犷，只有他黄色的皮肤、黑油油的直发才显示出印第安人的特征。

马高先生热情地迎过来，为江志丽打开车门。他说："按我的估计你快来了，所以我一直在这儿等候。"他领客人进屋，说自己的住室就在楼上，江志丽的住处也安排在楼上，现在请更衣休息。或者，他可以先领她参观一下印第安人之家的展品。

却不过主人的盛情，江志丽浏览了馆内陈设的展品：羽毛头饰，石斧石锄，鹿骨鱼钩和面具等，参观了叫作普布韦洛的印第安人村居的复制品。这些展品干干净净，井井有条，显然受到了精心的管理，与国内那些泡在水中的魏碑、蒙尘多年的汉帛相比，江志丽不免滋生出许多感慨。

这间小小的博物馆干净、雅致，就像公园里精致的熊舍。江志丽不知怎的冒出一个近乎刻薄的想法，她十分羡慕白人，他们是上帝的宠儿，他们凭来复枪和《圣经》征服了印第安民族，现在还可以居高临下地施舍仁慈了。

她发现一根图腾柱旁站着一个小印第安人，也是全副印第安行头，甚至还戴着小小的鹰羽头饰，目光怯怯地看着她，十分文静，完全不像平素看到的感情外露的小"扬基"。马高笑着把他搂到怀里，说这是他的儿子，是个怕羞的小家伙。这个黑头发黑眼珠的小不点赢得了江志丽的喜爱，她把提包递给马高，笑着把孩子抱起来。山提也立刻喜欢上了漂亮的江志丽，用双臂亲热地挽住她的脖颈。

晚饭时，山提一直坐在江志丽的旁边，他问："凯伦姑姑，你是中国人吗？我知道中国有长城、瓷器和恐龙。"

"对，我的小同族，你知道吗？我们都属于蒙古人种。2万年前，你们的祖先同我们的祖先'拜拜'后就往东北走，走哇，走哇，走过荒凉的西伯利亚，跨过白令海峡，一直来到了美洲。"她告诉马高先生，不久前她在美国《国家地理》杂志上看到一篇报道，纽约州的印第安易洛魁部族还保留着两张完整的彩色鹿皮画，一张是《轩辕黄帝族酋长礼天祈年图》，另一张是《蚩尤风后归墟扶桑值夜图》，"你知道轩辕黄帝和蚩尤吗？"

她尽力向他们讲解了这两个中国传说中的人物，父子两人听得十分认真。但她不久就意识到，父亲是出于礼貌，儿子则是懵懂，显然这则两族同源的故事并没有引起他们感情上的共鸣。江志丽笑笑，放弃了和他们套近乎的努力。本来，那条消息太过玄虚，连她自己也不相信。

饭后马高先生问她："凯伦小姐是否先休息一个晚上，明天我们再试验？"

"请问，你们父子之间的这种感应能力在什么时候最强？"

"一般在晚上8点之后，不过并不严格。"

"那好，今晚我们就开始吧，我迫不及待地想目睹这个神奇现象。山提，你能为姑姑成功地表演一次吗？"

山提说当然能，他很热心地从椅子上跳下，来到客厅，摆出一副接受考试的架势。

虽然有教授的预先告诫，江志丽在内心深处还是把立足点放在怀疑上。她想这种心灵感应无非是江湖上的障眼法，来前她已详细考虑了测试办法，要保证自己不受障眼法的蒙蔽。现在她把那对父子安排在客厅的对角，相距大约 20 米。她问："在这个距离上能否传递？"

马高笑道："没问题，我们试过比这更远的距离。"

"那好，请你们背向而坐，可以吗？我只是想尽量排除一些可能导致错误结果的因素……"

马高先生打断了她的解释，爽快地说："可以的。"

江志丽拿出两套明信片，交给父亲一套，在儿子面前放一套。她随意抽出一张，举到父亲面前："现在开始试验，请你把这个图像传递给山提。"

马高用力盯着画片看了几分钟，然后闭上眼睛，蹙起眉头。江志丽觉得他的全部意志力都集中到额头上了。她收起画片，快步来到山提身边，那个小家伙正闭着眼，龇牙咧嘴的，模样十分滑稽。突然他睁开眼，在明信片中匆匆翻拣一阵，抽出一张长城风景的明信片，问道："凯伦姑姑，是这张吗？"

刚才江志丽没有看自己抽出的画片，她怕自己一旦知道，会不自觉地在表情上做出暗示。现在她从口袋里掏出那张明信片一看，果然不错！

她惊奇得缓不过劲来，山提却担心地问："凯伦姑姑，我认错了吗？"

江志丽这才浮出笑容，夸奖道："对，完全正确，你真是个聪明的孩子，我们再试一次好吗？"

"好的！"山提一副跃跃欲试的样子。

他们连着试了二十多次，全部正确。在这些试验中，江志丽一直紧紧地盯着他们，看有没有暗示、暗号或其他猫腻，但她没有发现任何不正常之处。实际上，单从 5 岁的山提那种天真无邪的神态，她也不相信这对父子是在合谋欺骗她。

不过，她也不会轻易下结论。她轻声软语地问："小山提，下一次试验，姑姑把你的眼睛先蒙上，好吗？"

"好的，你蒙吧。"

江志丽小心地蒙上他的眼睛，然后来到马高先生面前，掏出几十张汉字卡片。这些汉字对印第安人来说无异于天书，这样能更有效地防止暗地传递信息。她抽出一张放到马高先生面前，他奇怪地问："是中国文字？"

"对。你能传递这些象形文字吗？"

"我试试吧。"

几分钟后，志丽解开小家伙的蒙眼布。山提不知道眼前这些方框框是什么东西，但他仍低下头努力寻找，他终于找到了："是这一张，对吗？"

江志丽翻开自己的卡片，两张都是中文的"天"字。在这一刹那，她几乎抑制不住自己的狂喜。她已经开始相信了，如果这种脑波传输确实是真的，而且还能传输文字的话，那就意味着不仅可以进行直观的图像传输，还能进行抽象的思想传输了！

这时，山提仰着脸好奇地问："凯伦姑姑，这是中国文字吗？这个字是什么意思？"

江志丽耐心地讲解了，然后笑嘻嘻地问："小山提，你能不能读出我脑中的东西？我们来试一试，好吗？"

山提迟疑地说："好吧。"

江志丽转过身问："马高先生，你们是如何进行思维发射的，请教教我。"

马高为难地说："恐怕我当不了一个好教师，我自己也弄不清到底是怎么做的。你就盯着画片努力看，然后再把脑中的东西努力移向额头，试着来吧。"

在其后的一个小时中，江志丽盯着一张张画片，努力想象着把脑中图像变成"场"，再发射出去。小山提也在真诚地努力着，不过他们终于失望了。

"不行，看来不是人人都能有这种特异功能的。"江志丽苦笑道，"时候不早了，让小山提休息吧。"

马高笑道："不要紧，他经常到11点才睡觉呢。山提，向凯伦姑姑道个晚安，出去玩吧。"

山提在她额头亲了一下，高高兴兴地跑了。马高说："你今天旅途劳累，早点休息吧。"

江志丽洗了热水澡就上床了，不过久久不能入睡。今天她看到的东西实在出乎她的意料，当然她不会就此轻易下结论，她还需要从各个角度来检查，看其间有没有什么门道。不过直觉告诉她，很可能她正面对人类发展史上一个极重要的里程碑，一个上帝偶然掉落到人间的至宝。

她掏出笔记本，详细追记了晚上的测试情况。她想拿起电话向教授通报她的所见所闻，但她按捺住了自己的愿望。她不想给教授留下一个办事草率的印象。

一张照片从笔记本里滑落下来，是小格格的，大脑门，一只朝天辫，那双黑黝黝的眼睛认真地盯着她。她心中的刺痛感又苏醒了。她已与丈夫商定，离婚后女儿暂归男方，因为她还要在美国奋斗数年，等功成名就后再把女儿接来美国读书。这样，很可能在五六年甚至七八年中她都见不到女儿了。她叹口气，闭上眼，把女儿的面容印入脑海。

忽然她的房门被推开了，探进来一个小脑袋："凯伦姑姑，你在看照片吗？"

江志丽愣了有十几秒钟，突然从床上跳下来，急迫地问："山提，你读出了我的思维，是吗？"

她听见自己的声音都发抖了，这种音调也让山提有点吃惊，他怯怯地问："我觉得你在看照片，是一个小妹妹，脖子上戴着一只小狗，对吗？"

他说得完全对，小格格是属狗的，照片中她的脖子上确实挂着一个玉石雕刻的小狗。她决定再来一次试验，便盯着小山提，努力把他的形貌印在自己的额头，然后微笑着问："不，你再仔细看看，那个小孩是什么模样。"

山提闭上眼，片刻后眉开眼笑了："凯伦姑姑，是我看错了，原来你是在看我的照片！"

江志丽猛然抱住他，任热泪流淌。在这一刻，她已经完全相信了，因为任何魔术或江湖手法也不可能让一个5岁孩子在刹那间做出正确的反应。这一对父子的确具备思维传输能力，这一点已经确定无疑了。他们很可能认识不到这种能力的意义，但江志丽已经清楚地看到，它将开创人类智力发展的新纪元。

她想，现在可以向教授交答卷了。

这时，在索雷尔的寓所里，他刚和松本好子上了床，床头的电话铃就响了。索雷尔拿起电话，电话中传出一个急迫的声音："教授，马高父子的脑波传输功能已经完全证实了！而且，你知道吗，在小山提的启发下，我本人也具备了这种功能，已经可以向外发射或接收图像甚至汉字。所以，这种现象已经不需要再做什么验证了！"

她的兴奋从电话中向外流淌，教授也十分激动，他根本没有想到会有如此飞速的进展。他摁下了免提键，和好子一块注意地听着。江志丽说："教授，我认为这是人类智力发展史上一个极重要的里程碑。它将建立人类的开放式思维，建立大一统的人类思维场！你说对吗？"

教授能触摸到对方的激情，他也暗暗称赞凯伦在思想上的敏锐。很有可能，这会儿凯伦无意中说出的两个词：开放式思维，思维场，在10年后会成为使用频率极高的标准词语，就像人们现在说电场、电脑那样。他沉思片刻后问："凯伦，据你的初步印象，这种思维传输是什么机制？是电磁波吗？"

"似乎不像。我曾做了一些简单的试验，比如用金属丝网罩住脑袋，发现传输并不受影响；我也用磁强仪等仪器对环境的电场、磁场做了测试，没有发现任何异常。教授，我觉得，这一点可暂时不去追究，应该把重点放在这种传输功能的开发和应用上。你说对吗？"

"完全正确。谢谢你的工作。"

"那么，下一步我该如何工作？是带上马高父子返回沃森，还是在这里继续验证？"

"不，你仍留在那儿。我会停下这边的工作，带上所有的助手一块去。我们不知道这种能力是否和特定环境有关，所以为保险起见，就仍在那儿验证吧。如果再有两三个人获得这种能力，那就确信无疑了，就可以向世界宣布了。对这个发现，无论怎样评价都不为过，所以，再次谢谢你的工作。"

那边，江志丽挂断电话前，听见电话中一个女子轻声问："我也去吗？"她听出是松本好子的声音。看来，索雷尔教授真不虚度时光。不过她马上就释然了，她想自己的醋意是没有道理的，毕竟她又不是索雷尔夫人。

三

第二天傍晚，索雷尔带着五个助手赶到了派克县，除了伊斯曼、松本好子外，还有黎元德，面目黝黑的越南青年；吉贝尔，个子高大、满头金发的挪威人；斯捷潘诺夫，浓眉毛的俄国人。马高腾出了全部卧室，又腾出一间办公室，才把他们安顿下来。

"我们的传输能力又进步了！"江志丽喜滋滋地告诉教授。5 岁的小山提偎在她身边，两人像是一对亲热的母子。她摩挲着山提的脑袋说："小山提，你和我现在就为教授表演，好吗？"

小山提兴冲冲地答应了。他们来到客厅，一张长桌中间隔着黑色的帷幕，两人在帷幕两边坐好。江志丽把一副扑克递给教授，笑嘻嘻地对帷幕对面的小山提说："注意，现在就开始。"

她让教授随意抽出一张扑克交给小山提，山提认真看一眼，点点头，教授再递过去第二张。1 分钟后，教授手里有了十二张扑克牌。帷幕这边，江志丽按接收到的脑波信息也排出十二张扑克牌，交给教授。两套牌的花色次序完全一样！

江志丽得意地说道："我们还能传输文字呢。我发现用汉字传输最为有效，因为拼音文字可以说是一维的，汉字却是二维的，比较直观，包含的信息量大。这两天我教山提学会了几个汉字，你看——"

她在帷幕这边挑出几张汉字卡片，那边的小山提很快地拣出几张，组成一句：阿牛是个好孩子。他得意扬扬地问："凯伦姑姑，我挑对了吗？"

江志丽走过去看看，笑着把"了"字挑出来，换上"子"字。她向大家说："阿牛是我给他起的中国名字。"

这一连串表演令几个后来者眼花缭乱，他们目不转睛地看着，觉得在几天之间，江志丽已经跨进了科幻时代，他们的目光中有强烈的失落感。

江志丽安慰他们："思维传输能力的激发是很容易的，我只用了半天时间，我想你们也不会费时太久的。教授，直到现在我还不敢相信这是真的，人类苦苦盼望的超感觉能力就这么轻易地得到了？它是怎么突然出现的？是马高父子的基因突变？"

索雷尔说："基因突变也罢，上帝恩赐也罢，如果我们能把少数人具有的这种能力扩充到全人类，那我们就打开了阿里巴巴的宝库，打开了一个新时代的大门，它会使过去那种分散的、孤立的智力变得微不足道。凯伦，世界科学史上将留下用金字镌刻成的马高父子和你的名字。"

第二天，索雷尔教授和他的所有助手都盘脚坐在客厅，按马高先生和江志丽的要求开发思维传输功能。"我们成了一群气功师或瑜伽大师了。"伊斯曼自嘲地说。

到下午两三点，松本好子尖叫道："我看到了！是富士山的图片！"

江志丽的确正在传输这张图片，她高兴得忘乎所以，与好子搂抱在一起，在镶木地板上又蹦又跳，放声大笑。好子的成功激起了其他人的信心，晚上，黎元德也激动地宣布，他看到了山提传递的一张非洲猎豹照片。最令人兴奋的是，这种能力一经获得，便百试百灵，甚至超过了索雷尔对可重复性最严格的要求。

但自此后幸运女神就不再光顾其他人了。3天之后，索雷尔教授和另外几个助手仍然毫无进展。教授神色仍很平静，但平静的下面有掩饰不住的疲惫和焦灼。好子、黎元德不断地报告着自己的进展，更使几个"圈外人"感到焦急。

晚上，江志丽走进教授的住室，他正站在窗口沉思，侧面射来的灯光使他的面庞显得像一尊石雕。江志丽能理解教授的心情，他们眼睁睁看着其他人跨上了新时代的科学之车，这辆车正与他们擦肩而过，却苦于无法追赶。这种无能为力的感觉是很折磨人的。江志丽轻声唤道："教授……"

教授回过头来，表情明朗，笑道："我正要唤你来。我想，我和这几个人恐怕暂时激发不出传输能力了。不过不要紧，有了你们五个人的成功例证，这个项目可以说已有了肯定的结论。以后的研究我想这样安排：你和好子、黎元德留在此地，尽力把已经获得的能力巩固和深化，这是十分难得的机遇，不能因为环境变化等偶然因素影响它的准确性。我带上山提和其他人回到沃森研究中心，我想挑一些四至五岁的小孩来做激发试验，也要用沃森中心的现代化仪器对这种'超能力'做出分析。你有什么意见吗？"

"没有，我听从你的安排。"

教授略为犹豫一会儿，说："在沃森中心那边的研究得出明确结论之前，希望你对此事严格保密。事大体重，我们要格外谨慎，不可草率宣布。"

"好的，我听你的。"

教授揽住她的肩膀："谢谢你的工作，不论何时公布，你都将是第一发现人。"江志丽抬起头想要推辞，教授一挥手，表示已经确定，"不必说了，这是你应得的荣誉。"

江志丽看着这个既是长者又是情人的男人，心头涌过一股热流。她抬起头说："教授，不知你是否注意到，激发出传输能力的五个人正巧都是蒙古人种。难道上帝的自然法则也有种族主义？"

教授不假思索地放声大笑，说："绝无可能，绝无可能。如果严格按种族划分，那么无论耶稣、穆罕默德还是释迦牟尼都是高加索人种，他们难道会偏袒异族人吗？"

江志丽也笑起来。她同教授吻别，回到自己的住处。

四

教授带上小山提走了。生性内向的山提不愿离开父亲，但凯伦姑姑终于说服了他，并答应一星期后就回纽约陪他，山提才恋恋不舍地同她吻别。

之后，江志丽等人夜以继日地投入工作，他们已不再要求马高先生参加，因为他的文化素质已不能理解一些微妙之处。三名研究者几乎已达到心意相通的地步，有时他们会做一个接力游戏：江志丽先在脑中形成一个图像，比如沙滩风光，发送出去；松本好子加上一轮圆月后送给黎元德，黎元德再加上一朵浮云或雁阵返回给江志丽。几次循环后，他们的脑中都有了这幅复杂的图像，于是爆发出一阵大笑。

他们仍然只能传递图像而不能传送抽象的概念，不过在这上边也取得了一些进展，除了用传递文字的办法来传输思维外，还形成了一些约定俗成的符号，比如：头脑中画出一个感叹号表示赞成，问号表示反对，下括号表示高兴，上括号表示生气……这些符号日渐丰富，以至于他们能开一场简单的讨论会了。

晚上，高强度的脑力活动使三人都筋疲力尽，但他们仍不愿结束。黎元德说："等到这种能力在全人类普及，你们想，那时人类会有什么感想？"

"什么感想？"

"他们一定非常可怜过去那些只会用语言传递思维的人类，就像我们可怜那些只会哼哼的猪崽。"

几个人都笑了。江志丽欣慰地说："对，这个发现肯定能改变世界。下一个时代将从我们的发现开始。"

回到住处，江志丽草草浴罢，躺在那张简陋的床上。她想这几天过于劳累，没有同教授联系，估计那儿仍未取得进展，否则教授会打电话的，她朦胧梦见自己已来到了未来，几个人在合力思考一个数学难题，就像旧人类在合力抬一根木头。碰到一个更难的题目，那就再唤来几十个人。这种"无损耗"的智力合作真是奇妙无比，她作为其中的一员，觉得十分愉快和兴奋。但接着她突然感到莫名的恐惧，并且难以置信地看见自己正处在一个铁笼中，金属板条间有紫色的电弧在飞舞、爆裂，像一群狂暴的蛇，炫目的光芒使她难以睁开眼睛。这一圈光网囚禁着她，包围着她，抬着她逐渐飘离暗淡的背景。这一切都是那样真切，她在梦中也大声告诉自己，这绝不是梦境！

再后是一阵猛烈的抖动，眼前的景象在刹那间消失得干干净净，归于一片绝对的黑暗和死寂。像是有人在她的脑颅内猛击一锤，她猛然翻身坐起，冷汗涔涔。梦中的寒意仍紧紧箍住她，使她难以喘气。

虽然没有任何逻辑证据，但她分明感到了这一片死寂意味着什么，那就是：死亡！

但究竟是谁的死亡？是死亡的预兆还是死亡的回声？夜阑人静，满屋沉浸在死亡的不祥之中。她呆呆地坐在床上，直到凌晨才入睡。

第二天，他们仍然兴致勃勃地跃入那片透明的思维之海，尽情享受开放式思维的乐趣。天朗气清，让她觉得昨晚的恐惧是何等可笑。工作之余，江志丽笑着谈了昨晚的噩梦。松本好子笑着说："你为什么不把这个梦境给黎元德发送过去？"

黎元德说："我可不欢迎这样的内容。"他的思维很敏锐，立即就这个问题作了延伸，"对了，我想在将来的社会中一定有严格的法律来禁止'思维窃听'和'思维擅入'，就像现在禁止对公民进行电话窃听一样。"

忽然江志丽看到了立在门边的马高，他显然听到了屋内的谈话，面色苍白。江志丽奇怪地问："马高先生，你怎么了，不舒服吗？"

马高低声说："凯伦小姐，昨晚我和你有同样的梦境。"

这句话使得那种死亡的寒意又渐次升起。江志丽愣了很久，忽然恍然大悟："一定是我把梦境发送给你了，要不就是你感染了我。我们正在谈这一点呢，凡事有一利必有一弊，具有思维传送能力的人恐怕不得不应付这些骚扰了！"

几个人都笑起来。

上午9点，江志丽正在努力接收松本好子发送的一首唐诗，电话铃响了。江志丽拿起听筒高兴地说："是教授？我们一直在盼着你的电话，我知道只要你打来电话，就表明有了进展。我没猜错吧？"

教授的洋洋喜气甚至从电话里都能触摸到："对，已有了很大进展，我们正在路上，20分钟后就到达你们那儿，见面再谈吧。"

江志丽放下电话兴奋地宣布："教授马上就要到了，他说有了重大的进展！"

20分钟后，门外响起汽车喇叭声。少顷，教授风风火火地闯进屋内，三个人立即迎上去："教授，有什么好消息？"

教授脱下风衣，欣喜地说："那儿的试验已得出明确的结果。被测试的二十名小孩有一半被激发了这种能力。我们几个都成功了，伊斯曼、斯捷潘诺夫、吉贝尔……我仍然是最糟糕的一位学生，但也基本掌握了。你看，"他随手从口袋里掏出一副牌，仔细洗了几次，然后把牌的背面对着自己，随意抽出一张问："这是什么牌？"

江志丽不解地说："是方块 K。"

索雷尔笑了："不，不要用语言告诉我，你用脑波发送。"他又随意抽出一张，"发送这一张。好，我收到了，是草花三，对吧？再来一张，是草花 J，对吗？哈哈！"

他大笑着把江志丽拥入怀中，告诉三人："已经决定明天在沃森研究中心召开记者招待会，宣布这一个历史性的发现。我特意前来迎接马高先生，你们当然也要返回。"

当他把这个消息告诉马高时，那个印第安人显得十分犹豫："不，这几天我不想去。"

索雷尔不解地问："为什么？你是这个重大科学发现的功臣，明天你会成为《华盛顿科学箴言报》或《纽约时报》的头版人物。你怎么能不去呢？"

黑瘦的黎元德说："他昨晚做了一个噩梦，一定是因此不愿出门。"他讲了昨晚两人的相同梦境。

教授的目光中掠过一波阴影，旋即笑道："忘了那个不祥的梦境吧，马高先生，你一定要去，否则记者们会杀了我。你们稍准备一下，立即出发，到菲尼克斯换乘飞机，机票已经预定了。"

马高仍在犹豫，江志丽过去挽着他的胳臂笑道："马高先生，不必犹豫了，小山提还在那儿等着你呢。"

提到儿子，马高不再拒绝，他默认了。教授催他们快做准备，不要误了下午的飞机。江志丽问："教授，就你一个人来吗？"

"不，伊斯曼也来了，他正在检查那辆大道奇呢，点火系统略有点毛病。"

15 分钟后，一行五人带上简单的盥洗用具下楼，两位兴奋的女士跑在前边。伊斯曼正靠在道奇的车门上，看见她们下来，微微一笑，打开车门，但他的笑容中分明有些勉强。江志丽关心地问："伊斯曼，不舒服吗？"

教授看了伊斯曼一眼，解释道："他太累了，为了赶时间，从菲尼克斯到这儿的几百公里路，只走了两个多小时。"

松本好子笑嘻嘻地说："伊斯曼，听教授说你的传输能力比他强，愿意和我比一比吗？现在我要向你发送一个复杂图形……"

伊斯曼慌张地看看教授，教授皱着眉头说："好了，不要玩闹了，他今天太累。喂，这样安排，我和伊斯曼坐马高先生的小丰田，你们四人坐大道奇，让伊斯曼休息一下。"

他们按教授的安排上车。马高坐到驾驶位，黎元德打开道奇的车门，请女士上车。好子上车后伸出头喊："凯伦，快上车呀。"

江志丽显然犹豫着，片刻后她说："我坐丰田吧，我有些事想问教授。"她没等教授同意，自己拉开车门上车。索雷尔显然有些不快，但没有说什么。伊斯曼仍坐在司机位，江志丽问："伊斯曼，不是说让你休息吗？我来开车吧。"

伊斯曼没有回头，说了一句："不，还是我来开。"

丰田追着道奇穿过印第安人保留区，经过那根用作路标的图腾柱，上了公路。江志丽问教授："小山提还好吧，他嫌孤单吗？"

教授摇头说："他很好。"之后就保持沉默，显然他不愿谈这个话题。很长时间之后索雷尔才说："凯伦，你刚才说要问什么事？"

江志丽虚弱地说："下车再说吧，今天怎么搞的，我有点晕车。"

她偎在教授身边，教授轻轻揽住她，也不再说话。

汽车开得很快，巨大肥厚的萨瓜罗仙人掌孤独地立在荒漠中，一种叫鹬鹣的漂亮小鸟在仙人掌上飞翔。沙漠景色很快被甩到车后，前边是山区，公路在山中蜿蜒隐现，汽车爬升越来越高，很快那些沙漠成了脚下的盆景，科罗拉多河在深深的峡谷中奔腾。伊斯曼一言不发，紧紧盯着前边的道奇，把方向盘左打右拐，就像是惊险电影中的追车镜头。

索雷尔感到江志丽身上有轻微的战栗，低头问："你怎么样？"

江志丽勉强一笑："没什么，山路太险了。"

道奇又拐过一个急弯，这一段路没有其他车辆，伊斯曼回头看看教授，他的目光极度紧张，教授点点头，向他要过移动电话。"我让道奇等一会儿。"他对江志丽解释说。

他按了几个数字，忽然一声巨响，前边的道奇冒出一团火花，失控的汽车撞过护栏，一头栽向深渊，就像是电影中拉得很长的慢镜头，车内依稀传出好子凄惨的尖叫。几秒钟后又是一声巨响，接着便归于沉寂。

在那一声巨响之后，江志丽尖叫一声，抱紧脑袋，就像是千把钢针同时扎进了她的大脑沟回，疼痛使她几乎休克。她知道这是三名死者在临死一刻的思维发射，是最逼真的死亡恐怖。伊斯曼的后背也掠过一波战栗。丰田迅速刹车，停在路边，车还未停稳，江志丽就推开车门跳下来，她在汽车的冲力下踉跄几步，跑到路边向下看。汽车的残骸在深谷里燃烧，因为距离太远，只见一团小小的火光。江志丽转过身盯着教授，绝望而愤怒，山风拂乱了她的长发。她声音沙哑地问："是你杀了他们？"这时，她见伊斯曼手里已拎着一支 0.38 口径的罗姆左轮手枪。

教授看着她，目光中有怜悯也有惊讶。江志丽又问："你们已经杀死了小山提？我和马高先生的噩梦是真的？"

教授苍凉地说："凯伦，我十分抱歉，我们不得不这样做……"

江志丽打断了他的话，愤恨地问："你们这样做，是为了那个种族主义的自然法则？"

索雷尔和伊斯曼互相望了一眼，他们没有料到江志丽这么快就猜到了真相，不过，这对事情的结局没有什么影响。教授显得痛苦地说："江，我真的十分抱歉，我并不愿意有这样的结局。"

江志丽悲哀地拢拢头发，说："你们准备把我怎样处理，也扔到这深谷里吗？为什么还不动手，伊斯曼，开枪呀！"

伊斯曼几乎不敢正视她的眼睛，但在教授的目光催逼下，他慢慢向江志丽举起了枪。

五

7 天前，教授、伊斯曼等人带着小山提回到沃森中心，教授立即招聘了许多 6 岁以下的孩子，让他们接受小山提的思维传输。教授当时要求，这一些孩子中，蒙古人种要占一半，后来伊斯曼才知道这个要求的含义。

几天之内，有将近一半的孩子被山提激发出了思维传感能力——全是华人、印第安人、韩国人、日本人。伊斯曼把这个结果送给教授时，惶惑地问："教授，你是否事先估计到了这种结果？"

教授声音低沉地说："对，尽管我不愿相信，但我们确实发现了一条带种族偏见的自然法则，而且是偏袒黄种人的。"

"教授，这是为什么？"

"不知道。这种传输机制很可能不是电磁波，而是现代科学尚未揭示的一种'场'。我对二十个孩子都做了基因检查。你知道的人类十万个基因中有许多不带编码意义的废基因，是进化过程中积累的废物。但我发现，某些人的体细胞的废基因上有一个叫作 NARD 的特殊结构，凡是有此结构的人都被激发出了思维传输能力，反之则不行。"

伊斯曼苦笑道："对于惯于享受上帝宠爱的白人来说，这可不是一个好消息。下一步我们该怎么办？"

教授沉思片刻说："把这二十名孩子送走吧，今晚我要对小山提单独做一个屏蔽试验，看能否判断这是电磁波。"

晚上，在沃森中心的高压实验室里，小山提被关在一个金属笼子里。教授和颜悦色地对他说："小山提，我们要试验你的脑波能不能传到铁笼子之外，一会儿铁笼子上要通高压电，但里面不会有电的。你不要怕，我想你不会害怕，山提是个勇敢的好孩子，是吗？"

小山提被一个人关在笼子里，显然有些紧张，但他勇敢地说："教授爷爷，我不怕。我知道 100 多年前，法拉第先生就做过这种实验，对吗？"

教授勉强笑笑："对，聪明的孩子，现在我们要开始了，你尽量向我们传送脑子里的图形，好吗？"

伊斯曼皱着眉头，不解地望着教授。他和教授一直没能获得这种能力，即使没有金属屏蔽，他们也不能接受山提的脑波，那么，这个试验能试出什么结果呢？但他不相信教授会犯这样简单的逻辑错误，他一定另有深意，所以他没有说出自己的疑问，默默地帮教授做准备工作。

教授缓缓调着电压调整旋钮，慢慢地，金属格条中间出现了细小的火蛇，有轻微的爆鸣声，开始闻到臭氧的新鲜味儿。电压逐渐升高，千万条紫色的火蛇在笼壁间飞舞。小山提已经不害怕了，专注好奇地盯着这些火蛇，倒是教授的脸色越来越凝重，他的目光中甚至有难言的悲凉。

忽然小山提奇怪地喊："索雷尔爷爷，你的头上有一个黑色的洞洞！"

伊斯曼看看教授，他头上没有任何异常，倒是他的表情有些奇怪。伊斯曼笑着问："小山提，什么黑洞？"

就在这时，笼内的小山提一声惨叫，他的身体一阵痉挛后便僵住了，接着一缕青烟从他身上升起。伊斯曼惊叫一声："快拉闸！"

教授已经关闭了电闸，倚坐在椅子上。伊斯曼冲进已经断电的笼内，小山提身体僵硬，两眼圆睁，恐怖凝固在他的脸上。伊斯曼把他抱在怀里，无意中发现座椅上有一根电线通向外面，他随即明白了一切。他扭回头痛苦地问："教授，你为什么这样干？"

教授手里握着一支罗姆左轮，他命令道："放下山提的尸体，出来跟我走。"

他们走进一间密室，教授关紧门，示意伊斯曼坐下。索雷尔脸肌抽搐着，他努力平静，说："伊斯曼，我十分抱歉，但我不得不这样做。我想你肯定已经知道我这样做的原因。"

伊斯曼冷淡地说："你是为了那个种族主义的自然法则。"

教授点点头。实际上，他比江志丽更早觉察到了那个巧合：五个被激发的被试者全是蒙古人种，他敏锐地看出了这一点的含义。所以他才暂时稳住江志丽，把小山提带回来做进一步研究。伊斯曼问："为了这一点，值得这样干吗？他只是一个不足 5 岁的孩子呀。"

教授苦笑道："值得吗？伊斯曼，你当然清楚，一旦这种开放式智力真的出现，并且只限于黄种人的话，那会带来什么。那意味着，白人，当然还有黑人，在智力上会变成动物园的猴子，至多是智力实验室里聪明的猩猩。那些人会教我们说几句英文单词，教我们用木棍敲下树上的栗子，然后很仁慈地夸奖几句。你愿意落到这一地步吗？"

伊斯曼冷冷地说："教授，据我所知，你从来没有什么种族主义偏见，甚至对黄种女子更偏爱呢。我根本想不到，你会捡起希特勒的衣钵。"

教授很恼怒，悻悻地说："年轻人，不要尽说这些空话，这种博爱精神是胜利者才配有的奢侈。想想吧，你是否愿意白人被印第安人杀死十分之九，剩下的待在最荒凉的白人保留区，愚昧、贫穷，等着印第安人来怜悯？你能接受这种前景，甚至比这更为严重的前景吗？"

伊斯曼不再冷笑了，他是一个激进的青年，从未有过任何种族主义的偏见，他认为那都是已被时间埋葬的罪恶了。但是，也许这种博爱精神恰恰是植根于白人的自信和优越感。如果几百年前的历史被翻过来，是白人被火枪驱赶着死在"眼泪之路"上呢？如果白人成了弱智民族，在其他种族的呵护下苟延残喘，又该怎样呢？

教授看出了他的犹豫，命令道："你必须立即决定，是跟我干，还是和山提一块儿去死。"

伊斯曼痛心地问："你要把江志丽他们全杀死吗？"

教授冷酷地说："我没有别的选择。"

伊斯曼犹豫良久，勉强说："我跟你干。"

教授收起手枪，开始安排。他让伊斯曼把山提的尸体先藏起来，日后再做处理。他们要立即赶往亚利桑那州，在那儿制造一场车祸，从而把这个发现永远埋葬。伊斯曼抱起山提，他不敢正视这小小的枯焦的尸体。他把尸体藏在冷藏室里，加上锁。他问教授，已激发出传输能力的那十名小孩怎么办？

教授说："不必管他们，召集他们时我已经有准备，没有向他们的父母讲清原因。这些小孩分散后，很快就会失去这种功能，即使有人回忆起在这儿的试验，也不会有家长相信的。"他苦笑了一下，"伊斯曼，我并不是一个嗜杀狂。"

六

江志丽站在山崖边，讥讽地说："开枪吧，伊斯曼，我愿意看着一个信仰上帝的同事把子弹射入我的眉头。怎么不开枪？良心上有重负吗？"

伊斯曼手中的罗姆枪重如千斤，他艰难地把枪举起，对准江志丽的眉心。不过，当他与江志丽的目光相撞——那里包含着如此深重的悲凉、痛苦和愤怒——他的精神支柱便崩溃了。他垂下手枪，低下头说："教授，我干不了。"

教授苦笑一声，声音低沉地说："凯伦，我真的非常抱歉，但我没有别的选择。"他边说边去掏枪，但他的手忽然停住了，那一瞬间的惊慌冻结在脸上，因为那支小巧的 0.22 口径的鲁格枪已在江志丽的手里，黑森森的枪口正对着他。

伊斯曼大吃一惊，下意识地想抬起枪口，江志丽立即把枪口转向他："把枪扔掉！伊斯曼，你不要逼我开枪。"

伊斯曼看看教授，爽快地扔下手枪，又遵从江志丽的命令把手枪踢了过去。

江志丽一脚把它踢下山崖，冷笑着说："没想到吧，教授，我在车上就偷了你的手枪。因为我忘不了那场噩梦，我偶然想起，那个图像很可能是山提临死前的心灵感受。你们突然到来，我在伊斯曼的表情中看到了负罪感。当然，教授你没有什么内疚，你从容不迫、谈笑自如。为了你的种族，几个人的死算不了什么，哪怕是 5 岁的孩子，或者是你的情人。可惜，你的行为露出了破绽，你在假装显示你的思维传输能力时，不该那样仔细地洗牌，结果只是欲盖弥彰，因为我恰巧知道，按照数学规律，一副牌在绝对均匀地洗过几次后，又会恢复原来的次序，所以你的表演只是魔术。后来，我在你的头脑里感受到了异常：混沌中有一个深不可测的黑洞，黑气氤氲，使人毛骨悚然。我想这个不可知的黑洞只能解释为你的杀机。"她的目光有深深的悲伤，"可惜我太傻，我努力说服自己不要相信这个结论，我不相信自己深爱的索雷尔先生会是这样一个冷酷的凶手，否则，我本来能把好子、黎元德他们从死亡中救出来的。"

伊斯曼羞愧地低着头，教授平静地说："凯伦，我真的很抱歉，但是……"

江志丽怒喝道："住嘴，我不愿再听你那些假仁假义的话了！为了小山提，为了马高先生，为了好子他们，我真想宰了你这个畜生！可惜……"

她咬着牙，照索雷尔腿上开了一枪，索雷尔痛苦地呻吟一声，身体慢慢倾倒下去。伊斯曼急忙扶住他，抬头看着江志丽，他想第二颗子弹就要向他射过来了。

江志丽不再打眼瞧他们，扭身走向丰田。

丰田在公路上疾速打了个弯，向菲尼克斯方向开去。

伊斯曼急忙撕开教授的裤子，匆匆止住血。很长时间他一直不愿意正视教授的眼睛，他不知道该如何看待这个凶手，还有自己这个帮凶。江志丽义正词严地责骂他们时，他感到无地自容。但教授并不是一般意义上的杀人犯，他的确是为了一个崇高的目标——当然，这只是对白种人而言。前边有一辆黑色的福特车开过来，看见他们，立即降低车速，靠在路旁。一个黑人妇女走下车，惊慌地问："你们……"

教授简短地说："车祸，请把我们带到附近的居民区。"

黑人妇女和伊斯曼一道搀着他，安放在后排。汽车发动后，教授说："我用一下你的电话，可以吗？"

他忍着腿上的剧痛，皱着眉头拨了一个号码。

在华盛顿市十号大街拐角那幢天井形的联邦调查局大楼里，接线小姐把电话转到了副局长刘易斯的办公室。

"我是刘易斯。索雷尔？你这个老家伙，有什么事吗？"

索雷尔在电话中急切地说："我正在寻找一个叫江志丽的中国女子，这是一件非常、非常重要的案子。"他极简要地介绍了事情的来龙去脉，"时间紧迫，希望能通过你的力量，尽快地、尽可能秘密地处理这件事。"

刘易斯知道老朋友的为人，既然他亲自向老朋友求助，必然是十分紧迫。他立即答道："好，我亲去，5分钟后乘飞机出发，你现在在哪儿？还有什么需要我事先准备的吗？"

索雷尔说了自己所处的位置，还有江志丽驾驶的汽车牌号、颜色、大致方位。他苦笑道："如果短时间内抓不到她，恐怕就要在全州大搜捕了。请你做好必要的准备。"

刘易斯痛快地说："没有问题，我有这个权力。见面再谈吧。"

索雷尔放回电话，靠在座椅上，闭上眼睛。开车的妇女听见了他的谈话，惊奇地扭头看看他。伊斯曼也不由得打量着他，他佩服教授的坚忍或者说是残忍。他知道，对江志丽的追捕同时也是对教授良心的锯割，尤其是在江志丽大度地饶恕他们之后，但教授显然不打算退却。

而且，他不仅是为了自己。

七

丰田车陡然下了公路，冲进一条山区便道，尖啸着左拐右转，石子在后轮处四散飞射。江志丽两眼发直，双手紧握方向盘。她并没有一定的行驶目的，她只是想用飞车的刺激麻醉自己的思维。

她的视野中不是公路，而是一幅一幅的画面。一个紫色火蛇缠绕的金属笼子，然后是突然的、绝对的停顿；一辆正向深渊坠落的大道奇，它随后变成了一团火球；索雷尔教授捂住伤腿慢慢倾倒，但他的表情仍然带着令人愤恨的优越。

她不由得又踩足了油门，汽车呼啸着在山路上颠簸跳荡，偶然遇上的逆行的车辆惊恐地躲到一边。20分钟后，她才放松了踏板，开始梳理自己的思路。

现在她该怎么办？该往哪儿去？

她恍然悟到，刚才一直啮噬心房的羞辱、绝望、愤恨，原来正基于这种"无家可归"的感觉。3年前负气离开祖国时，她已经对学校死水一潭的环境彻底厌倦了。她破釜沉舟，亲手斩断了所有退路，尤其是感情上的退路。在短短的3年里她已经从心理上真正融入了美国社会——可惜，看来她是一厢情愿，这个世界并未接纳她。

她想起不久前看到的一篇《纽约时报》的社论，社论鼓吹要遏制日本发展，说尽管日本已经极度西方化，但是一旦欧美的西方文明和亚洲文明爆发冲突，日本最终还是要回到亚洲文明的家庭中去的。记得那时她曾为日本人悲哀，她接触到不少日本人，能感受到他们对西方文明的极度依赖，对其他黄种人潜意识的疏远。不知道一些对西方文明有依恋感的日本人，看到这篇社论会做何感想。她也十分畏惧某些深不可测的美国人，他们在日常交往中爽朗、坦荡，像一群永远学不会世故的大孩子。他们真诚地向世人（包括印第安人、日本人、黑人）播撒友谊，但这并不妨碍他们冷静地计划着遏制日本、遏制中国……一句话，他们知道必须保持自己的绝对优势，可以向别人挥洒仁慈的优势，而绝不能落到依赖别人的仁慈的软弱地位。他们自认为是天生的世界领导人。

索雷尔正是这样一个代表。

想到她与索雷尔的恩仇，江志丽心中又涌起如刀砍锯割般的感觉。半个小时后，她的心境才逐渐平静。路况也变好了，一辆辆载重车辆和小轿车迎面驶来。她已决定了该怎么办，她想把这个礼物送给自己的母族，但她不知道自己是否还有脸回到母族的怀抱。

她又踩足油门，拐过一个急弯。忽然看到公路上有一个红色的感叹号，由于心绪纷乱，等她意识到需要躲避时已经太迟了。她急打方向盘，丰田撞到了路边的山坡又反弹回来，脑袋撞到风挡玻璃上，一阵眩晕。她总算控制住了汽车，刹在路边。她看见一个刚修完车的黑人男子和他的白人妻子——他们可真肥啊——急忙走过来，关切地看着她。但她只能看到对方的嘴唇在翕动，听不见声音。黑人男子把她扶到后座，他自己艰难地挤进丰田车的座椅中，开动受了伤的丰田，那个胖女人则驾着自己的福特车跟在后边。这一切都像是一场模糊的无声电影，她缩在汽车后排座椅中，不久就丧失了意识。

八

挂上电话，刘易斯就按电钮唤来秘书维多利亚小姐，让她通知联邦局的专机"天使长号"立即准备起飞，并通知拉姆齐、迪茨、米泽纳跟他一块去。维多利亚走到门口时，他又把她喊回来，说："拉姆齐不要通知了，只通知迪茨和米泽纳吧。"

他想起来了，拉姆齐是印第安人。在索雷尔教授所说的"种族主义自然法则"中，印第安人成了上帝的宠儿！这真是不可思议。尽管拉姆齐精明干练，是他的得力手下，但要突然间承认他是优等种族，而刘易斯却成了弱智者，他无论如何也难以接受。

刘易斯局长不是科学上的外行，尽管索雷尔语焉不详，但他已经彻底领悟到这个发现的重要性。在候机的片刻，他又给菲尼克斯警察局长戴维·汤姆逊打了电话，他告诉这位黑人局长——谢天谢地，他是黑人而不是印第安人，说："我大约两个半小时后赶到，在这之前，请你挑选几十名干练的警察在佐治县附近寻找一辆黄色丰田轿车，车牌号 FK14538。开车的是一名年轻的中国女子。你部署完毕大约需要多少时间？"

"1个小时之内。"

"好，再加上在这之前耽误的半个小时，嫌疑犯应在附近。你要在周围布上检查哨，务必抓到她！她身上带有武器，你们要小心，另外，不允许惊动新闻界。"

汤姆逊接受了命令，他很想问问这个中国女人犯了什么案子，值得局长亲自出马，又不许惊动新闻界，不过，他不会这么不识趣的。他立即对下边做了详细的部署，不到10分钟，各路人马已经出发。两个小时后，他赶到沃尼军用机场去迎接局长。看到那架银灰色的波音757穿过云层时，他还在想，这个中国女子是否牵涉进某位要人的桃色事件中了？

刘易斯走下飞机后听到了他不愿听到的消息："到目前为止，那辆车仍未找到。我们布置了两道封锁线，估计她肯定没有跑出警戒圈，可能是丢弃车辆藏匿起来了。现在我们正用三架直升机寻找这辆车。"

刘易斯阴郁地沉默了片刻，决然道："发通缉令吧，这件事太重大了，我们失败不起。索雷尔教授呢？"

"已经到了菲尼克斯警察局。通缉令上如何措辞？"

"就说她是贩毒集团一个职业杀手，是极其危险的人物。警察和民众务必小心，必要时可以将其击毙。"

"新闻界……"

"不要管它，等抓到或击毙她之后，由我来应付新闻界。"

江志丽从昏迷中醒过来，已是两个小时之后了。在这一段时间里，她的头脑始终处在一种奇怪的临界状态。她似乎一直清醒着，能隐约听见这对夫妇开车、停车，然后抬她进屋。她顽固地拒绝一切意识和思维，她知道那里面有尖锐的痛苦和恐怖，但缠着紫色光蛇的笼子、着火的汽车、鲜血淋漓的面孔，仍然不时硬闯进来。不过她发现，这些场面给她的感受已经没有那么锋利、那么灼热了，于是她才慢慢睁开眼睛，看见自己身处一间普通的房舍，听到一个妇人欣喜地说："好了，你总算醒了。"

她的视野中出现了那个极胖的白人妇女——白人！她猛然想坐起来，妇人慈爱地把她按下去："不要起来，再休息一会儿。你的伤不要紧。刚才你是到哪儿去？"

江志丽在毛巾被下摸了摸，手枪还在，这使她放心了一些。她小心翼翼地说："我要到菲尼克斯。"

胖女人奇怪地问："到菲尼克斯？你是从哪儿来？这儿很偏僻，去菲尼克斯不该路过这儿的。"

"这儿是什么地方？"

"是我家的小农场，离你刚才撞车的地方有三十公里。"

江志丽虚弱地说："谢谢你们，我的车呢，还能行驶吗？"

"没问题。只是燃油管有点漏油，我丈夫——他叫保罗·巴巴斯——正在修理。但你不要着急，晚上就在我家休息，明天再走，现在已经是下午四点了。"

"谢谢你，巴巴斯夫人。但我有急事。"

"那好吧，你喝完这杯咖啡，起来走一走，我看看你的伤势。"

她端来一杯热咖啡，江志丽贪婪地喝完，问："我可以用你的电话吗？"

"请吧，就在你的右边。"

江志丽拨通了问号台："请你查一查中国驻美大使馆的电话，我是一名中国访问学者，有急事。谢谢。"

正在这时，巴巴斯先生闯进来，手里端着双筒猎枪，枪口指着江志丽的胸膛，厉声喝道："不许动，放下电话！"

巴巴斯夫人惊愕地站起来："保罗，这是怎么回事？"

巴巴斯一边对江志丽严密注视，一边对妻子说："你去打开电视机。"

巴巴斯夫人打开电视机，屏幕上面显示出江的头像，男播音员用急迫的语调说："这名女子是贩毒集团的一名职业杀手，残忍嗜杀、极其危险。再重复一遍，如果发现此人立即报警，必要时可以不经警告将其击毙。"

巴巴斯夫人紧张地盯着她，江志丽惨笑着，目光倒是十分平静，她缓缓地说："想知道这个职业杀手的来历吗？只用 5 分钟时间。"她扼要地回顾了7天来的枝枝叶叶。"我们发现的就是这样一种带有种族主义偏见的自然法则，而且，白人第一次没有成为上帝的宠儿。所以我就成了万恶之徒，可以不经警告就击毙。"

巴巴斯显得不敢相信："你是说只有蒙古人种才能激发出这种能力？"

"到目前为止是这样。还有，索雷尔的担心很可能是真的，不能具备这种能力的种族有可能落后于时代。所以，如果你也是索雷尔那样的种族卫士，那就请开枪吧。"

巴巴斯对这一番话将信将疑，他妻子低声说："她刚才是在向中国大使馆打电话。"

那支猎枪仍严密地对着床上的人，巴巴斯犹豫良久，问道："你说你偷走了索雷尔教授的手枪？"

"对。"

"在哪儿？"

"我感觉还在我的裤袋里。"

巴巴斯先生口气和缓地命令道："请掀掉毛巾被，把枪扔出来。"

江志丽突然发作道："我为什么要扔掉它？我还准备用这支小小的手枪刺杀总统，或用它击落爱国者导弹呢。巴巴斯先生，你为什么不开枪？开呀，否则我就要拔出自己的手枪了！"

巴巴斯先生犹豫了一会儿，果断地扔掉猎枪，微笑道："我宁可上一次当，也不愿违背自己的直觉。江小姐，我相信你的话，我们两个站在你的一边。"

这下轮到江志丽犹豫不决了。经历了几天的背叛和阴谋后，她不相信能遇到好人，她迟疑地说："那么，你作为一个非蒙古人种的黑人……"

魁伟的巴巴斯先生挥挥手，笑道："不，我不相信有种族主义的自然法则，线粒体 DNA 的研究证明，人类全部都是几百万年前一个雌性猿人的后代，怎么可能有这么大的基因差异？蒙古人种能做到的，白人和黑人也能做到，最多早几天晚几天而已。"

"可是……"

巴巴斯挥手打断了她的话："即使人类中真的只有一部分才有这种潜

能，那也是全人类的财富。你知道非洲的行军蚁吗？它们成千上万地迁移，中午在烈日下，它们就抱成一个大球，外面的蚂蚁晒焦了，但保护了里面的蚁群。等到天气凉爽，它们再散开，继续行军。我想，如果需要我去当外围的牺牲者，我绝不会犹豫，更不会同内部的蚁群互相残杀。"

江志丽悲喜交加，她没有想到险遭暗杀之后，却在一个小农场里遇上这样一位胸怀宽广的哲人。片刻后她忽然大悟："我知道了，你是著名的作者保罗·巴巴斯！我读过你的不少作品，我没想到能在这儿碰到你。"

巴巴斯夫妇相视而笑。男主人说："对，有人称我是作家，不过按我自己的评价，我首先是一个好农夫，我培育的土豆和西红柿比我的作品更好。闲暇时我可以领你参观我的农场，看看我自己培育的微型马。不过现在不行，刚才，我进屋之前已经通知了警察，估计他们很快就要赶到，我们该如何应付这个场面？"

江志丽说："我想向中国大使馆打一个电话。"

巴巴斯不快地说："请你相信美国社会的良知，我们能自己处理这件事。像索雷尔那样的偏执狂毕竟是少数。"

江志丽苦笑道："那你怎样评价刚才播发的通缉令？这似乎不是一个人能做到的。"

"我会想办法对付的。这样吧，我马上给一位老朋友打电话，他是《纽约时报》的副主编，是新闻界的一颗重磅炮弹。这两天他正在父母家休假，离这儿只有10分钟的路程。我要让他亲眼看见你被警察逮捕，这样你的安全就有了绝对保证。"

他立即拨通了电话："你好，我是巴巴斯，谢天谢地，这会儿你正好在家。请快点到我这儿来，1分钟也不要耽误，这儿有一条绝对值得上报纸头条的新闻。"

他挂断电话后笑道："他已经出发了，我知道只要抛下这副诱饵，他会不顾性命地吞钩。现在，"他微笑着，但口气很坚决，"是否请你把武器交出来？如果你信任我的话。"

江志丽略为犹豫，从腰中掏出手枪扔过去："好吧，我也宁可再上一次当，这个世界上总得有几个可以信赖的人吧。"

她挣扎着下床，巴巴斯夫人慈爱地扶住她，问她是否需要梳妆一番，想吃东西不，还安慰道："请放心，保罗一定会为你的安全负责的。"

电话铃急骤地响了，巴巴斯拿起电话："是德莱尼？"

"我正在路上，离你还有8分钟的路程，我看见几十辆警车正在向你家的方向开去，有几百名防暴警察，甚至还有一架OH-6印第安人小种马式直升机。到底怎么回事，你是否窝藏了哥伦比亚的大毒枭？"

巴巴斯笑道："我没有夸大其词吧，这条新闻我准备收费一百万美元呢。"他简略地谈了江志丽的科学发现和索雷尔教授制造的凶杀案。对方吃惊地说："慢着，你说的是真的，还是科幻小说里的情节？"

"是真是假，你就看看那些警车吧。德莱尼，我希望你运用自己的影响制止这种卑鄙勾当，保障江小姐的人身安全。对联邦调查局或中央情报局那些盖世太保杂种我是很清楚的，他们在实现'崇高'的目的时，从来不计较手段的卑鄙，想来他们也不在乎在暗杀名单上再添上一个普通人。你能保证江小姐从现在起到开庭审讯时的安全吗？我要听到你的明确保证。"

那边沉默了一会儿才回答："老朋友，我还不知道这件事的深浅，但我保证将尽自己最大的努力。"

直升机的轰鸣声已经到了头顶，几个人都跑到阳台上，看到一架深绿色的OH-6在头顶盘旋，直升机舱门里的枪口都看得清清楚楚。圈里的微型马惊得乱窜乱跳。巴巴斯让妻子和江志丽回屋内。2分钟后，几十辆警车飞速驰来，训练有素的防暴警察迅速散开，严密地包围了这幢小楼。十几个狙击手立即找到自己的位置，把FN-30狙击步枪瞄准屋内。一辆指挥车随后开来，停在五十米外，联邦调查局副局长刘易斯从车上下来。巴巴斯拿起猎枪返回凉台，对天开了两枪后，喊话道："喂，我是巴巴斯，是我报的案。现在请你们的头头讲话。"

刘易斯用扩音器喊道："巴巴斯先生，我是刘易斯，罪犯仍在你家中吗？你家人的生命是否受到了威胁？"

巴巴斯笑道："对，她仍在我的屋里，我们已经控制了她，你看，这是她的武器。"他掏出那把玩具似的 0.22 口径的鲁格手枪。

刘易斯松口气，说："太好了，谢谢你。请把她交给我们吧。"

巴巴斯摆摆手说："不，先不要急。我是一个轻信他人的人，在这 10 分钟内已被她说服，我相信她是一个科学家。不幸的是，她发现了一条种族主义的自然法则，于是有些人就处心积虑地想杀死她。刘易斯先生，请问这是真的吗？"

刘易斯沉默了 2 秒钟，回答道："巴巴斯先生，我们会认真甄别的，请把她交出来吧。"

巴巴斯干脆地说："不，我非常担心她在押运途中出一点意外：枪支走火或者直升机坠落。那时你们一定会在江小姐的尸体前面愧疚不已，我真不忍心看到这种情景。"

刘易斯冷冷地说："你想怎么办？"

"请你耐心等 2 分钟，《纽约时报》的德莱尼先生很快就要到达。他将陪着江小姐回去，直到法院做出判决。"

就在这时，德莱尼的凯迪拉克一路鸣笛冲了过来。他跳下车，同巴巴斯远远打了招呼，便径直走向指挥车。巴巴斯远远看见他和刘易斯在激烈交谈，还有小小的争吵，但他们很快达成了一致意见，又平静地交谈了一会儿。德莱尼走过来，喊道："喂，胖水牛，让江小姐出来吧，我护送她上路。"

巴巴斯笑容满面地回到屋内："走吧，已经安排好了。"

江志丽显然在犹豫，她迟疑地问："德莱尼先生是《纽约时报》的副总编？巴巴斯先生，不久前我看到该报有一篇社论，鼓吹遏制日本，因为两个文明若在将来发生冲突时，日本很可能归属于亚洲文明……"

巴巴斯有些不耐烦："不要太多疑，那只是一种政治观点，它和德莱尼先生的人品没有任何关系。他是我的老朋友，有诺必信，请你相信他。"

江志丽勉强地说："好吧。"

巴巴斯夫人与她吻别，然后巴巴斯挽着她的胳臂走出门口，他轻松地微笑着，向几米外的老友德莱尼挥挥手。但就在这一瞬间，肥胖的巴巴斯像猎豹一样敏捷地疾速转身，猛力推倒江志丽，并扑过去把她掩在身下，嘶哑地喊："快回去！"两人顺着地板爬回去，倚在窗户下。巴巴斯夫人也急伏在地上，惊慌地问："怎么了？"

巴巴斯掏出江志丽的那支鲁格枪，艰难地喘息着说："我偶然瞥见了瞄准镜的闪光，看见那个狙击手正要开枪！"

鲜血慢慢从他胸前渗出来，江志丽惊慌地说："你受伤了！"

巴巴斯缓缓颓倒下去，他妻子惊惶地喊着他的名字，迅速爬过来，把丈夫抱在怀里。外面，德莱尼焦急地喊："保罗，你是否受伤了？"

巴巴斯低声咒骂着，艰难地举起手枪，从窗户向外开了一枪，外面的喊声停息了。巴巴斯转向江志丽，他的面色苍白，目光悲凉，声音微弱地说："江小姐，看来我不能保护你了。德莱尼一定是站在他们一边了，估计警方很可能奉有最高层的命令。我真的很后悔，是我的报警害了你。"

他把手枪慢慢递过来，江志丽接过枪，悲伤地看着这个肥胖的山姆大叔。她很清楚，在这立体式的包围中，自己绝对无路可走，既然如此，那么她不能连累这对善良的夫妇。即使她死了，巴巴斯夫妇的善良也会给她的心灵留下一丝亮色，让她感到世界并不是那么丑恶。她冷静地说："巴巴斯夫人，你的电脑在哪儿？"

"在那儿，书房里。"

"巴巴斯夫人，请你搀着丈夫出去吧，他们要杀的目标是我，不会与你们为难的。我在死前还有一件小事要做。"

她帮助巴巴斯夫人把伤者扶到门口，然后抽身回来，关上门。透过窗帷，她看见德莱尼先生急忙趋步上前，扶住伤员，但巴巴斯愤怒地推开了他。几个警察过来抬起他上了救护车，巴巴斯夫人跟着也上了车。江志丽没有耽误，迅速到书房打开电脑，接通国际网络。她庆幸警方未想到切断这儿的通信，这只能解释为是他们的习惯性思维：尽管他们干的是龌龊勾当，但他们并不惧怕别人，他们是一群明火执仗的强盗。

江志丽在密密麻麻的电脑管理树中找到了BBS（公共留言板），迅速敲击着键盘，把一腔复杂情感书写在这块电子留言板上："我在这儿呼唤全世界的朋友，不管是白种人、黑种人还是黄种人。我呼唤人类的良知，请他注视光天化日下发生的罪恶。两星期前，我受导师索雷尔派遣来到亚利桑那州派克县，验证了一个印第安家庭中发现的思维传输现象……"

她简要叙述了这条"种族主义的自然法则"的发现过程，接着写道："我不相信这种能力为蒙古人种所独有，因为不管是蒙古人种，还是欧罗巴人种、尼格罗人种，都是一母同源的血亲。我相信随着研究的深入，白人或黑人迟早也会获得这种能力。即使不幸未能如此，蒙古人种所特有的这种能力也是全人类的财富，是全世界的财富，就像黑人特有的体育能力，犹太人特有的理财能力，澳大利亚土人特有的追踪能力一样。

"可惜，白人社会中的一些精英们并不这样想，我一向爱戴的教授在一夜间变成了杀人凶手。小山提死了，留下一块绝对的黑暗；马高先生、松本好子和黎元德都死了，化成一团烈火；5分钟前，在这儿，在亚利桑那州佐治县安托斯农场，善良的巴巴斯先生为救我身受重伤。几分钟后，我也会死于几颗准确的狙击步枪子弹。

"现在，我愿在死亡来临前把这个发现告知全人类，我希望白种人、黑种人和黄种人都能获得这种能力，使人类能够互相沟通，互相理解。如果这个发现带给人类的只是凶杀和欺诈，那就请你们忘了它，把它深深埋葬。

"请向我的家人，我的同胞转达我的祝愿，我爱他们。"下面是她的姓名和日期。

她站起来，听见外面用喇叭喊话，命令她立即放下武器，否则警察要开始进攻。她揶揄地想，恐怕警方没有马上进攻，是对这个"残忍果决、本领高强"的职业杀手还心存疑惧吧。她知道自己只要一露面，立刻就会吃上一排子弹，从他们的行事来看，今天根本没打算留活口，但待在屋里已经没有什么意义了。于是，她略作整装，步履从容地走过去，拉开大门。她正好看见一辆黑色的福特车闯进包围圈，伊斯曼先下车，又扶着索雷尔教授急急下车，瘸拐着向指挥车走过去。江志丽向他们投去仇恨的目光，看来索雷尔先生非常尽职尽责，他急忙赶过来，一定是想目睹罪犯被击毙的场面吧。

刘易斯看见了老朋友，急忙迎过来，相距还有二十多米，索雷尔就急迫地喊："不要开枪！不要杀她！"

刘易斯走近后，疑惑地低声问："为什么？"

索雷尔兴奋地说："已经不用再杀她了！已经不用了！"他解释道，"怪我太迟钝了，我早该想到的，江志丽在车上偷我的手枪时，肯定已经'窥见'了我的思维。她曾说过，她在我的头脑中看到了一个黑气氤氲的黑洞，那是我的'杀气'，可惜我当时忽略了，但一个小时前我忽然想到，小山提在临死前也在说什么'黑色的洞洞'。看来，他们确实都已看到一个人心中的杀机——而且是一个白人的杀机，这说明在白人和蒙古人间并不是不能进行思维传输，尽管目前只是单向的。"他苦笑了一下，"我对这个发现非常庆幸，因为我不必在良心上自责。既然不存在什么'种族主义的自然法则'，就没有必要杀死江小姐了，相反，应该留下她做进一步的研究。"

刘易斯和德莱尼先生认真听着，德莱尼也如释重负地说："太好了，能有这样圆满的结局实在太好了。"

刚才他应巴巴斯的请求来保障江志丽的安全，但刘易斯一见到他，就坦率地说明了真实情况，问他："你是否愿意白人成为弱智民族，被那些黄种人奴役，被驱赶着走上'眼泪之路'，关在贫瘠的'白人保留区'？"

作为一名敏锐的新闻界资深人士，他立刻领会到了这个发现意味着什么，刘易斯描绘的图景使他不寒而栗。他不愿意做杀害一个女子的帮凶，同样也不愿意看到刘易斯描绘的情景。他目光阴沉地问："你说该怎么办？"

刘易斯冷酷地说："杀死所有当事人，把这个秘密埋在少数人心里。"他又看了看德莱尼，"我没把真情告诉手下的任何人，但我压根就没有打算瞒你。因为我认为你是能够保守秘密的少数人之一，你不是巴巴斯那样的傻瓜。现在，你说该怎么办吧。"

两人很快达成了谅解，德莱尼将默认警方在正当防卫的借口下击毙罪犯，自己运用在新闻界的影响力封杀有关的消息报道，还要说服巴巴斯先生保守秘密。不过他没有想到挚友巴巴斯为此负了重伤——而且，如果他执意向外披露真相，甚至有可能被杀人灭口！所以，他很欢迎索雷尔带来的消息。

刘易斯不动声色地问索雷尔："你确信白人也能获得这种能力吗？"

"目前说确信还言之过早，但既然小山提和江志丽都能窥见我的思维，那么这个结论应该是顺理成章的事。"

刘易斯忽然问道："会不会只能激发出单向能力？也就是说，白人只能被别人读出自己的思维？"

索雷尔稍愣，苦笑道："我绝不相信上帝会这样捉弄我们，但我不能肯定地排除这种可能性。"

刘易斯强抑住怒气，鄙夷地说："教授先生，那你慌慌张张地跑来干什么？你给了我一个不确定的可能，甚至又给了一个更为危险的可能，然后叫我放走这个中国女人，从而把白人置于危险的境地。而这一切，又都是为了你的什么良心。教授先生，讲良心也得有实力，如果两百年前的白人移民者都是你这样迂腐的家伙，我们就不会拥有美国。好了，请两位离开吧，我也要按自己的良心行事了。"

索雷尔和德莱尼面面相觑，他们都是自视甚高的人，想不到一个联邦调查局的官僚竟驳得他们哑口无言。

在尴尬的短时沉默中，一直扶着索雷尔的伊斯曼小心地把教授推给德莱尼，平静地说："局长先生，如果你执意要打死她，就先向我开枪吧。"

他随即向前走去，跨步走上台阶，江志丽已经回屋了，他敲敲门，低声说："凯伦小姐，请开门，我是伊斯曼。"

他觉得十分内疚和悲哀，几天前，甚至在教授杀死小山提时，他还保持着对教授的信仰，心甘情愿地做了帮凶。但现在，听着教授"善良"地分析不要杀死江志丽的理由时，他却止不住作呕。屋里没有动静，他再次敲敲门，声音颤抖地说："凯伦小姐，请开门，我是来向你忏悔的。"

门很快开了，江志丽立在门口，脸上带着两块轻伤，头发散乱，目光中有那么多的沧桑！伊斯曼低下头，说："凯伦小姐……"

江志丽打断了他的话，苍凉地说："伊斯曼，不用说了，我已经看出了你的真诚。"

她已经感受到了伊斯曼的思维，原来那个黑气氤氲的小洞已变成柔和的金黄色，那是像朝霞一样缓缓流动的无定形的混沌。在这个瞬间她忽然想到，如果人类能够思维联通，能够永远沐浴在这金黄色的温暖中，该有多好。

但她很快回到现实中，她知道，外面并没有什么金黄色的朝霞，而是几十个黑森森的枪口在等着她，她说："伊斯曼，谢谢你，你让我在迎接死亡时，对人类多少有了一点信心。请你离开吧，我要出去了。"

"不，我要陪着你，我不能救你，但可以陪着你一块儿去死。"他伤感地笑笑说，"这倒让我可以说出自己的感情了，凯伦，我一直在暗恋着你，不过，我是一个帮凶，是一个不值得爱的男人。"

江志丽哭了，说："我也是一个薄情寡义的、不值得爱的人。"她知道伊斯曼的决定已不可更改，便凄然一笑，挽着他的胳膊走向屋门。打开门，院里的人们都愣住了，江志丽目光灼灼地盯着教授和德莱尼，与其说是愤怒，不如说是鄙夷。伊斯曼警惕地护着她，扫视着各个枪手的动静。

刘易斯面色阴沉，举起通话器欲下命令，索雷尔劈手夺过通话器，激烈地同他低声争辩着。争吵持续了很长时间，刘易斯怒不可遏，猛力推开索雷尔，拔出手枪向几米外的江志丽开火。伊斯曼疾速转过身，把她挡在身后。刘易斯身边的德莱尼以超出年龄的敏捷扑过去，把手枪推向天空，一串未经消音的清脆枪声惊散了楼上的鸽群，它们咕咕惊叫着飞散，在蔚蓝的天幕上撒下一片白羽。

刘易斯喝令手下将索雷尔和德莱尼捆开，不让他去拦，但击毙们可编平不忙。就在这时，一串车队猝然在公路拐弯处出现，以惊人的速度开过来，一辆福特XLD轿型作车打头，后边是三辆大卡车，很远就听见一片嘈杂的乐声，有爵士鼓、长号，起劲地奏着《足各旅未不敢》。车队们近，几个见牛内用扩音器大喊："不许杀人！不许在自由岛神秘不杀人们！"

刘易斯恼怒地叫他，车队却逼近农庄。那几辆客车上画着淡怀陆离的画，有嘴唇艳艳，红烂的女人嘴唇、修长的大腿，车侧写着"红狼爵士乐队"。车未停稳，几十个青年嬉皮士从车门一拥而下，他们个个神采飞扬头发染成火红色、海蓝色甚至鲜绿色。他们旁若无人地冲进警察队伍，嬉笑着，怒骂着，转眼就把警戒线冲得七零八落。

江志丽惊喜地看着这一幕荒诞剧。从轻型货车下来的两名少年挤过人群，跑到她的身边。一个是白人，一个显然是华裔。华裔少年神情亢奋地说："江小姐，我在BBS上看到了你的信件，马上向所有网友发出呼吁，又拉上戴维开车来这儿。路上正好碰见这支乐队，我们一喊，他们就爽快地跟着来了。你看，他们的这次冲锋干得多漂亮！还有，我猜想这会儿全国一定都热闹极了！"

他咯咯地笑起来。同来的戴维是个文静的小孩，这在美国的小"扬基"中是不多见的。他微笑着，简单地说："我站在你这一边。"

看着这个文静的小孩，她不由得想起怕羞的小山提，想起他在死亡前发送过来的"突然的停顿"。她把戴维搂到怀里，眼泪唰唰地流下来。

刘易斯脸色铁青，怒气难抑。这群不可救药的蠢货！他们疯癫癫地来到这儿串演了一出平等博爱的闹剧，却不知道这是在自掘坟墓。但他知道对这些弱智者是不能喻之以理的，自己的使命已经无可挽回地失败了，在盛怒中他真想让手下把这些蠢货全杀死。

当然，他不至于这么冲动。正在这时指挥车内的电话响了，是局里打来的。已经有几千个抗议电话、传真和电子邮件打到了胡佛大楼，那些爱赶风头的新闻界已闻风而动，两份电子报纸《号角》和《科学箴言》已抢先发了专题报道。局里并未责备他，但命令他立即撤退。刘易斯低声咒骂着，下了撤退令，他自己率先钻进指挥车开走了，身后留下一片哄笑和口哨声。

这边，索雷尔忽然一个趔趄，跌倒在地。伊斯曼跳下台阶，和德莱尼先生一块扶起教授。原来，刚才德莱尼与刘易斯争夺手枪时，一颗飞弹穿透了教授的肩胛，现在左肩上鲜血淋漓。江志丽急忙进屋找出药箱，撕开教授的衣服为他包扎。教授倚在伊斯曼怀里，面色惨白、精神萎靡，他俯看着江志丽，低声说："凯伦，你能原谅我吗？"

江志丽正在包扎着的双手显然有一个停顿，但她没有抬头与教授的目光相接，默默包扎完毕，起身站在一旁，看着德莱尼和伊斯曼把教授抬上救护车。上车时，教授还回头苦笑着看看江志丽，但那个女子的目光中显然没有一丝涟漪。

九

索雷尔被送走后，爵士乐队的大客车也开走了，熙攘的小农场恢复了平静，白鸽盘旋着又回到鸽楼，小巧可爱的微型马在圈中安静地吃草。伊斯曼留下来陪伴江志丽，夕阳的余晖下，江志丽的目光里仍弥漫着迷茫，她还未从这两天的剧变中完全清醒过来。伊斯曼说："教授走时很颓丧，你没有原谅他。"

江志丽冷冷地说："我个人可以原谅他。但马高父子、好子和黎元德能原谅他吗？"声音中透出十分的疲惫和冷漠。

伊斯曼对这个孤身闯世界的娇小女子很是怜悯，他轻轻地揽住江志丽瘦削的肩膀。她没有动，但他透过她单薄的衣服分明感受到了她的拒绝。他尴尬地松开手，低声说："凯伦，我希望能有机会帮助你。"

江志丽勉强笑道："谢谢你，伊斯曼。很遗憾，我不能接受你的感情，经历了这场事故后，我想回国去。"

伊斯曼沉默片刻后，真诚地说："祝你在那儿找到自己的位置，回国后多联系。"

"谢谢。"

那晚，两人就留在巴巴斯先生的小农场里，江志丽张罗着做了一顿中国式的晚饭，饭后两人互道晚安，各自回到卧室。夜里，江志丽迟迟不能入睡，她强烈地思念着女儿小格格，甚至她的前夫，那个她认为自己已经从记忆中剔除了的曾经爱恋过的男人。她不知道自己的思念之波能否透过千万米的距离传入他们的脑中。

包卓然 ———● 死锁
人肉电脑

一

"正确率，正确率！"我火冒三丈地把小李刚刚提交的数据"啪"的一声砸在桌子上，抄起笔唰唰地圈了几个大圈儿，"这儿，这儿，还有这儿！你自己看，这么简单的错误你也犯，这就是你一天的成果？干得再辛苦，结果不对，全等于白干！"

左边办公桌的小张从显示器后面伸出头偷瞄着我，我又转向他怒斥："还有你，昨天给你布置的任务，这都要下班了，东西呢？这样的工作进度，这个饭碗你还想不想要了？"

小李壮着胆子抬起头，安慰我道："老大，你先消消气，我们努力赶赶工，这笔单一定能完成。"

我扫视办公室一周，手下的员工们被我一瞪，一个个噤若寒蝉，低头死命地敲键盘。我叹了口气，语气软了下来："说了多少遍，我们要的是效率，既要保证准确，也要保证速度。我知道这笔业务时间紧、任务重、难度很大，但是大家吃的是金融这碗饭，就必然要承受巨大的压力。这笔单如果顺利完成，我们部门年底就能拿到大笔奖金，如果到最后搞砸了，这么一大笔损失，你们承担不起，我面对上头也扛不住。"我抬腕看了一眼手表，算算时间，一拍桌子，"全部留下加班！今天完不成清算，谁也别走！"

下班时间已过，办公室内依然灯火通明。我给大家叫了工作餐，一边捧着盒饭吃两口，一边握着鼠标在图表上做着标记，投入了数据的海洋……

当最后一个员工终于把结果汇报给我后，时间已近深夜，我打发他回家，自己又把所有数据分析整合，得出最终结论。等忙完这一切离开公司时，大街上已再无半个人影。

这里是S市著名的金融街，也是掌控全国经济命脉的龙盘虎踞之地，自然是寸土寸金，饶是我收入不菲，依然不能负担我们写字楼地下的一个停车位。我快步走向三个街区外的大型停车场，一边穿过马路，一边思考着今后几天的工作。

突然，斜刺里闯入一辆快速行驶的汽车，车里的司机显然也没想到这么晚还会有行人，明显反应不及，等我意识到响亮的鸣笛，车头已近在眼前，而我正在发愁工作上的事，被刺眼的灯光一晃，大脑一时短路，竟呆立在当场，忘了避让。

说时迟那时快，有人在后面猛地拉了我一把，拽得我一个趔趄，几乎摔倒在人行道，但也刚刚好与车的后视镜擦肩而过。

那辆差点儿杀了我的汽车连停都没停，喷着尾气扬长而去，转眼就没了影儿。

我死里逃生，发了一阵抖，终于回过神来，捂着心窝大口地喘着气。我的救命恩人指着远去的汽车破口大骂，然后回来扶着我，关切地问："学长，你没事吧？"

学长？闻此言，我仔细打量面前这位气喘吁吁的救命恩人，果然觉得十分面熟。

"潘辰！"我惊讶地叫起来，"没想到会遇见你！"

"嘿嘿……"潘辰憨憨地一笑，"学长，好久不见啊，我也没想到会遇见你呢……学长你刚刚好像没看路啊，在想事情？"

"是啊，工作上的事。"我随口说道，"人果然只能一心一意啊，可惜，可惜，不然工作效率会翻多少倍。"

　　几年不见，我对潘辰的近况倒是蛮好奇的，便问道："你小子现在过得怎么样，在哪里高就啊？"

　　"唉，之前在一个公司工作过一段时间，去年被裁员了。"

　　"被裁了！"我吃惊地问，"为什么？"

　　潘辰不好意思地挠了挠后脑勺："业绩不好呗，公司有的是替代品。学长你也知道，我们金融领域竞争多么激烈。"

　　我点头称是。优胜劣汰、弱肉强食，本就是自然界的生存法则，在这个行业尤甚。

　　潘辰看着我，不无辛酸地说道："毕竟，跟学长这样的天才不同，我们这些学渣，只为求生存，就已经拼尽全力了。"

　　我的本科专业本来是计算机科学，大三时，我修完了计算机系的所有主要课程，将目光投向了当时大热的金融业。经过一年的准备，我以总分第一的成绩考取了Ｓ大金融系研究生，研二时更成为院长的助教，负责指导金融系的本科生们。因为这一点，我对学弟们都比较了解，可以说，潘辰是所有学生中最刻苦的一个，但他专业成绩一直平平，有些在我看来比较简单的内容，他往往需要钻研许久才能领悟。也就是在那时，我第一次意识到，世间真的存在一种叫作天赋的东西，而潘辰的天赋无疑不在金融这一行上。好在自古勤能补拙，他废寝忘食加倍努力，最终得以顺利毕业。

　　我无言以对，彼此都知根知底，此时如果过分谦虚，反倒显得虚伪。我试图转移话题："这大半夜的，你在这儿干什么呢？"

　　潘辰突然颇显局促，手下意识地往身后藏，支支吾吾地回答："没……没干什么。"

　　我注意到，他的手中有一叠印刷品，我向旁边看去，突然冲远处打了个招呼："呀，你也在这儿！"

　　潘辰回头寻找是谁，我趁他不备，一把抢过他手里的东西，借着路灯细看。

　　"快速信贷，安全低息，联系方式××××××。"

我张大嘴，难以置信地看着潘辰："你好歹也是Ｓ大金融系的毕业生，居然大半夜在金融街贴小广告？"

潘辰犹豫了一下，眼圈突然红了，他说："学长，我爷爷病了，我需要钱！"

我愕然。我对他的家庭略有耳闻，父母早逝，爷爷是他唯一的亲人，爷爷病倒对他的打击着实不小，为了给爷爷治病，他恐怕能做出任何事来。

我想了想，也只能毫无用处地安慰了他一番，然后从钱包里抽出一沓钱递给潘辰："拿着吧，不太多，毕竟有点儿用处。"

潘辰一番推托，我硬塞给了他，然后拍拍他的肩膀，转头向停车场走去。到停车场我回头一看，潘辰还呆立在原地，看着我离去的背影发愣。

我以为我不会再见到他，至少短期内不会。可谁能预料，命运会很快安排我们在一个意想不到的场合再次相遇。

二

3个月后的年中考核，我们部门无功无过，但还是有两位员工被末位淘汰。

我正在安排这两位员工的离职事宜，人事部门打来电话，新人的复试面试马上就要开始，我作为考官之一，只得赶紧赶了过去。

头几位应试者表现平平，我和其他几位面试官都不甚满意。主考官念出下一个人的名字："下一个，潘辰，进来。"

我微微一愣，转念又一想，那个笨小子怎么可能通得过我们以变态著称的笔试进入面试程序，一定是有人和他同名同姓罢了。

可是当应试者走进考场，向各位考官问好时，我惊讶地发现，来者还真是我认识的那个以勤补拙的学弟潘辰！

潘辰也看到了我，面露惊喜，我偷偷向他摆手，示意他不要声张。

面试开始了。

人事部门先问了几个常规性的问题，潘辰回答得很严谨，想必已有了充分的准备。

轮到我和另外两个专业考官了，我顾及潘辰的水平，问了一个较为简单的问题，他回答得滴水不漏。我暗暗松了口气，看来这小子终于长进了。

但是接下来，我旁边的考官从题库里挑了一道很难的题，这道题涉及几个分散知识点的结合，难度颇大，我心想，潘辰恐怕要栽了。

潘辰不假思索地回答道："要回答这个问题，需要了解几个不同的知识，第一部分在教科书的一百六十页。"然后，他竟然一字不差地把这一页的内容背了出来。紧接着，他又接连指出了其他几个知识点的出处，并且都背诵出来。最后，他把这些内容串联起来，进行了严密的分析，给出了完美的答案。

全场所有人都被他吸引住了，直到潘辰说道："以上就是我的答案。"主考官当场决定，把题库中的标准答案换成潘辰的答案，有几个人甚至鼓起了掌。

我吃了一惊，想不到3个月不见，这小子竟然精进如斯。我突然很想试探一下他的水平，于是给他出了一道我读研时在外国期刊上遇到的难题。这个问题我当年算了整整一上午，相信在场没人能做出来。出题后，我特别强调，计算量很大，所以他只需要给出思路即可。

潘辰笑了笑，突然闭上眼睛，不说话了。

他就这样一动不动地保持了两分钟。

"潘辰！"我试着叫他，没反应。

我们面面相觑，我心里有点儿发慌，走过去推了推他，他还是紧闭双眼，毫不理睬。

出事了！赶紧叫急救！我摸出手机，正要打急救电话，潘辰突然一下睁开眼睛，看着我，缓缓地说："最后的期望值是 13.4 万。"

我浑身一震，慢慢转向面试官们，极力压抑着声音中的激动，说道："他答对了！"

紧接着，我向潘辰伸出手大声说："小潘，士别三日，当刮目相看啊，想不到几个月不见，你进步这么大！欢迎加入我们公司！"

潘辰笑着握住我的手，答道："谢谢学长！"

我的行为有两个意义——第一是代考官们拍板，这样一位人才，我们不可能放过；另一个则是向几位领导明示，这人是我的学弟，自然也要进入我的部门，成为我的嫡系人马。其他几个部门经理这时才反应过来，心里想必在狠狠地咒骂，但表面上依然热情地挨个和潘辰握手表示欢迎。

最后，我揽着他的肩膀送他离开，告诉他："回去好好休息一下，明天就可以来办理入职手续了。"

不出所料，潘辰果然被分配到我的部门。

第二天，他来报到时，与正在收拾东西滚蛋的小张擦肩而过。小张重重地哼了一声，我装作没听见，指着他空出来的格子间对潘辰说："小潘，以后你就坐这里。"

同事们对潘辰在考场上的表现多有耳闻，纷纷围过来热情地表达关怀，办公室一时很是热闹。

潘辰调整好了桌椅高度，又把鼠标改成惯用的左手，这个格子间的前任主人的最后痕迹就此烟消云散，好像他从未存在过。

我对潘辰说："先熟悉一下环境，你专业基础很好，我看下午就可以开始工作了。"又转向他对面的小李，"你多多照顾一下新人，下午把让你做的那份图表交给他试试。"随后我又叮嘱了几句，才回到了自己的办公室。

下午 1 点，午休结束，我们开始工作。

过了 1 个多小时，潘辰敲敲门，走了进来。

我以为他有什么问题，放下笔问他："什么事？"

潘辰递给我一张打印出来的图表："学长你看看，做成这样行吗？"

我惊讶极了，半信半疑地问："你……这就做完了？"

"嗯，"他点点头，"你过目一下吧。"

这份表小李花了两天还搞不定，我翻阅潘辰的图表，完成得清晰明了。

面试刚结束，我还存有疑虑，以为潘辰恰好看过相关资料，所以知道那道题的答案，现在我终于确信了，几个月不见，潘辰从以前资质平平的小学弟，一跃成了天才。

我盯着潘辰的眼睛，想要从他身上挖掘出这种飞跃的秘密，然而他一脸平静，无懈可击。

我表扬他："不错，完成得很好，回去歇一会儿吧，明天给你别的任务。"

三

第二天，我交给潘辰一些复杂的工作，我相信他能完成。

开始工作没一会儿，小李连门都没敲，慌慌张张地跑了进来。

"慌什么啊，这么大的人了，还这么不淡定！"我斥责他。

小李咽了下口水，语无伦次地说："老、老大，你快去看看潘辰吧，他的样子太吓人啦！"

我赶紧出去，走到潘辰的格子间。

潘辰在认真地工作，但他的动作太快了。他的左手握着鼠标飞速移动，而右手则在键盘上跳跃着，上下翻飞，双手一刻不停，似乎根本不需要思考。不知情的人，会把他当成一个手速惊人的游戏高手。更可怕的是，他的两只眼睛在眼眶里飞快地转动着，像两只高速运转的齿轮，完全不像是人类的行为。

我观察了一会儿，突然明白了，他的眼睛在左中右三台显示器之间逐一停留，不断循环，但切换得太快，便成了飞快的旋转。

"潘辰！"我叫他，他听不见。

我又上去推他，他也毫无反应，跟面试时一模一样。

我想了想，抬手把中间的显示器关了。

潘辰"啊"的叫了一声，抬起头，仿佛刚从梦中惊醒，手和眼睛也恢复了正常。他似乎刚刚看到我，奇怪地问道："学长，怎么了？"

我敲敲他的桌子，说："跟我来。"然后领着他回到了我的办公室。

两人就座，我盯着他的眼睛，尽量蓄起威严，沉声问："说吧，这到底怎么回事？"

潘辰果然有点儿底气不足，他小声问："什么？"

"你不可思议的进步，还有你吓人的工作方式，这一切太古怪了。潘辰，这3个月，你身上究竟发生了什么？"

潘辰明显在犹豫。我板起脸孔，说："潘辰，你的确很有才干，但是我们公司不敢接纳来历不明的怪人。"

潘辰犹疑地看着我，说道："学长，你是我的恩人，我可以告诉你，但是这里面涉及保密协议，请你一定为我保密！"

我点点头，回答："只要不违法，我是不会多管闲事的。"

潘辰喝了口水，开始了讲述："你知道去年得了诺贝尔奖的陈教授吗？"

"嗯，知道，当时新闻上大肆报道了一番，我记得他是凭借一项关于人类大脑的研究成果而得到了医学奖，是吧？"对于第一个得到诺贝尔生理学或医学奖的中国人，媒体进行了长篇累牍的报道，所以事情过去一年，我仍有印象。

"是的，就是他。"潘辰说道，"3个月前，我爷爷得了重病，需要大笔的医疗费，我的那点儿积蓄没几天就花光了，我只好到处找挣钱的机会。"

我点头表示记得，当时遇见潘辰的情景历历在目。

"一个偶然的机会，有人告诉我陈教授在募集一个实验志愿者，实验有一定的风险，但是报酬异常丰厚。我立刻联系了陈教授。也许是看到我出自名校，又正好缺钱，陈教授最后选择了我，并且提前支付了全部报酬，我就是用这笔钱治好了爷爷的病。"

我若有所悟地问："陈教授是大脑研究的巨擘，莫非你现在的能力和这个实验有关？"

潘辰点点头，回答："人类大脑的思维过程，说白了，就是生物电信号的传递过程，这你了解吧？"

"当然。"我在本科学计算机时，曾经选修过一门有关前沿计算机技术的课程，介绍生物计算机时，教授将人类大脑与计算机的构造做了一些有趣的类比，令我耳目一新，所以即使是多年后的今天，我依然保留着记忆。

"这个实验的基本原理，就是用电磁脉冲刺激大脑的某些区域，强化特定的电信号，从而达到增强大脑能力的目的。"潘辰介绍道。

"嗯，没记错的话，这种技术应该是叫经颅磁刺激，磁信号可以无衰减地穿过颅骨，改变生物电流的幅值，直接刺激大脑神经，大脑的不同部位，的确能收到各异的效果。我记得美国科学家就研究过，用磁场刺激大脑海马体可以提高记忆力，还可以增强肌肉的响应。"我努力回忆，"但是这些研究已经有人做过，陈教授做这个研究又有什么意义？"

"哈哈，原来学长你还是内行。"潘辰很惊讶，"看来具体原理你可能比我还懂，陈教授说，他发现了一种新的方法，利用磁脉冲信号，不仅可以简单地调节生物电信号的大小，更可以在一定程度上控制电信号传递的内容，用这种方法对大脑的不同区域进行精密调节，能够最大限度地激发大脑潜能，让大脑分管不同神经的区域能够同时工作，而不是同一时间只能专注于一件事。通俗点讲，实验者可以实现真正意义上的三心二意，大大提高工作效率。"

我目瞪口呆，这种技术简直匪夷所思，远远超出了我的理解范围。我试着用自己熟悉的知识加以解释。

"也就是说，"我思索片刻说道，"你接受了这个实验，现在大脑已经变成了计算机的并行结构，可以实现多任务的同时处理？"

"没错，就是并行！所以我可以将工作分拆成几个部分同时完成，速度自然快了很多。此外，由于大脑的各个功能得到增强，又可以不受干扰地工作，我的计算、记忆、专注度等能力也有了显著的提高，这是实验的另一个收获。"潘辰总结道，"速度、专注，这就是我高效率完成工作的原因。"

我终于明白我挖到了怎样一块宝贝，眼前的潘辰有着超人的大脑，拥有着业内无人可及的工作效率，得他之助，我们部门的业绩一定会飞速猛进，我个人的前途也是一片光明了。

我想了想，问潘辰："公司里别人都不知道这件事吧？"

"我只跟你说过。"

"好！"我拍拍潘辰肩膀，意味深长地说道，"你的能力超出常人太多，匹夫无罪，怀璧其罪，这件事还是低调为好。这样吧，你去找副墨镜，在单位就戴着，把你的眼睛遮上，别吓到其他同事。而且你最好分出点儿精力关注一下周围环境，不然别人叫你你都听不见，他们就会产生怀疑的。"

潘辰点头答应，我又表示了一番对他的器重，让他出去了。之后，我找机会对同事们解释了一番，说潘辰患有眼部疾病，见光流泪，只好在办公室也戴着墨镜，慢慢的，同事们也都习以为常了。

而潘辰的效率果然是出类拔萃的高，托他的福，我的部门不再需要加班，业绩也跃升为公司第一。我逐渐把所有重要工作都交给他，潘辰是个老好人，又经常帮别的同事做一些他们力不能及的工作，而这所有的任务，他全部都出色地完成了。

潘辰将这样的高效率保持了几个星期。这一天，我正在办公室工作，上司给我发来一份很重要的资料，让我尽快处理好，我理所当然地打算把它交给潘辰。

我走向潘辰，看见他还是在疯狂地点着鼠标，眼睛被墨镜挡住，想必也是在三个屏幕间飞速移动吧。我突然想起早晨刚交给了他一项高强度的工作，现在再给他加重任务，会不会有点儿超负荷？不过转念一想，他可是多任务处理的"人肉计算机"，这点儿并行度，应该不在话下吧？于是我打断了他，给他布置了新的工作，叮嘱他几个任务都要抓紧。他点头表示了解，又投入了高速并行的工作模式之中。

潘辰来了之后，我的工作轻松了很多，主要负责做一些重要决策和最后的审核工作。不知不觉，已临近下班，我有点儿奇怪，按潘辰的速度，交给他的工作应该已经完成得差不多了，今天却没见他来汇报。我决定去看看他。

不对劲！

一走近他，我就发现了问题。他的左手握着鼠标，右手放在键盘上，脸也面对着显示器，姿势一如往常。

可是，他却一动不动。

我走过去，在他耳边轻轻呼唤："小潘？潘辰！"

没有反应。

我又拍拍他，潘辰还是没有任何反应。

难道工作太繁重，以致他关闭了对外界的认知？

我抬起手，把他的墨镜摘了下来。

他的眼睛一眨不眨地盯着显示器，整个人如同一个泥塑木偶，呆呆地坐着。

我慌了神，颤抖着把手伸到他的鼻子底下……

还好，还有呼吸。

这是怎么回事呢？我陷入了思考。

潘辰现在的状态，显然不是普通的昏迷或休克，只可能和他所接受的实验有关，他的情况与其说是失去意识，反而更类似于计算机在程序运行时陷入了异常状态。

异常？我觉得自己找到了方向。如果潘辰的大脑真的参考计算机的构造与原理，被改造成了一台性能强大的"人肉电脑"，那么出现与计算机类似的漏洞也不无可能。关键是，是什么条件触发了这个罕见的情况呢？

潘辰的三台显示器上并排展开了四个窗口，两个是我安排的工作，一个本来是小李的任务，一个则是员工每天必填的工作总结。这个时候，我无暇顾及小李的偷懒，仔细观察潘辰的情景。他的左手控制着鼠标，停留在第一个窗口上，右手放在键盘上，正在往第二个窗口的文档打字。我顺着他的目光看去，他的眼神正停留在第三个窗口的数据上。直觉告诉我，他的大脑恐怕正在进行着第四项任务的分析运算。

我心中一动，这种怪异的排列对我来说似乎有一种奇妙的熟悉感……

我思考良久，突然灵光一闪，恍然大悟。

但是，首先，我要确认一件事。

我从潘辰的口袋里找到他的手机，一番查找，很快就在"联系人"一栏中找到了"陈教授"三个字。我深吸一口气，拨打过去……

与陈教授的一番交流，证实了我的猜想，潘辰是金融学出身，对脑科学和计算机科学都知之甚少，他并没有完全理解这个实验的原理。

他大脑的工作方式，不是并行，而是并发！

而并发的工作方式，有时会导致一种异常状态——死锁。

他的大脑现在无疑在高速地运转着，却不能进行任何工作，只是在一味地空转。这有点儿像我们平时遇到的死机现象，而对付死机，最简单有效的办法当然是——重启。

注射药物让他昏睡过去？倒也不失为一个方法，但办公室条件有限，上哪儿去找安眠镇静针剂？况且剂量如果拿捏不准，弄不好要出人命的！送他去医院？这个会喘气的活体木偶可是条壮汉，送他到医院去，我一个人怕是没有足够的体力……没关系，我还有更加简便的方法。

虽然粗暴了点儿。

我向四周看看，同事们早已下班，办公室里只剩下我们两个人。

我在资料架上稍微选了选，抄起一本比门板还厚的金融资料图书，正要动手，我想了想，还是脱下外套在上面紧紧缠了几圈，然后伸展四肢，挥臂练习了几下棒球的击球动作。

然后，向他的后脑勺重重挥了下去！

四

陪了潘辰 4 个小时，他终于悠悠醒转，在我的办公室里，一边揉着脑袋向我抱怨下手太重，一边喝着速溶咖啡，等待我的解释。

我端着咖啡罐和热水壶走到桌前坐下，时隔多年后，又一次开始了对学弟潘辰的教导。

"你看，我现在想要冲一杯咖啡，需要咖啡罐和水壶。如果我先拿到咖啡，"我伸手拿起咖啡，往杯子里放了两勺，"又拿到水壶，"我又将热水倒入杯中，"一杯咖啡就冲好了，任务完成了，对吧？"

潘辰点点头，不明所以地看着我。

我接着说道："如果你也想冲一杯咖啡，你开始的比我晚，当我放下咖啡罐，你把它拿起来，我放下水壶，又被你拿到了，这样，我有了一杯咖啡，你也可以冲一杯咖啡，我们就完成了两项任务。"

这里的逻辑很简单，潘辰点头认可。

"那么问题来了，"我继续说，"如果我俩同时想冲一杯咖啡，我拿到了咖啡罐，"我拿起咖啡罐，又把水壶推到他面前，"而你拿到了水壶，我们都想尽快完成自己的任务，不愿放弃自己手头的资源，又都拿不到别人的资源，会怎么样？"

潘辰答道："我俩会互相等待对方放手，但谁也不会放下自己的资源，所以，我们会无尽地等待下去。"

我赞许地点点头，道："我的课讲完了，这就是死锁。"

潘辰的超级大脑立即搞明白了事情的来龙去脉，他分析道："当几个工作需要同样的一样或几样资源，它们又各自占有一样资源不愿放弃，就形成了死锁。我工作时同时需要几样资源，左手握鼠标，右手敲键盘，眼睛看屏幕，大脑分析运算。当时，我用鼠标点击第一个页面，右手在第二个窗口打字，眼睛看着第三个窗口，大脑又在想着工作总结，四项工作各占一样资源互不相让，最终进入了死锁状态。"

"不错，"我补充道，"我已经跟陈教授确认过，事实上，你大脑的工作方式是并发的方式，而不是你以为的并行方式。并行方式，是指两个任务可以同时处理，完全独立地运行，需要两个以上的处理核心各自为政。而并发方式则是把任务分成几份，在它们之间快速切换。事实上，同一时刻，你的大脑还是在处理一项工作，只是切换得太快，宏观上，它们就在同时进行了。以前你同时进行两项工作，或许大脑还可胜任，但当任务多达四个，一段时间之后，你的大脑不堪重负，一个疏忽，在切换时出现了错误，把资源分散给了不同的任务，于是造成了死锁。"

潘辰这下彻底明白了，他想了想，又问道："学长，你看，有什么解决办法呢？"

"我刚才也在想这个问题，解决死锁最简单的方法就是增加资源，如果你有两个大脑四只手，一切就都解决了，但这显然是不可能的。另一个方法仅仅是我的设想，你可以试试。今后，你每次开始工作前，都要先在大脑里排出工作的优先顺序，每当任务之间切换时，都要先想一下，是否有可能发生冲突，如果有可能，你就要按照这个顺序，把排在前面的工作优先完成，而不是让它们平等地竞争。这样，优先的任务可以先占有全部资源，死锁也就可以避免了。你可以先训练一下，刚开始也许会很慢，但时间一久，等你适应过来，效率就会恢复了。"

潘辰立刻领会了我的用意，点头道："好的，就这么办。"

我提醒道："别忘了，呼吸、心跳等工作是最优先的，首先，你要保证自己活着。"

五

潘辰按我的方法开始练习，刚开始，他的效率大打折扣，但经过多次实践，他的大脑形成了条件反射，将反应时间缩到了最短，于是他的工作效率又恢复到了原先的水准，而死锁现象也再没有出现。

我大感欣慰，看来，潘辰终于又恢复成为我们部门的头号利器了。

这天的会议上，有一个重大议题需要讨论，我们将要决定是否收购一家业内的竞争对手，必须在 3 天内拿出意见。我力主并购，除了基于公司利益考虑，还有一个私人原因——总经理即将退休，副总必然顺位，如无意外，空出的副总位置将在我和另一位部门经理之间选出。这家待收购公司的副总恰巧是我的同学，自然共同进退，如果并购成功，公司结构调整后，我们将在公司里掌握更多的话语权。

不过，我的竞争对手大概也明白这一点，所以他竭力反对这次并购。我们双方在会议上针锋相对，吵得不可开交。

我停止了争执，微微一笑道："罢了，看来我们是谁也说服不了谁了，不如这样，我们金融行业向来是数字说话，这几天，我们把这家公司历年的财报、与我们的合作与竞争情况，以及我们从其他渠道得到的商业情报都细致地评估一遍，做一份分析报告，3 天后的会议上，大家来做最终决定，如何？"

总经理略加思考，同意了我的提议。

要知道，公司历年财报信息加上其他大小情报，数据量可谓浩如烟海，凭一个部门的内部力量，想在 3 天内得出精确的分析报告无异于天方夜谭。但我可以，我有潘辰。

会后，我回到部门，潘辰正趴在桌子上打盹，我把他叫进办公室，给他单独布置任务。

"小潘，把这个公司的历年财报和我们能打探到的所有信息都分析一下，整理一个详细的报告，一定能说服总经理和董事会并购这家公司。再做一份详细的并购计划书，另外，想一想对方可能反对并购的理由，给我一一反驳掉！"

3 天之内要完成这么多工作，听上去简直惨无人道，但我了解潘辰的能力，他足以胜任。

潘辰正要离开，我叫住他："这个事非常重要，越快、越详细越好，去吧。"

午休时间，大家都去就餐，我看到潘辰依然在埋头苦干，过去拍拍他说："小潘，不用这么拼命，先吃饭。"

"学长你先去吧，不知怎么回事，我没什么食欲。"

话既如此，我只好留下他，自己去吃饭了。

到了下班时间，我看到潘辰还在工作，没有离去的意思。我对他说："小潘，这些工作明天做也来得及的，别人都要把我当成剥削劳动力的资本家了。"

"嗯，学长，我把这部分做完就走。"

我看着卖力工作的潘辰，心里十分感动，暗下决心，等我升职了，一定不能亏待他。我夸奖他一番，离开了公司。

然而事情变得诡异起来。

第二天，当我准时来到公司，看到潘辰的样子时，吓了一大跳。

他双眼布满血丝，挂着重重的黑眼圈，整个人显得疲惫不堪，但他依然在对着电脑，疯狂地敲着键盘。

我大为震惊，问潘辰："你到底几点来上班的？"

潘辰带着哭腔，惶急地回答："我还没下班呢，我，我停不下来了！"

潘辰没吃饭，没睡觉，在办公室工作了一天一夜！

我惊呆了："你疯了吧！工作再重要，也不能不要命啊！"

"我知道，可是我明明知道该停下来休息，但大脑就是不能停止思考去干别的，只能一刻不停地做这份工作。我要饿死了！"潘辰疲倦地回答。

我终于意识到，又出问题了！

有了上一次的经验，我很快想到了一种可能的解释。

潘辰的优先顺序表上，排在第一位的，一定是呼吸、心跳等保持生命体征的工作，第二位应该是吃饭、睡觉等提供生存能量的行为，然后也许会是打盹、偷懒、发呆、开小差等日常行为，接下来才是工作内容的逐一安排。

跟一部分人所以为的不同，人在睡眠时，大脑并没有完全停止工作。事实上，一部分大脑皮质和神经细胞会进行休息，而另一部分则会更加兴奋，这也是有人梦游、说梦话的原因。因此也可以理解为，人在睡眠时，仍然需要一些特定的脑部资源。我的专业知识有限，无法确定究竟是大脑的哪些部分导致了潘辰这次的行为异常，人脑的奥秘无穷无尽，科学发展至今，依然不能窥其万一，潘辰的实验又如此复杂，我所能做的，也仅仅只是猜测。

假设，人在睡觉时，依然需要大脑的某部分保持活跃状态，没有它，大脑就不能正常睡眠，我们称它为资源 X。再假设，人在日常活动，例如小憩、放松、打哈欠，或另外一些生理活动时，也需要用到资源 X，如果真是这样，就会导致一种奇怪的现象。

　　我猜想，大概是由于我反复强调这次工作的重要性，潘辰把这份工作的顺序提到了日常活动的前面，排在吃饭、睡觉的后面。这就意味着，工作没有做完，他就不可以偷懒、发呆、开小差，这本是一件好事，却造成了意外的后果。我给他布置任务时，他正在打盹，占用了资源 X，而这时，他的工作插进来，排在了打盹的前面，如果他不完成所有工作，他就不可以将进行到一半的打盹完成，资源 X 也就被无限地占用。不幸的是，资源 X 正是人的睡眠所不可或缺的，资源 X 不被释放，他就不能进行深度睡眠。种种巧合导致的最终结果是，本来优先于工作的睡眠，由于资源 X 被优先级的任务占用，反而被压在了工作的后面，工作不完成，他就永远不可以睡觉。想必，不能吃饭也是基于同样的原因。这种现象在计算机科学上也时有发生，叫作"优先级翻转"。

　　这是一个很疯狂的猜测，但由于潘辰自身的特殊性，这个猜测的可能性很高。我对这个匪夷所思的意外简直束手无策，看来，手头工作做不完，他就不可能停下来，但看潘辰现在的样子，他似乎随时都可能昏死过去。

　　我只好动用私人关系，找我的医生朋友帮忙，来给他注射上营养液，防止他虚脱，又对外编造了一些生硬的借口，对他的行为异常进行搪塞。

　　半死不活地挂着点滴狂敲键盘的潘辰，成为办公室中的一道奇景。

　　潘辰不吃不喝，不眠不休地连续工作了 32 个小时，在文件保存完毕的一刹那，潘辰一头栽倒在办公桌上。

　　我赶紧让人把他送到医院，幸好，他的身体并无大碍，只是需要休息。我长舒一口气，给他放了两周的假，告诉他，现在，好好休息是最高优先级。

　　两天后的决策会议上，我用精准严密的数据让所有人都心悦诚服，用完备细致的规划让领导们赞不绝口，用鞭辟入里的论证让对手哑口无言。

　　董事会当场决定完成公司并购，由我全权负责。

　　我方完胜。

　　然而我知道，荣耀归于我，功劳归于潘辰。

六

会议结束后，我去医院探望潘辰，卖力地表扬和感谢了他一番，顺带给他解释了这次他行为异常的原因。

潘辰静静地听完，想了一会儿后说，看来这个实验还是考虑不周，产生了不少的后遗症，以后指不定还会出什么乱子……正好昨天陈教授打来电话，回访的时间到了，他打算让陈教授想想办法，看看能做什么改进。

我当然支持，又叮嘱他以后万万不可以这么拼命，这才离开医院。

两周后，潘辰休假结束，回到公司上班。

我问他："陈教授怎么说？"

潘辰轻描淡写地回答，"说是对什么'胼胝体'动了个手术，进行了改造，现在能真正同时进行两件事了。"

我对"胼胝体"这个名词略有印象，出于好奇，我上网搜索了一下。

这一搜索，令我颇为不安。

简单来说，胼胝体就是桥接大脑左右半球的通信枢纽，能将一侧大脑皮层的活动传给另一侧。例如，如果右手学会了一种动作，左手虽然没有经过训练，但也可以在某种程度上完成这种动作，这正是因为左脑将右手的学习活动通过胼胝体传给了右脑。历史上曾用胼胝体切开手术来治疗严重的癫痫病患者，经过这种手术的人，其大脑左右半球完全分离，被称为"裂脑人"。胼胝体切开术对治疗癫痫病立竿见影，却带来了其他意想不到的问题。一个比较诡异的案例是：一天，一个裂脑人看到她的左手正在解扣子，但她自己却不知道。经过提醒，她赶紧用自己的右手去重新系上扣子，但只要右手一停，左手就会再去把扣子解开。后来，她的左手还会不知不觉地从自己的口袋里拿东西，所以她经常莫名其妙地丢东西。到了后期，她甚至出现了人格分裂的倾向……

207

这些古怪的案例看得我脊背发凉，只好暗暗安慰自己，陈教授是世界级大师，他的方法不会是这种简单的切开手术，肯定有什么复杂、高级的保护措施。但是同时，我也提醒自己，对潘辰要多多留心，别再出什么意外了。

等到潘辰工作时，我让他摘下墨镜，仔细观察，他准备了两套键盘和鼠标，双手各用一套，而他的两只眼睛竟然可以分别看向不同的方向，这样，双手和双眼，就成了两副独立的操作系统。他的右脑控制左手和左眼，左脑控制右脑和右眼，他现在的表现无疑暗示着，他的左右半球已经可以独立工作了。看来，陈教授果然对他的胼胝体做了不小的改造。

对大脑的二次提升取得了显著成果，从此，潘辰保持了一贯的高效率，也再没有出现以前那些异常情况。

随着时间流逝，我渐渐放下心来。

一晃到了年底，年后总经理就会卸任，对于拿到副总的位置，我信心满满，但仍不敢大意。我的工作变得忙碌起来，一方面，管理工作和年终总结是不能交给潘辰的；另一方面，我总觉得这小子最近有些反常，对我的命令也不像以前那样巨细无遗地认真执行了。功高盖主，自古有之，不得不防。而我的竞争对手也在蠢蠢欲动，想在年关之前抓住我的破绽翻盘。我感受到了前所未有的压力。

我经常在办公室暗中观察潘辰的举动。现在，他正在打手机，寒暄了两句，他边打着哈哈，边若无其事地走出办公室。

我觉得苗头不对，他似乎在有意避人耳目。他刚一出门，我招呼小李过来，吩咐他去偷听潘辰的电话。

10分钟后，小李带着一脸的幸灾乐祸回来汇报："老大，潘辰要跳槽！他在和对方谈报酬，他们可是花了大价钱！"

我知道小李被潘辰压得抬不起头，可是他那幸灾乐祸也表现得太明显了。我挥挥手让他走，自己陷入了沉思。

现在正是关键时期，如果潘辰真的在此时撂挑子不干，我的业绩必定会突然下滑，而万一他去了我们的对手公司，我无法留住人才，更是难辞其咎，这对我的打击无疑是致命的。

我意识到，自己以前是太倚重他了，现在已是骑虎难下。潘辰只有一个，如果他走了，我到哪里去找替代品呢？

真的没有吗？

或许可以再造一个这种"天才"？

有没有人愿意冒着手术的风险，将大脑潜能开发到极限，从此可以在行业内呼风唤雨？有没有人现在正处于生死一线，急需借助超常的力量渡过难关？有没有人其实在心里忌惮着比自己还能干的部下，曾经的天才光辉已经彻底被部下所掩盖？

或许……那个人……是我？

我想了一遍，一遍，又一遍，终于下定了决心。

我把潘辰叫到办公室，和蔼可亲地问道："小潘啊，我看你最近状态不太好啊，是不是你之前的手术有什么问题？"

潘辰淡淡地回答："谢谢老大关心，我没有问题。"

我不死心，又接着问："要不这样，你把陈教授的联系方式给我，我问问他到底怎么回事，关心下属，本来就是上级应该做的。"其实当初我和陈教授通过电话，但当时救人要紧，慌张中我居然没有抄下陈教授的电话号码。

潘辰竟然笑了。他什么也没说，只是这样噙着一丝笑意，默默地看着我，但我感觉到，他已经将我彻底看穿。

他果然变得不一样了。

我尴尬地咳嗽一声，索性打开天窗说亮话："小潘，现在是我升职的关键时刻，我需要竭尽所能加强自身实力。你放心，你是我的嫡系人马，只要我当上副总，这个部门经理的位置一定是你的！"

潘辰犹豫了，他在思考。我看到，他的两只眼睛瞪向左边，又一下子转到右边，这样反复了几次。忽然，他双手抱头，发出低沉的呻吟，豆大的汗珠顺着他痉挛变形的脸淌下来，像是在经历巨大的痛苦。

我恐惧地看着眼前的一切，不知道究竟发生了什么事。

突然，一切停止了。潘辰平静下来，就像什么事都没有发生过。他抬起头盯着我看了一会儿，用右手抓起笔，在桌上的便笺本上写下了一行地址。

然后，他看着我笑了笑，轻轻地说："老大，一言为定哦。"之后，他便离开了办公室。

我被刚才的一幕吓坏了，但犹豫一番，最后还是决定去陈教授那里看看。

七

谁能想到，诺贝尔生理学或医学奖获得者的实验室竟然建在郊外。

我开车向潘辰留下的地址驶去，穿过极尽繁华的S街，也经过方兴未艾的城乡接合部。

车窗之外，各色人等擦肩而过，正展开着自己的人生。有人在马路上行色匆匆、心力交瘁，有人则在豪车里左拥右抱、享尽荣华；有人在为下一顿饭的着落担忧，有人却在为推不开应酬苦恼；有人用健康换取金钱而义无反顾，有人想花钱换回健康却求之不得；有人胸怀大志，可惜时运不济，不得施展，有人却看尽浮华，只想粗茶淡饭，了此残生。这个世界，所有人都对自己所拥有的视而不见，却在艳羡着别人那不可能属于自己的资源，形成一个又一个无解的死锁，永无休止……

我站在陈教授实验室的门前，带着最后一丝踌躇。

忐忑之中，我并没有看到，口袋里的手机屏幕一闪，一条信息发送进来。

信息很短，只有五个字：

学长，不要去！

发信人：潘辰。

我推开门，走了进去。

张舟 ━━━━━━━● 大饥之年
"微小恶魔"重现人间

宝永三年（1706 年）四月七日
日本萨摩藩屋久岛下屋久村

雨下个不停。浅灰色的云幕笼罩着屋久岛山脉，已经连续一个半月看不到屋久岛的最高峰宫之蒲岳，下屋久村的三十三间草房都生出了惨绿的青苔。

数十人聚集在村中央一栋大屋门前，在雨中拥挤着，发出低沉的嘟哝声。深红色泥浆淹没他们枯瘦的脚腕，那是用来刷涂墙壁的红色涂壁土的颜色，这个屋久岛山深处的村落正在融化于连绵大雨之中。

透过墙壁上的破洞，能看到两个男人坐在屋子当中。水珠滴滴答答地落入火塘，腾起呛人的烟雾。坐在上首的白发老人喉结滚动，将唾液咽进枯涸的喉咙。饥饿感如一只巨手攫住他的胃，抓挠着肝脾，把肠子狠狠揉成一团。他肮脏的脚趾用力抠紧榻榻米，枯黄的趾甲刺进草席。

他已经断食整整 20 天了。20 天里，他吃下三十八升五合白米，相当于两名精壮武士的饭量，可他还是饿，饿得浑身浮肿，眼睛发黄。再多的米饭都填不饱肚子，唯有味噌和豆腐能带来一丁点儿的充实感。他不住地进食，紧接着呕吐；继续进食，继续呕吐。

下屋久村名主（村长）饭田守很清楚自己需要什么。他需要肉，山猪、牛羊、鸡鸭，充满油脂的肥腻的肉是治疗饿病的唯一药品。然而早在20多天前，村里就再也找不出任何肉类了，即使治饿病不那么有效的咸鱼、干虾也已吃光。全村三十三户，每家每户的米缸都装满了白花花的大米，去年棚田（梯田）丰收，本该让村子安然度过青黄不接时节，可牛头天王在春雨时分降下饿病，使下屋久村陷入一片混沌。

"父亲大人，村寄合（村议会）早已做出决定，他们已经无法等待下去了。"下首正坐的年轻人说。他的身体浮肿胀大，面色焦黄，显然也正在经历难挨的饥饿。这个年轻人的名字叫稻盛孝广，下屋久村的百姓代，饭田守的女婿，今天是他断食第十九天。

雨鞭打着屋顶，火塘即将熄灭，屋外突然传来巨响，腐烂的篱笆墙被人们推倒在水中。呻吟声渐近，雨幕里，人影摇摇晃晃走来。

饭田守下定决心，从衣袖中慢慢摸出一柄短刀，说："这柄肋差是下屋久出身的本乡大人赐给我的宝物，本乡大人是我们七十七万石萨摩藩的总番头（骑兵大将），为人宽厚，一定会原谅我吧，原谅我吧……"

看着老人抽出短刀以白绢擦拭，稻盛孝广忍不住变了脸色，"父亲大人，你要做什么？难道想要自杀吗？我们是农户之身，怎么可以擅自切腹，那可是诛灭全族的罪名！"

"孝广啊……"饭田守翕动嘴唇，以黄疸严重的眼睛望向屋外昏暗的天空，"你还不明白吗？下屋久村已经完了。出去求援的人没有回来，说明所有的桥梁都被洪水冲垮了，通往港口的路也毁掉了，在这场雨停止之前，没人能进来，没人能出去。我活了58岁，从没听说世上有这样的饿病，牛头天王将疫种撒在这里，又用山洪封锁道路，就是要彻底毁掉下屋久啊……可是孝广啊，你想想，若能够将瘟疫同下屋久一起埋掉，对萨摩来说不是最好的事情吗？"

年轻人猛地站了起来，双腿因虚弱而摇摇晃晃，"村子不会毁灭，我们会活下去，撑到岛津大人的援军到来！"

饭田将短刀举起，借着昏暗的天光凝视刀身的云纹，"这话我在饿病刚发生的时候说过，在吃光肉的时候说过，在村寄合决定开始吃人的时候也说过。孝广，外面那些人已经不再是人了，而是食人的鬼，我们都是食人的鬼。每天吃掉一个人，这是恶鬼的行径，就算神佛也不会原谅的……夕子是柔弱的女人，甘愿为村子牺牲，成为大家的食粮；可是朝子才刚8岁，无论如何我也没办法……"

稻盛提高了声音："固然朝子是我的亲女儿，可作为百姓代，我必须听从村寄合的决定！父亲大人，你把朝子交出来吧，别让饭田家蒙羞！"

"嘻——"饭田浮肿的脸突然挤出一丝笑纹，老人回答道："你没有吃夕子，我很感激你，可你终究会吃人的，不是朝子，就是其他人，变成外面那样的恶鬼……你找不到朝子的。你的眼神已经变了，只要我一倒下，你就会撕下我的皮肉，喝光我的血啊！稻盛，朝子已经走了，她会把灾祸带走，将一切终结……"

这时雷声从天际滚过，闪电照亮山峡间的孤村，下屋久村第十二代名主饭田守，猛力将冰凉的短刃刺入自己的左腹，慢慢向右横拉，刀刃切裂胃肠的感觉并未缓解蚀骨的饥饿。"本该拿锄头的手，看来还是不适合拿刀啊……"老人喃喃自语，"杀死夕子的时候也是这样不干脆，要死很久的样子吧。稻盛，你能当我的介错人吗？……这听起来真像武士说的话啊。"说完，他头一歪，断了气。

"父亲大人！"

鲜血的气味芬芳四溢，稻盛孝广终于屈服于腹中的恶鬼。他扑向自己的岳父，牙齿映出雪白的光。那么多日夜的忍耐，只是因为对父亲大人的尊敬，如今表达敬意的方法，就是将对方的身体当成治病的良药。

村民们拥进大屋，浮肿的、恶臭的、如鬼一般的村民，人群将尸身淹没。外面的人开始啃噬同伴的肢体，呻吟声与咀嚼声在雨声中显得含混不清。

屋外的水流急促起来，红色泥浆冲走了浮土，使地下草草掩埋的数十具骨骸显露了出来。河水开始泛滥，在山腰用以分流溪水的堤坝旁，一个小女孩正用木棍吃力地撬起闸门。她不明白妈妈究竟去了哪里，也不知道宁静的村子为何变了模样，她只知道自己小小的身体里还有一丝力气，足够完成外公给予她的最后指令。

"嘿呀……"朝子撬开闸门，蜷缩身体，把怀中的东西护卫起来。

堤坝崩溃，洪水到来。来自宫之蒲岳的洪流轰鸣而下，将山石、树木、泥土与小小的村庄一同吞噬。短短几分钟内，泥石流就彻底改变了山谷的模样。

印有萨摩藩大名岛津家十字丸纹章的船帆在风中飘摆，一位武士站在船头远眺，看到黑沉沉的雨帽覆盖下，屋久岛的绿色山脉正在流淌。

"山崩了……"武士摇摇头，叹息道，"返回鹿儿岛吧，下屋久已经完了。"说出这句话时，他的眼角挤出一颗泪珠，那是对故乡最后的惦念。

2014 年 12 月 20 日
美国内华达州提卡布山谷无名农场主宅起居室

"5，4，3，2，1——"顾铁瞅着腕表读出数字，"现在是 2014 年 12 月 21 日了，同志们。"

屋里的四个人一齐扭头望向屋角的座钟，时针指向午夜 12 点，自鸣钟咚咚敲响。人们屏住呼吸，静静等待了一会儿，然而什么都没有发生。壁炉内的火焰噼啪跳动，老式电唱机上有黑胶唱片在嗞嗞空转。有人手中的酒杯倾斜了，琥珀色的酒液沿着杯壁流下，无声地坠入羊毛地毯。

"又一个世界末日！"长着一头浓密黑发的中国人倒在摇椅中，有气无力地摊开双手，"从 1999 年到现在，我们已经度过多少个这种狗屁世界末日了？无聊，无聊！"

有人将悬空的唱针复位，Billie Holiday 的歌声再度响了起来。"玛雅人的历法同样令人失望啊，铁。那么该下一个故事了，我们每年只聚会一次，除了例行的世界末日妄想之外，总该有点儿新鲜话题吧……浅田，该你了。"一个梳着两条大辫子的印第安女人转过身说。

"没什么好说的。"开口的是端坐在沙发上的中年日本人,这人皮肤黝黑,神情阴郁,看起来不大像是个喜欢讲故事的人。

顾铁嘟哝道:"老兄,拿出点儿奉献精神来吧,难道一年之中就没遇到点儿什么稀奇古怪的事情吗?"

"没有。"名叫浅田的日本人生硬地答道,"我是个杀手,一年来只杀人而已。"

"当然,杀手……"屋里的几个人同时举起杯,喝了一口酒。这个穷极无聊的沙龙有且仅有四名成员,成立16年来,只聚会过16次。四人的国籍、职业和教育背景完全不同,促使他们走到一起的,是20世纪90年代中期刚刚兴起的网络留言板上一场有关生存意义的大讨论。哲学问题是没有最优解的,思维碰撞的结果是漫长而丑陋的论战,而在这场论战当中,四个陌生人发觉了彼此身上某种共性的东西,决定成立一个小小的讨论组,那就是这个沙龙的前身。

这个沙龙是松散的,成员之间基本互不联系,只在每年例行的聚会当中分享故事,彻夜长谈。今年的召集人是顾铁,他是中国北京一家投资基金的管理人,对未知事物有着超常的好奇和敬畏之心,带来的话题总是有关反进化论、反人类沙文主义和末日审判的激进观点。而此刻该讲故事的,是日本人浅田,没人知道他的真名是什么,也没人知道他的职业,浅田总是用那种故作深沉的语气说自己是一个杀手,这成了沙龙的一个例行娱乐项目,每当"杀手"二字出现,大家就要笑饮一杯酒——谁都知道真正的杀手是不可能承认自己是杀手的,所以这只是个玩笑而已。

"离天亮还早着呢,总得聊点什么吧?"坐在唱机旁的人说。这个年纪40岁的女人是美国华盛顿史密森学会的人类学家,名叫祖尔·科曼彻。

日本人闷闷地喝下杯中酒,"好吧,一个月前,我得到了一件东西,我不太明白它究竟是什么,或许你们能找到答案。"他从灰色外套的内兜中取出一个布袋,解开绳结,将里面的东西倒在咖啡桌上,"33天前,我在鹿儿岛县出差,负责接洽的客户是早稻田大学考古研究所的教授,他在鹿儿岛外海的屋久岛上进行考古发掘工作,那里新发现了绳文时期的建筑遗迹。这件东西从他手中得来，似乎对他很重要。我把它当作战利品——不，纪念品留了下来。"

祖尔说："绳文时期是日本旧石器时代的后期，南九州的绳文遗址多有发现，基本上是距今 9500 年前的小村落遗迹。"说着话，她拿起桌上的物件端详着，"这可不是什么绳文时期的东西，它最多不超过 300 年历史。和式的枣木木盒，做工粗糙，并非将军和大名所使用的器物。"

这个不起眼的盒子呈现朱红色，体积与一台游戏主机相仿，接缝处用淡黄色的蜡封闭。浅田点头道："没错，这是日本幕府时期的东西，当时屋久岛属于萨摩藩管辖，岛上有人居住。在挖掘绳文遗址的时候，考古队发现了一个掩埋于地下的近代村落，根据地方志记载，应该是 18 世纪初毁于山体滑坡的下屋久村。由于没有得到挖掘许可，考古队并未进行深入发掘，不过在工程机械掘出的坑洞中找到了大量尸骨。这个盒子是早稻田教授私自取得的，没有列入日志当中，我猜想其中一定有着什么不寻常的理由。"

"可以打开吗？"顾铁拿出一柄薄刃的匕首。

"要考虑到毒气和病菌的可能性。"旁边金发碧眼的男人提醒道，随即耸耸肩，"仅仅是提醒而已。"这个英俊的北欧人是沙龙的第四位成员，芬兰医药集团公司 IDD 的研究中心主任安德鲁·拉尔森，目前在美国 CDC 疾病预防控制中心从事高等级病毒实验室的组建工作。

"那我打开了，看看里面有什么宝贝。"顾铁催促道，"浅田你接着说。"

刀刃沿着盒子的缝隙刺入一翘，蜡封被破坏，中国人轻轻抽出盒盖，向里面看了一眼，"咦，还有一个盒子。"

日式木盒里装着另一个黑漆漆的木盒，除此之外空无一物。祖尔脸上掠过惊疑之色，将黑色小盒捧在手心，"奇怪，这是中式的红酸枝机关盒，用料相当考究，没猜错的话，应该是中国明朝所造。这种机关盒由能工巧匠订制，每只盒子由数十个木块榫卯拼接而成，必须按照特定顺序才能组装起来；而开启的时候，也必须按照特定顺序抽出相应木块才行，否则榫卯会越咬越紧。瞧，盒子表面还用黑色的火漆刷过，所以变成这种颜色，火漆中的虫胶经过数百年时间胶结干燥，已经把机关盒彻底粘成一个整体了。"

这时屋中的人都聚集在咖啡桌前，好奇地端详着黑色机关盒。顾铁一副心痒难耐的表情，"能打开吗？日本盒子套中国盒子，里面没准儿还有个埃及盒子呢！"

"以现代技术对盒子进行扫描，把结构中的每一块木片还原为三维模型，就可以找到开启的顺序。"祖尔有点儿犹豫，"可是这只盒子已经无法正常开启了，恐怕只能切割开来。"

浅田给自己的杯中倒满酒，继续说下去："我的客户——早稻田大学的教授先生留下了一份工作日志，其中有对那几十具骸骨的描述：绝大多数骨骼有噬咬的痕迹，留下齿痕的并非兽类，而是人类，下屋久村遗址毫无疑问是一出食人惨剧的现场。这一发现能够颠覆日本人长久以来自我标榜的国民品格，除了斯特拉·马力斯大学橄榄球队事件以外，还未曾有过如此确凿的证据证明文明社会中的群体性食人事件存在。"

"吃人？"安德鲁·拉尔森倾斜身子，显出很感兴趣的样子，"洞穴奇案是最著名的法学、哲学问题之一，看来今年浅田带来了一个好故事。这盒子在其中又扮演了什么角色呢？"

日本人摇了摇头，说："我不知道。教授先生应该已做出某种程度的推断，不过他并没发表研究成果，他只提到这个盒子是在一具矮小的女性尸骨身旁发现的，那具骨骼表面并没有啃噬痕迹。在萨摩藩的地方志中，下屋久村是被罕见的大雨隔绝交通近两个月之后，才被泥石流摧毁，两个月之中究竟发生了什么，这谁都不知道。"

顾铁挑起眉毛，"那还等什么？"他抓起盒子站了起来，"X光照相，确保里面的东西不被伤害，然后用锯子锯开它，我们的地下基地有这些设备。"

"这种机关盒一般用于保存非常重要的资料、信物和贵重物品，如此完好的明代红木机关盒是极其罕见的，未开封的更是收藏家眼中的至宝。"祖尔说，"这件东西如果完整地送到苏富比，有超过三十万美元以上的价值。"

"比起人类的好奇心来说，三十万美元一点儿都不贵。对吧？"中国人如此作答。

四个人起身离开温暖舒适的客厅，沿隐秘的螺旋楼梯降至地下一层，这间大屋装满了稀奇古怪的收藏品（一半是与外星人有关的玩意儿，另一半是泡在福尔马林里面的诡异器官），周围四间实验室有着完备的解剖和理化分析设备。

沙龙的成员们走入第四实验室。红木盒子在X射线成像仪上转了几圈，一个立体模型呈现在投影屏幕上，盒子里的东西显出形态——毫不令人意外，那是另一只盒子。

"看起来是金属的。"顾铁挠挠鼻尖，"体积不大，正好将机关盒的内部空间填满，一丝缝隙都没有。"

"不，应该说机关盒就是为了封锁里面的金属盒而制造的，中国古代工匠有能力把硬木工艺品的误差控制在一毫米之内。"祖尔用手指在模型上画出几道切线，"这台X光机的功率太低了，看不清更里面的东西。应该从正面和两个侧面下锯，将上半部的红木剥离下来，锯路一定要窄，以防伤到金属盒子——这是在破坏艺术品，你们知道的。"

安德鲁·拉尔森微微一笑，"让我来吧，这不会比外科手术更难。"他将盒子捧至旁边的一台仪器上，熟练地键入数据设定参数，将机关盒用夹子固定，按下数控木工机床的启动按钮。"   ……"0.3毫米的超薄链锯开始切割木盒，人造金刚石锯齿柔滑地破开坚硬的红木，空气中出现一股微酸的香气。

这时顾铁发言："历史上有关吃人的纪录是很多的，比如中国史书中就多有记载，大饥之年，易子而食，割肉道殍，灾民为了活命是不顾伦常的……关于人性的讨论先搁一边，我倒是想起一件不太平常的吃人事件，就发生在制造机关盒的明代。明朝天启二年，贵州一带爆发'奢安之乱'，彝族头领安邦彦率领大军围困贵阳城300天，贵州巡抚李橒率军死守城池，城中缺粮，开始吃死人的肉，后来吃活人的肉，再后来连亲人朋友都抓来吃。军队公开贩卖人肉，每斤生肉卖一两银子，等到叛军退走的时候，原本十万户人口的贵阳城只剩下千余人幸存，好几万人被活活吃掉了⋯⋯这事是《明史》中记载的，听起来更像恐怖小说里的情节，若不是黑纸白字写着，绝对想象不到人类的疯狂能够达到这种程度。"

这耸人听闻的故事使屋子陷入寂静。过了一会儿，祖尔开口说："这不是我研究的方向，不过在战争中出现的食人事件并不罕见。根据史料记载，伯罗奔尼撒战争中，波提狄亚人被围困时就以尸体为食，而《拿破仑传》中多次提到俄国士兵烹食小孩的场景。《圣经·列王纪》说：你在仇敌围困窘迫之中，必吃你本身所生的，就是耶和华神所赐给你的儿女之肉。这说明吃人这件事情在特定条件下是被社会所接受的。"

"阿兹特克文明的献祭仪式中有吃人的环节，当然那主要是宗教意义上的行为。"北欧人说。

"数万人疯狂地大规模彼此相食，这不能仅仅归结于战争的原因吧。"中国人若有所思道，"若说起类似的事件，中国还发生过一回⋯⋯我突然有点儿不太好的预感。"

这时机床"嘀嘀"一响，切割完成了。拉尔森松开滑动卡扣，黑色木片左右倒下，露出下面的金属表面。看到显露出来的东西，几个人同时屏住了呼吸，浅田突然向后退了一步，低声道："这是一个错误，不应该继续下去了。"

"要有科学求真的精神，浅田。"金发的芬兰人说，"绝不应该就此停下。"

出现在众人眼前的是一只金灿灿的长方形金属盒，看起来像镀金制品，可短短半分钟内，其表面就浮现了一层青绿色的锈迹，显然以前是红木机关盒阻止了氧化反应发生，而当金属盒暴露在空气中时，这一反应过程便加速了千万倍。盒子表面雕有人物图案，线条是诡异的暗红色，五个人物分别位于盒子的五个面，五人面目不清，分别手执勺与罐、皮袋与剑、扇、锤、火壶，唯一没有人物的表面则刻着复杂纹饰。肉眼看不到盒子的接缝，看起来完全是一个金属浇铸的整体。

祖尔显得神色凝重，她默默观察金属盒，思考了一小会儿，说道："这五个人物形象，应该是中国神话传说中的'五瘟'，也就是五位瘟疫之神。

而纹饰图案代表'四神'，镇守四方的四大神兽。在中国文化里，这种形式叫作'四神镇五瘟'，表示降服瘟疫的意思。我在去年召开的墓葬文化研讨会上见到过类似的壁画，那是在瘟疫死亡者的合葬墓中出现的。"

"越来越有意思了。"顾铁拍了拍手，"根据惯例，不感兴趣的人可以提前退出了，到上面继续喝酒吧，酒柜里还有上好的单麦芽威士忌——我记得是美妙的麦卡伦 30 年。"

浅田一语不发地转身就走。剩下三个人围在工作台旁边互相注视，直到离开者的脚步声消失在楼梯口，芬兰人说："继续吧，看来你已经找到什么线索了。"

顾铁将眼神投向那神秘的小盒，"算是吧。这金属盒子是件青铜器，未经氧化的青铜器呈现金黄色，这证明盒子刚一制造出来就被封锁在了外层的机关盒中。只是有一个问题对不上号，看来需要做一个碳-14 鉴定才行。祖尔，如果没猜错的话，四神五瘟的图案应该流行于唐代，而那个朝代正是中国青铜器时代的尾声——这盒子来自唐朝。"

"这不可能！"其他两人异口同声叫道。

2014 年 12 月 21 日
美国内华达州提卡布山谷无名农场地下实验室

"铜盒铸成之后立刻被红木机关盒收纳，因此两只盒子的年代应该是一致的。明代是最合理的推测吧。"芬兰人说。

祖尔犹豫道："这只盒子从造型和纹饰来说，确实符合唐代器物的特征。中国自五代十国以后普遍使用黄铜和紫铜，一般只有钟鼎等大型器物才会使用青铜浇铸……不过不排除仿古的可能性，宋代曾铸造了相当数量的仿古礼器。"

"碳-14，很简单就能解答我们心中的疑惑，半衰期不会骗人。"顾铁戴上手套，小心地捧起盒子来到第三实验室，把铜盒摆在一个不锈钢操作台上。地面上的仪器只是冰山一角，庞大的加速器线圈藏在深深的地下，这台加速器质谱仪是足可以媲美顶尖大学实验室的新型设备，而懒散的主人们看来很少使用它，仪表上落着一层薄薄的灰。

祖尔对这种仪器并不陌生，她使用一次性探针从红木机关盒上取了三个样本，又从青铜盒表面阴雕处取得三个样本。碳－14鉴定法无法测定无机物的年代，不过盒子上面的阴雕线条中涂有赤红色颜料，"这应该是银朱（硫化汞）与桐油的混合物，能够代表铜盒制造、雕刻、涂装的年代。"人类学家一边介绍道，一边将探针插入收纳口，盖上保护盖，打开质谱仪的电源开关。

"嗡嗡……"不知藏在何处的大功率柴油发电机启动了，加速器要将同位素原子加速到数十兆电子伏特，所需要的电量是惊人的。屏幕显示整个程序需耗时10分钟，几个人就在仪器旁边坐下来，一边观察铜盒，一边继续讨论。

安德鲁·拉尔森将领带稍微松开，做了一个深呼吸，"稍微整理一下头绪。从营养学角度来讲，人肉同猪肉和牛肉没有太大分别，不过作为食物链顶端的生物，人肉是自然生物中污染富集程度最高的，常吃容易重金属中毒；而长期食用死者的肉则会导致某些疾病的交叉传染，例如新几内亚Fore部落因朊蛋白病毒而引起的震颤病。另一方面，顾铁刚才提到的大规模食人事件是有医学可能性的，甲状腺异常、胰岛功能亢进、皮质醇增多症等都可导致食欲亢进。若某种未知的传染病能够抑制饱食中枢的活动，使感染者出现异常旺盛的食欲，那么一千人吃掉几万人的场面就很可能出现。他们会吞下比食量多十倍的食物，不住呕吐，继续进食，直到成为别人的食物，化为一摊呕吐物……想象一下那是什么样的画面？"

祖尔露出恶心的神色，顾铁打了个响指，说："就是这个思路！刚才我想到另一起群体性食人事件，灾难发生在唐朝至德二年，安史之乱时期。当时，安禄山的儿子安庆绪派兵进攻睢阳，唐将张巡守城10个月，粮尽后开始大规模吃人，到城破时，睢阳城四万户被吃了个干净，只剩四百人活了下来。盛唐年间发生这种惨剧，恐怕是大多数人所不知道的吧。"

"你是说唐代、明代的两起事件，都是盒子里的东西引发的？"拉尔森质疑道，"这说法没什么依据，虽然骇人听闻，可毕竟是战争中发生的事情，战争的本质就是剥夺生命。"

中国人摆摆手指，"不不，它们不符合战争的基本规律，守城战本身是消耗战，一旦资源枯竭，战争就走到了尽头。军民相食开始的时候，就是城防崩溃的时候，根本不可能再坚持那么长的时间。两起事件的守城时间都是 10 个月，即 300 天，其中显然有着明显的规律性。无论史书中怎么记载，我认为，真实的攻城战其实早早就结束了，是敌军在城外隔岸观火，不肯进入这两座陷入疯狂的城。当数万人、数十万人大口大口撕扯对方血肉的时候，谁会做出大举进攻的决定？ 10 个月，或许是幸存者人数递减到一个足够小的规模，或许是传染病的传播期已经过去，一切才算结束。"

祖尔脸色变得煞白，"就是说，这铜盒子里装着的是病毒？能导致人吃人的恶性病毒？"

芬兰人立刻纠正："病毒在活体之外不呈现生命特征，离开宿主细胞后，没有代谢机制的病毒最多只能存活几天。"

"传染病在唐代的爆发导致了睢阳食人事件，当时的人铸造了四神镇五瘟纹青铜盒将最初传染源封存起来；865 年之后，盒子被打开了，贵阳食人事件发生，于是人们按照唐代铜盒的原样铸造了第二只铜盒，重新封锁传染源，并且用红木机关盒加以额外保护。80 年后，这盒子辗转流落到日本，在九州的一个小岛上引发了食人事件。我刚在红木盒底部发现了一个直径不到两毫米的小孔，像是手钻留下的痕迹，日本人一定想窥探里面的东西，不小心把青铜盒与红木盒那微小缝隙中的瘟疫释放了出来。"顾铁向大家展示红木机关盒的碎片，"这就是我的推断。"

祖尔说："也就是说，我们正处于危险当中吗？"

拉尔森略加思索，"我不这么认为，排除病毒的可能性之外，细菌类的群体生命是无限的，而在封闭环境中的单体受到细胞寿命限制，其生命周期其实很短，比如大肠杆菌只有 25 分钟左右，酵母菌不超过 1 小时。

目前最耐不良环境的细菌芽孢也存活不过20年。无论里面曾关着什么怪物，都应该早已死去了。"

祖尔嚷道："可是几起事件间隔几百年，就说明病原体一直活在盒子里头——这分明就是现实中的潘多拉盒子！"

"战争疯狂食人，被毁灭的城市。"顾铁眉心打了一个结，"如果反过来想想的话，蒙古国人进攻克里米亚半岛时就曾经将死尸抛进城市，用黑死病作为生物武器。这种食人怪病难道也是作为一种武器存在的？只是其表现形式太过凶残，威力不易控制，而安全期又太漫长，才会被重重封印起来，极少被使用在战争当中……"

拉尔森说："那么日本村庄事件只是个意外，真正的瘟疫，还藏在明朝铸造的铜盒里未被释放出来。"

屋里突然安静了，三个人不约而同地沉默下来。青铜盒子闪耀着异样的绿光，五瘟使者在铜锈下若隐若现，仿佛在盒子表面蠕动起来。

"到此为止。将铜盒密封起来，埋藏在内华达的戈壁滩深处，我们得去做个全面的身体检查，然后忘掉这件事情。"

"我同意。"

"同意。"

"同意。"

不知谁先开口，一个决议立刻达成。

祖尔说："我突然想起一件事，你们是否知道印度的摩亨佐达罗遗址？它被称为'死丘'，是印度河中一座岛屿上的大型城市遗迹，科学家们推测这座城市是在相当短的时间内毁灭的，有四万到五万人集体死去，大量骨骼堆积在城市当中。如果是类似的食人事件的话……"

正在这时，质谱仪嘟嘟的提示音打断了她的话，检测结果出现了："样本一：1620年（±8年）；样本二：1620年（±8年）……样本六：1620年（±8年）；复检将在10秒钟内开始。"

顾铁点点头，"没错了，正是贵阳城事件发生的年代。若分析青铜盒的成分，一定能发现那符合唐代青铜器的合金比例，因为新盒是融化旧盒重新浇铸的，古人一定认为这种特殊的金属和纹饰能够压制瘟疫。"

"轰！"这时不知从何处传来砰然巨响，四周立刻陷入漆黑，焦煳味沿着通风系统传来。屋里混乱起来，惊叫声和碰撞声响起，有人嚷道："短路了！供电系统的负荷太大了，备用发电机启动需要 30 秒钟……好了好了！"

头顶灯泡啪啪闪烁，接着慢慢亮了起来，实验室重新被柔和的白光照亮，三个人站在质谱仪旁，胸口起伏不定。"等等……"顾铁慢慢低下头，望着工作平台上完整的青铜盒，长长地出了一口气，"还好没事，要是有人碰到盒子就糟糕了，这种青铜器很坚硬，因为铸造时添加锡的比例相当高，不过同时韧性会变得很差，一摔就会碎成渣子吧？"

祖尔说："快把它封起来，我再也不想看见这玩意儿了，即使这是个能获得诺贝尔奖的研究课题。"

安德鲁·拉尔森小心地捧起青铜盒，放进玻璃箱，带到第二实验室进行喷洒消毒，用玻璃和铅盒做了双重密封，最后用 HDPE 热塑树脂将铅盒裹在里面。芬兰人亲手将这团琥珀一样的东西丢进地下室的渗漏竖井，然后向井中灌入大量的速凝水泥，确保它被埋在无人能触及的地方。

完成这一切时已是凌晨六点。拉尔森摘下手套，抹去脸上的泥浆，"我们再去做一次消毒，接下来我会抽取咱们几人的血液样本做病理检验，确保没有染上什么怪病。观察期 3 天，没有异状的话才能离开这里，没异议吧？"

"当然，安全第一。"祖尔说。

"可惜没能看到那东西的真相，有点遗憾啊……"顾铁打了个呵欠，"这次聚会要延期了，希望大伙儿都有其他的好故事可讲。"

三个人说着话离开地下室，灯光熄灭，屋子重归黑暗。

"咔嗒——"在八十米深的地下，被重重包裹起来的铜盒突然裂开。它早就被人砸裂，只是拼合在一起勉强维持形态而已。若有光源照亮盒子，就能看到断茬处的青铜呈现耀眼的金黄色，五瘟使者的脸支离破碎。盒子的内部空间小得可怜，只能勉强塞下一只 ZIPPO 打火机——而无论里面曾经装有什么，此刻都已不在了。

2014 年 12 月 24 日　　18:22
美国纽约皇后区肯尼迪国际机场 6 号航站楼

　　来自拉斯维加斯的航班刚刚降落，人流拥向机场捷运换乘站，航站楼中央竖着一棵巨大的圣诞树，喇叭播报起降信息的间隙一直在反复播放《铃儿响叮当》，"哦呵呵呵呵——"圣诞老人驾着电动雪橇滑过大厅，笑着向孩子们分发礼物，大屏幕上每隔一分钟就飘过一阵雪花。圣诞节到了。

　　一个穿着黑色风衣、戴着黑色滑雪帽和墨镜的人低头向停车场走去，看起来似乎不太享受这温馨的圣诞氛围。这时滑动门开了，一群身穿厚棒球外套的男孩冲了进来。"汤姆，传球！""二垒！传给二垒手！"他们大声叫嚷着，将棒球掷过人们的头顶，瞧着吓了一跳的人们哈哈大笑。

　　"嘭——"黑衣人与其中一个男孩撞个满怀。这群高中生立刻将他围了起来，用金属球棍推搡着他的肩膀嚷道："喂喂，你差点撞坏我们的第三棒打者哩！斯特里国王学校棒球队正要去佐治亚教训红脖子乡村队，万一大明星汤姆·史迪威被你害得怯场起来，难道要由你站上该死的打者席吗？"

　　"听着，我不想惹麻烦。"看不清面目的人举起双手，"快点去赶飞机吧，大明星们。我只想走出这道门而已。"

　　棒球队员们笑了起来。"有意思。教练怎么说来着？"被撞到的健壮男孩将棒球抛来抛去，突然握住球用力砸向对方的心窝，"砰！痛快地用触杀来解决战斗！"

　　黑衣人捂住胸口痛苦地弯下腰，男孩们发出一阵哄笑。"你们在干什么？"机场保安在远处大喊一声快步跑来，领头的男孩带着队员迎上去把保安围在当中，"没什么，先生，这位路人跌倒了，我们扶他起来而已。"

　　这时候黑衣人低声说："你有没有想过……有一天改变整个世界？"

　　"你说什么？"手持棒球的男孩愣了一下，接着笑了起来，"这是灵异电视剧的桥段吗？你要告诉我，我是被什么组织选中的？有任何一位灵魂导师是你这副男不男女不女的模样吗？哈哈……"

"在飞机上我做了一个决定。"黑衣人自顾自说下去，"我一直在试图了解人类，想搞清楚人心中最深的善和恶，可接触的人越多，就越觉得迷茫。刚才看到三万米的蓝天，我感到人类只是这地球上寄生的渣滓而已，没有半点儿价值；可当纽约出现在舷窗里，我又改了主意，因为无论是多么丑陋的物种，能建造起这么复杂高效而美丽的城市，都是件相当了不起的事情。"

健壮男孩皱起眉头，用力推了他一把，"你精神有问题吗？"

黑衣人缓缓抬起头，"我必须做出选择，因为身上肩负着使命，从你的小脑瓜里不存在的遥远时代的遥远帝国继承而来的使命。我做了个决定：从下飞机的一刻起，第一个跟我对话的人若是善意的，我就停止这件事；若相反，我感受到了人类的恶意，那么一切就从此刻开始。德国演化生物学家吉斯·詹森通过对黑猩猩的研究得出结论：即使最接近人类的黑猩猩，也没有人类这种纯粹的卑劣品格，它们不会主动拉动机关剥夺其他黑猩猩的食物——'恶意'这种东西是人类所独有的，是与社会性共同产生的毒瘤，是天性，是人的原罪。你们没有让我失望，大明星，恭喜你，2014年12月24日19时23分，你改变了世界。"

黑衣人的右手伸进衣兜捏碎了什么东西。随着手指抽出，一缕灰白的粉末从指缝间飘散。没人看见这小小的动作。

"疯子！"男孩使劲一搡将他推倒在地上，转身挤进人群。棒球队员们还嘻嘻哈哈地围着保安说话，球队教练正走进机场大厅，圣诞老人抛出系着红色蝴蝶结的礼物盒，孩子们的眼神追逐着雪橇上的铃铛，一片雪花从自动门的缝隙中飞进来，马上被空调的热风融化。

空气循环系统中，某种未知的物质在半个小时内已散布到整个机场。

1个小时后，有人通过网络访问了纽约城市供水委员会的网站，浏览了纽约市几大自来水系统的概况。

4个小时后，黑衣人站在朗道特河北岸白雪覆盖的针叶林中，打开银色密封箱，捧出一团淡黄色的物体。北风吹来，笼罩着这团有机质的灰白色烟雾如纱轻舞。黑衣人松开手指，浅绿色河面泛起小小的水花。

"嗨，老兄，别乱丢东西啊。"不远处一位裹着厚毯子的垂钓者抱怨道。

"对不起……祝你好运。"黑衣人向他点头致歉，提着箱子转身离开河岸。

薄冰碰撞发出细碎的声音，清澈的河水向南流淌。这些来自卡茨基尔山脉的清流将流入朗道特水库，在那里进入供水系统，为纽约市提供一半以上的日常用水；而流出朗道特水库之后，水体会一直向东汇入哈德孙河，贯穿整个纽约，注入纽约湾。

40 个小时后，黑衣人播下的种子已遍布整个纽约。

2015 年 2 月 19 日　　16:02
俄罗斯摩尔曼斯克市北海水文水资源研究所

"别连科先生，你在这里，太好了。"办公室门开了一条缝，副所长把头从里面探出来说，"我需要一周内的所有水文资料样本，深度由两百米至表层，每十米抽样，精确到每小时。这事儿要保密，客人不希望惊动所长，所以别通过系统报备了，直接去样品室拿吧，我打过招呼了。"

名为别连科的实验室助手刚刚在门外偷听，此刻显然吓了一跳，"是、是的，博士，样本数量这么多，可能要花点儿时间。"

"别耽搁太久，装箱的时候要千万小心，别连科先生。"大胡子的中年副所长摆摆手，关上屋门。他走到沙发前，给客人的骨瓷茶杯续满红茶，"再喝一杯吧？反正时间还早。"

裹着黑色羽绒服的人扭头看看窗外，虽然只是下午 4 点，摩尔曼斯克港的夜幕已然降临。港口的探照灯照出雄伟巨舰的剪影，那是进港检修的俄罗斯北方舰队旗舰"库兹涅佐夫号"航空母舰。受到北大西洋暖流的影响，摩尔曼斯克是北极地区的优良不冻港，俄罗斯最大的渔港和北方地区最大的商港，也是北方舰队的驻扎地。

"谢谢，这茶很棒。"客人端起茶杯，抿了一口深红色的茶水，慢慢咽下滚烫香甜的液体。不适感自胃部传来，客人不动声色地侧过脸，以免主人看到自己的表情。

副所长愉快地摆弄着茶壶，"一到冬天几乎晒不着太阳，只有喝茶才能让身体暖和一点。这种中国茶加上柠檬、蜂蜜和红糖是最美味的，能让你的脚暖和一整天……对了，你为什么对北海的海水有兴趣？摩尔曼斯克的水没什么特殊的，在其他几个不冻港能找到几乎相同成分的海水样本哪。"

客人答道："只是在这里短暂停留而已，我从布雷顿角、纽芬兰、冰岛和挪威来，前面也到过几个港口，通过一些手段收集了海水样本。因为我们是旧识，所以特地在摩尔曼斯克多停一天，好跟你坐下来喝杯茶。"

副所长说："那么你已经去过特隆赫姆和纳尔维克了？"

客人说："没错，接下来还要去阿尔汉格尔斯克和伊加尔卡看看。"

"你在追逐北大西洋暖流啊。"主人笑了起来，"我们早过了做这种傻事的年纪了，在找什么东西吗？这可不是你擅长的领域。"

黑衣人说："并非特别寻找什么，只是有个特别长的假期需要浪费而已。这么说吧，圣诞前夜那天，我在纽约附近丢下了一些东西，这小玩意儿被墨西哥湾暖流带到北冰洋来了，按照洋流的平均速度，它们应该已经到达这里了吧。"

副所长笑道："我们的圣诞前夜可是 1 月 6 日，别忘了这儿是俄罗斯。对了，你记不记得漂流小黄鸭的故事？ 1992 年，一艘从中国出发去往美国的货船在太平洋遭遇风暴，两万九千只塑料小黄鸭坠入大海，其中一批鸭子花了 3 年时间完成了一万一千千米的北太平洋副热带环流漂流，访问了印度尼西亚、澳大利亚、南美洲和夏威夷；而另一批鸭子向北漂去，通过白令海峡前往北冰洋，花了 5 年时间才穿越北极到达格陵兰，向南进入大西洋，乘着墨西哥湾暖流抵达英国西海岸。这支迷路的鸭子舰队总共花了 16 年时间才完成从太平洋到大西洋的环游之旅，总里程三万五千千米，几乎绕了地球一圈。到现在还有上万只鸭子在海上漂流，上个月我们的研究员就在港口捡到了一只鸭子，看来有些鸭子乘着墨西哥湾暖流来做客了呢。"

"啊，很有趣。"黑衣人说，勉强挤出礼貌的笑容，"根据我的观测，洋流推动漂浮物的速度比预想得要快呢，尤其是微小的漂浮物。"

副所长问："什么漂浮物？"话刚出口，他又笑着摆手，"不不，你不用回答，我知道你是个很有原则的人。那么，聊点不碍事的话题吧，我的三女儿娜斯塔西娅去年获得了摩尔曼斯克州大提琴演奏比赛的银奖，要不要看她的比赛视频？我一直存在手机里面呢。"

"啊，当然。"黑衣人说，"不过我时间有点儿紧，老朋友，这回没空去你家里做客了，如果样本准备好的话，我会搭1个小时以后的飞机离开。"

"别连科先生，5分钟之内准备好样本给我。"拉开门冲外面吼了一声后，副所长回到桌前，掏出手机调出比赛视频，然后殷勤地给客人斟满红茶。"起码喝够了茶再走吧，尝尝卡莲娜亲手烤的饼干，偷偷告诉你，右边的锡瓶里装的是最好的斯米尔诺夫伏特加。"他调皮地眨了眨眼睛。

手机屏幕上红脸蛋的女孩开始演奏舒曼的《梦幻曲》，走廊里响起实验室助手的脚步声。两个男人举杯相碰。

呕……离开研究所5分钟之后，黑衣人跪倒在路边不停呕吐，令他感到恶心的并非红茶、伏特加和饼干，而是一切来自农作物的纤维类副产品。

几乎将整个胃清空之后，这个男人虚弱地靠在路灯杆上，摸出一块食物塞进口中，当囫囵嚼碎的肉干滚落喉咙的时候，他发出了满足的呻吟。

"这只是开始。"望着北极星照耀下的港口，他自言自语道，"我会好好培育你们……人类种下的是什么，收获的也是什么。顺着情欲撒种的，必从情欲收败坏；顺着圣灵撒种的，必从圣灵收永生……"

悠远的汽笛声传来，庞大的北海舰队即将起航。

美国纽约曼哈顿上东区理查德·纳茨内科诊所

"最近这样的例子多起来了，太太。您是在过分担心而已。"纳茨医生合上病历表，"就像我一直在说的那样，挑食对这么大的小伙子来说不算什么大问题。我开给你的复合维生素片可以弥补膳食中缺乏的营养成分，而且对于棒球队的运动员来说，牛肉和牛奶是最好的蛋白质来源……只爱吃牛排、小羊肉、炸鸡和培根？这听起来像三亿美国人的通病呀，哈哈哈……"

桌子对面的女人犹豫着说："可汤姆以前不是这个样子，他很爱吃蔬菜，也爱吃肉汁土豆泥和起司通心粉。现在除了肉类以外，他什么都不碰。"

医生再次打开病历表，指着上面的字母和数字说："现代医学是非常精准的科学，史迪威太太，您儿子的身体非常健康，所有读数都在正常范围之内，他的体能比同年龄段的大多数孩子要好得多。唯一的问题是右肩三角肌拉伤，挥棒动作导致的职业病——相比那些浑身零件都已经破破烂烂的职业选手来说，这根本不值一提。"

"好吧，谢谢。"史迪威太太站起来同医生握手，走出了办公室。外面的高中棒球明星早就等得不耐烦了，他挥舞着拳头嚷着："我就要错过晚间练习了！快点，晚高峰就要来了，我可不想堵在路上！"

"走吧。医生说你一切正常。"女人拎起儿子的棒球包。

"我早说过。"汤姆·史迪威烦躁地走在前面，"对了，路过 135 街的时候停一下，我去买一桶鸡块。"

"你以前总说那是贫穷的黑人才吃的食物啊。"

"随便啦。"

2015 年 2 月 19 日　　23：50

沙龙的几位成员同时收到了顾铁发来的一封电子邮件：

To 同志们：

　　我最近一直在考虑人吃人的法律问题。吃人这件事本身犯了侮辱尸体罪，可如果为了生存不得不吃人，则可应用《刑法》第二十一条的紧急避险原则："为了使国家、公共利益、本人或者他人的人身、财产和其他权利免受正在发生的危险，不得已采取的紧急避险行为，造成损害的，不负刑事责任。"也就是说，如果我们不亲手杀死别人（中国也没有对见死不救量刑的法律条款），被迫吃人就是无罪的。我不是法律专家，只想问问其他国家的情况是不是类似？这大概是个挺有意思的话题。

　　附上一本很有价值的专著《中国古代食人考》，里面或许有青铜盒子的线索。

　　　　　　　　　　　　　　　　　　　　　　　　　——顾铁

　　P.S. 今天是中国的农历新年，最近大鱼大肉吃多了肚子真难受，身体是革命的本钱！祝大家都好胃口。

2015 年 4 月 1 日　　20：44
日本横滨京滨工业区 A6 道山吉进出口株式会社

　　浅田刚刚结束为期 1 个月的工作，回到横滨。他按照惯例在离公司两千米外的地方下车，确认没有受到跟踪，绕了几个弯回到那栋陈旧的三层小楼，掏出钥匙开锁，将卷闸门拉开一条缝，钻了进去。

门前街灯将一束光投向屋内，照亮一双高高翘起在办公桌上的脚。浅田放下行李箱，转回身关闭卷闸门，让自己和不速之客同时陷入黑暗当中。"我不喜欢这样。"他的声音沉闷地响起，"出去。"

"我也不喜欢，但谁让你手机不开机呢。"坐在桌后的人说，"停电两天了，你冰箱里的菜都开始发臭啦，瞧瞧你的电费账单，从去年六月份起就没交过一分钱，攒钱留着干吗用啊？老兄。"

"出去。"日本人的声音换了一个方位。

椅子挪动声传来，桌后的男人站了起来，"我只想跟你聊聊而已，虽然这样不太符合沙龙的规章制度，可谁让我没什么朋友呢。"他说着话，发现一个红点出现在自己胸口部位，隔着衣服灼得心脏怦怦直跳。

"出去。"浅田第三遍重复道，语气听起来，他不想再重复第四遍了。

"啪嗒。"突然一朵小火苗亮起，一次性打火机的火焰照亮了顾铁扬着眉的脸，"原来你真是个杀手啊。我会自己滚出去的，可走之前，我必须问你一个问题……你饿不饿？"

这问题显然出乎日本人的意料。沉默了一会儿，阴影中走出浅田高瘦的身影，他手腕一转，手枪无声地消失在袖管里。"吃完东西，然后出去。"丢下一句话，他拎起行李箱转身登上楼梯。

三支蜡烛的光填满屋子，这栋楼的二层空荡荡的，没有任何家具，两人盘腿坐在地板上，每人面前摆着一份仅够单兵作战的口粮。

在等待口粮加热的时间里，顾铁说："我知道咱们俩没有多深的交情，不过能坦率地把老巢的地址告诉我，就当是你相信我的证明吧。浅田，我的身体出问题了，从几个月前开始的。问题就是——米饭和面条再也填不饱我的肚子，只有肉才能解渴。宣武医院消化科主任医师给我做过检查，结论是缺乏必要消化酶导致的异食症。他开了几瓶药给我，让我每顿饭前服用一片，过段时间再去检查。"顾铁从兜里掏出一个小药瓶放在地板上，"复方消化酶：胃蛋白酶、木瓜酶、淀粉酶、熊去氧胆酸，用于食欲缺乏、消化不良等症。药效起初非常好，我又能吃大碗的炸酱面，大口大口嚼黄瓜了，每天三次，每次一片，药效持续了一个礼拜。"

作战口粮开始冒出白烟，浅田沉默地拆开咖啡包，倒入一次性茶杯。

顾铁叹息道："那天晚上我在公司加班，吃了盘外卖的炒饼。几分钟后，我开始呕吐，像个洒水机一样把整张办公桌浇了个遍。之后情况就更严重了，与肉类无关的物质不能与胃相容，加大用药量的话能暂时控制这种情况，可只能维持很短一段时间——这是个不断下降的螺旋。"他平伸双手，药片噼里啪啦掉了一地，"现在再多的消化酶也不起作用了，我只能吃肉，大量吃肉，远超过身体需要量的红肉。"

日本人抬起眼皮看了他一眼。顾铁露出苦笑，"我没有再去医院，因为这不是什么异食症。我被感染了，浅田，被那盒子里的东西感染了！而你就算没有亲身参与开启盒子的过程，也与盒子处于同一个房间之内，面对同样的感染源……如果没猜错的话，你也早就不能进食谷物和蔬菜了，对吧，老兄？"

口粮加热好了，红酒牛肉烩饭散发出诱人的香气，日本人一边用叉子铲起米饭送进口中咀嚼着，一边说："不，我很好。我说过不要打开盒子。我根本就不该把那盒子带到沙龙，更不该当众拿出来。"

顾铁三口两口把牛肉吃完，然后用自己包里的牛肉干补充能量，"你是个嘴硬的家伙……不承认也没关系。我想问的是：你认为是谁开启了最内层的青铜盒子？红木盒子是安全的，青铜盒子才是感染源，我认为是在农场断电的半分钟内，有人用重物敲裂了青铜盒，把里面的东西取了出来，造成我们几人的连带感染。"

"不是我。"浅田冷淡地回答，继续吃着米饭，"或许是你，或许是芬兰人，又或者是祖尔。我不关心。吃完你就赶紧出去，我不想被你传染。"

中国人咧嘴笑了，"你这么谨慎的人，怎么可能听说我身患传染病的消息而无动于衷？唯一的解释，就是你也得了一样的病……别闹别扭了，事情比你想象得严重得多，这可不是什么玩笑！"

浅田吃光盒里的饭，喝完咖啡，把垃圾装进纸袋，站起来说："好了，话说完了，走吧。"他没再给顾铁说话的机会，用瘦长的双臂推搡着顾铁下楼，直到把客人送出门外。"路口右转，便利店门口有一辆丰田花冠，车钥匙在右后轮胎上面放着，开着去机场，然后飞回中国去。"他说，"再见。"

卷闸门"轰隆隆"地关闭了。顾铁站在街灯下，望着一片漆黑的小楼，没有离开。5分钟后，他绕到楼房后面，攀着排水管爬到二层，敲敲玻璃窗，"喂，接下来讨论点有建设性意义的话题吧，老兄。"

黑暗的房间中央，孤独男人的身体如虾米般蜷缩。

2015年4月1日　　21:25
南非开普敦维多利亚港桌湾酒店 Vista 酒吧

"先生。"侍应生悄无声息地出现在黑衣人身后，用手捂住无绳电话的话筒，低声道，"来自美国的电话，先生，您要接听吗？对方没有表明身份，说有重要的事情必须找到您。"

男人愣了一下，"我知道了，谢谢。"他递出一张纸币换来电话机，目送侍应生鞠躬离去，"是美国 CDC 的人吗？我已经辞职了，请不要来打扰我，病毒实验室与我没有任何关系。我会马上离开南非，消失在你们的情报圈外，就这样，再见。"

"不。我是祖尔·科曼彻。"听筒里传来中年女性的声音，"我必须同你谈谈。回房间用 Skype 联系，电话不安全。"

"祖尔？"黑衣人显得很意外，他摘下墨镜，湛蓝的眼睛望着阿尔弗莱德码头的点点白帆。"你怎么找到我的？我是用假护照出境的，处处谨慎，没有留下任何电子指纹。除了该死的医药间谍之外，没人能跟在我身后。"

女人严厉地说："开普敦大学是社会人类学的学术中心，南非是我的大本营，拉尔森！"

芬兰人叹息道："大学教授的情报网吗？我给你5分钟时间，就在这里说吧，用不着什么网络电话。"

"是你放出了匣子里的东西！就是你！"祖尔叫了起来，"我出现了严重的症状，那不是幻觉，我被感染了！……顾铁和浅田并不了解你，只有我知道你在打什么主意！从我们认识的那一天起，你就总在念叨那些疯狂的念头，安德鲁·拉尔森，你根本不爱别人，也不爱你自己，你只爱显微镜里的那些小东西！你取出匣子里的东西，将它们——无论那是病毒还是别的什么玩意儿——散播到每一个地方。你想让整个人类灭绝，疯子！"

男人端起杯子抿了一口"龙舌兰日出"，糖浆、酒精、水，除了肉类之外，这是消化系统所能接纳的极限了。"让人类灭绝？你从何处得来这么荒谬的结论？"他舔舔嘴唇，"我最近是在周游世界，追寻洋流和大气环流的路线，印证之前的一些设想而已。上帝按照自己的形象制造人类，让他们管理海里的鱼、空中的鸟、地上的牲畜和所有的爬虫，我尊重人类的存在，正如我信仰上帝本身。"

"闭嘴，你的话令我恶心。"祖尔说，"听着，我已经提取了自己的体液样本交给我的助手，只要拨出一个号码，他会立刻联络 CDC、国土安全部和 FBI，几个小时后他们就会找出病原体，把你的名字加入全球通缉的黑名单！用不了半天时间，从航空母舰上起飞的 X48 无人机就会把你轰成一团碎肉！"

"可你没有那么做。"

"尚未那么做。但现在我的手指就放在电话的呼叫键上，拉尔森。"

"我猜是多年的友谊拯救了我，对吗？"

"我把自己关在房间里，整整 4 个月。征兆一出现，我就断绝与外界的联系，以染病为由闭门不出。我每天测量自己的生命体征，记录身体的微小变化，怀着恐惧和侥幸默默等待。我变成了食肉动物，过着'五月花号'到达北美大陆之前美洲部落祖先们的生活。有一天，我突然发现生肉比熟肉更加美味，我怀着愉快的心情吃下了两磅淌血的牛肉，然后睡了个午觉。醒来之后我在浴室看到自己嘴角的血液，整个人突然崩溃了，要知道在此之前，我当了整整 20 年的素食主义者，就连人造肉汉堡包都未曾碰过一下……没错，这就是盒子里的瘟疫，令人类变成食人狂的传染病！疾病在古代缺乏肉食补充的情况下爆发，一定会令人类陷入彼此相食的疯狂状态，饥饿感会夺取人的理智……我只尝试过 3 天不进食，就在无意识中咬掉了自己的左手小拇指。"

芬兰人平静地说："可你现在还活得好好的，不是吗？"

祖尔说："不，我不好。充足的肉类供给能延缓疾病进程，但一切正在变得更糟，我用显微镜在呕吐物中找到了病原体——那比想象中简单得多，根本用不着电子显微镜，致病的是一种微米级的生物体，用普通光学显微镜就能看到。我不是专家，分不清这是阿米巴原虫、细菌还是别的什么东西，可这些该死的虫子在游动，一刻不停地游动……"

"祖尔，"男人突然打断了她的话，"你是人类学家。人类学是什么？"

"是从生物和文化的角度来研究人类的学科。我没有玩问答游戏的心情！"

"那么，人类是什么？"

"智慧生物、文明的创造者、社会组成者。"

"分类学意义上呢？"

"动物界脊索动物门脊椎动物亚门哺乳纲……"

安德鲁·拉尔森在南非的灿烂阳光下眯起眼睛，"没错，目前已知的物种数量共约两百万，未知物种数量可能是这个值的十倍，仅从动物界来说，人类只是灵长目下面一个微不足道的科属，一百五十万分之一。遍布整个星球的人类在分类学意义上不过是末梢的一个节点，渺小得不值一提。"

"你想表达什么？"祖尔的声音明显在颤抖，不知是在压抑愤怒，还是在掩饰恐惧，"人类是生态圈最重要的组成部分，你、我、他，七十亿人构成了现在的世界！"

"那是因为其他物种没有获得同等的机会。自然选择还是上帝造人，这话题俗不可耐，我只相信物种存在的机会性。设想，如果人类彻底消失，地球会变成什么样子？"拉尔森提出问题，然后自己做出回答，"仍然是我们熟知的地球，或许会稍微冷一点、绿一点而已。不仅如此，借用BBC大卫·阿腾保爵士的话：'如果一夜之间所有的脊椎动物从地球上消失，世界仍会安然无恙。'构成陆地生态系统的不是高度进化的脊椎动物，而是低等的无脊椎动物、植物和微生物。"

"你到底在说什么？"

"一个假设。令人类极度衰弱、给予其他生物平等机会的假设。我已经思索多年，感谢浅田带来的魔盒，那里面藏着的并非瘟疫，那并非顾铁设想的生化武器。那里面装的，是远古的遗产，留给世界的希望。"

拉尔森的手机响了起来，那是一条来自莫桑比克国家科学中心的水文分析报告。男人滑动屏幕，在赞比西河入海口处采集水样的分析结果中找到一个不起眼的参数，他的眼中泛起了满意的光彩，尼罗河、刚果河、尼日尔河与赞比西河四大流域的种子投放都已顺利完成，加上季风与洋流的复合作用，整个非洲大陆已被充分覆盖，包括最干旱的撒哈拉地区。

"我要拨通电话了。"印第安女人说，"就现在。"

"不，再给我一点儿时间吧，我还有最后一个地方要去，飞机就快起飞了。"安德鲁·拉尔森站了起来，"祖尔，这也是你最后的人类学研究课题。当你注定很快死去，而任何一个决定都可能影响整个世界未来的时候，人类趋于做出怎样的判断？先天的恶意与后天养成的社会责任感哪个比较强大？把原罪和自我救赎放上天平，又是哪一边比较沉重？思考一下吧，我们还有足够的时间来完成这前所未有的课题。"

"你说服不了了。"在华盛顿的宅邸中，坐在来自世界各地的民俗工艺品当中，浑身浮肿的女性人类学家用力咀嚼着生马肉，咬牙切齿地说。

"我们总是说谎。"北欧人挂断了电话。

2015 年 4 月 1 日　　21：45
美国纽约斯特里国王学校体育场

棒球赛进入第八局，斯特里国王高中目前落后两分，汤姆·史迪威坐在休息席上，用帽檐遮住自己的脸。连续七场无安打，这对高中球队王牌打者来说是难以置信的糟糕成绩，汤姆的电子邮箱塞满了恐吓信，女孩们对他视而不见，除了父母之外，没人再为他加油叫好。

两人出局，三垒满员，被寄予厚望的强打者拎着球棒走向打击位，体育场响起热烈的欢呼声。投手掷出一个速度很快的直球，打者挥棒，清脆的打击声传来，棒球高高飞向电子记分板。"全垒打！全垒打！"观众席沸腾了，"国王万岁！"

汤姆竖起耳朵。在嘈杂声中有人叫嚷着："让软蛋汤姆·史迪威去死！没了他我们一样能赢得冠军！"

汤姆摘下棒球帽。他的眼睛布满血丝，体形明显消瘦下去，腹部却鼓鼓囊囊撑起了棒球服。饥饿感如炼狱的火炙烤着他的灵魂，他被身体和精神的双重痛苦折磨了太久，终于到了爆发的时刻。

他踩着长凳爬上观众席，在惊呼声中扑进人群，抓住那个咒骂自己的男孩，张开嘴巴，一口狠狠咬在对方脖颈上！

摄影机将行凶画面准确捕捉，两千五百名观众从体育场的大屏幕上看到了汤姆咬死男孩的一幕。史迪威太太坐在那儿，无法动弹，也不能说话，史迪威先生站了起来，逆着惊惶四散的人潮向自己的儿子走去，手伸进外衣，死死握住了柯尔特手枪的枪柄。

"嘎嘣！"半颗门牙被坚硬的颈椎硌断，汤姆抬起头来，吐出沾血的牙齿。这一刻，他觉得需要向父亲和母亲解释点儿什么，主导自己身体的并不是名为汤姆·史迪威的学生，而是几个月前机场那位怪人所施加的诅咒。但他什么也没说出来，原始的掠食冲动强迫他俯下身子，张开血淋淋的嘴巴。

2015 年 4 月 3 日　　09:06
印度加尔各答市索纳加其贫民窟

安德鲁·拉尔森停下脚步，立刻被几十个光脚的孩子围在中间。"先生，行行好吧。"这是孩子们唯一会说的英语，他们用脏兮兮的手拽着芬兰人的衣角，翻着他的衣兜，解开他的鞋带以防他逃跑。警察刚刚离开，他们曾再三告诫这位游客不要拿出任何一个铜板，找一根木棍当自卫武器，快速通过最混乱的棚户区。拉尔森却向最混乱的街巷走去，直到被乞讨者包围，再也挪不动步子。

他丢出兜里所有的零钱，在人群中引起短暂的混乱，可乞讨者们并未满意，越来越多的人围拢过来，裸着身体的孩子、枯瘦的吸毒者、年老的妓女。索纳加其棚户区有数十万人口，其中包括一万两千名未成年的性工作者，这些女孩用不足两美元的日薪养活着她们的男友、母亲和孩子。低矮砖房用木板互相连接，破败的遮雨棚覆盖天空，人们像昆虫一样在建筑物的缝隙中生活，无数恶臭而黑暗的小巷织成庞大的蛛网。"来玩玩儿吧，先生。"女孩们用厚厚的粉底掩盖年龄，她们躲避着遮阳棚缝隙里的阳光，如影子一样在门背后发出邀请，"只要一美元。"

拉尔森扫视四周。一位肤色漆黑的老人倒毙在路旁，他手指的方向是一栋象牙白的二层建筑，"仁爱传教会——垂死者之家"，白色拱门上如此写道，可大门紧闭着，挂着冷冷的锁。

芬兰人喃喃自语："80年前，一个阿尔巴尼亚人来到加尔各答，以自由修女的身份帮助有需要的穷困者，她工作了整整60年，救助了无数被霍乱、麻风病和战乱所迫害的垂死者，在一百多个国家留下了四千名修会修女，还有超过十万名义工。她是个伟大的人，可她改变了什么？"

一个孩子用小刀割断带子抢走了他的背包，但没等冲出人群，他就被打倒在地，失去了刚刚到手的战利品。"什么都没有改变。人类不会改变，永不改变。"拉尔森取出一个银色盒子，弹开盒盖，将一团淡黄色的原生质抛向空中。灰雾被风吹散，就算这闭塞而黑暗的贫民窟深处，也总有外面世界的风吹来。

春季季风将会吹遍整个加尔各答，乃至恒河三角洲。这是布置在南亚次大陆的最后一粒种子。

2015 年 4 月 3 日　　　09：31
美国佐治亚州亚特兰大 CDC 总部 NCID 国家传染病中心

"已经确认了，这不是玩笑。"CDC 中心主任曼根海姆博士对着摄像头说，"恐怕我有个非常糟的消息要公布。你们必须马上控制体液样品的提供者，我们从粪便样品中提取出了致命的传染源。"

"正在做。"对方简短地回应道，"有多糟？"

"正式报告还没有出来，但已经糟到必须把总统先生从床上叫起来。糟透了！"曼根海姆博士犹豫了一下，点击鼠标发出一份文件，"实际上，刚才我发现全美报告的类似事件已经有两百二十起，提取的样本数很多，可我们传染病实验室的系统没有把同类样本归档，反而将报告的重要性降到最低，拖延我们发现病原体的时间……拉尔森，这个人是我们新传染病实验室的负责人，实验室建设已经完成，他应该在 CDC 进行一年半的调整观察，可几个月前他突然辞职了。是他对系统做了手脚，这一定是有关联的。"

对方沉默了几秒钟，看来是在阅读档案，"安德鲁·拉尔森，我们正在调查这个人。博士，你还没有回答我的问题，事情糟到什么地步了？总统已经被电话吵醒，半个小时后他会在白宫听取简报。"

CDC 主任摘下眼镜丢在桌上，"直径三微米，单细胞结构，有八根游动鞭毛。我们发现的是一种孢子，准确地说，一种真菌孢子。需要解释吗？孢子是真菌的繁殖器官，由菌丝分裂而成。真菌有寄生和腐生两种形态，我们发现的真菌会寄生于人体消化器官内部，一旦这些孢子进入消化道，就没有什么能阻止它们在胃和肠道中分裂繁殖。"

"真菌？"对面的人顿了顿，"危害呢？"

"还不清楚。样本中没有明确病变征兆，我相信你的样本提供者一定还活着。我不清楚真菌到底想做什么，或许它们能像消化菌一样与人类达成共生？"

"可你说'糟透了'。"

"是的，基于三点判断。第一，这是全新的物种，从未在人类视野中出现过的消化系统寄生真菌；第二，这种孢子（以及在粪便中提取到的少量菌体）几乎不可能被现有手段杀死，它们对紫外线和 X 射线免疫，对甲醛、苯酚、过氧乙酸等化学消毒剂高度抵抗，常用的伊曲康唑等三唑类抗真菌剂、特比萘芬等丙烯胺类药物的药效都不明显。我们怀疑新真菌及孢子的细胞膜磷脂双分子层具有特殊的物理结构，能够抵抗药剂及消毒剂的通透。目前唯一有效的杀灭途径是一百二十摄氏度以上的高温长时间作用，不过这只对孢子起作用，长在消化道内壁的真菌显然不能这样消灭。"

"继续说，博士。"

"第三点，也是让人绝望的一点。"说到这里，曼根海姆博士吸了一口气，组织一下语言，"刚才我让新传染病实验室的几名研究员做了自身抽检，所有人都检验出真菌感染。你知道这意味着什么吗？实验室是 P4 级别的，全球生物安全最高级别的实验室，我们的负压、过滤、隔离和消毒系统是最顶尖的，我敢肯定管理方面没有任何疏漏，样本不可能泄漏，外面的东西也不可能进来……没错，这证明我们所有人早已被真菌感染，只是它们没有表现出明显症状，所以没人注意到而已。"

"你是说，整个 CDC 的人都被传染了？"

"不，是整个亚特兰大，整个佐治亚州，整个美国，整个世界。"博士说，"叫总统起床，让所有人做个粪便检测吧，到时候你就会明白什么叫'糟透了'。"

2015 年 4 月 3 日　　09：45
美国纽约长老会医院心脏外科手术室

医生关掉体外循环机，正式宣告汤姆·史迪威的死亡。

棒球场惨剧发生时，汤姆被其父亲的大口径手枪射出的子弹击中心脏，倒在另一个孩子的尸体上。他被送入医院时并没有咽气，子弹擦伤心脏，打穿横膈膜后坠入腹腔，尽管伤势很重，经验丰富的长老会医院心脏外科医生们还是有信心保住他的性命，起码支撑到人工心脏准备完成。心脏瓣膜修复手术进行得很顺利，当医生们准备切开汤姆的腹腔取出子弹时，某些不寻常的现象使他们停了下来。

"告诉我并不是我眼花了，埃德。"

"你没有眼花，医生。这鬼玩意儿……是他的食道、胃和小肠。"

呈现在众人眼前的，是怪异的明黄色人体组织，就像医疗教学中用到的解剖模型一样，汤姆·史迪威的消化系统被鲜艳的黄色标示出来。"从没见过这样的病例。"主刀医生说，用手捧起一截小肠，不同于健康器官，手中的肠子有一种怪异的橡皮质感，仿佛有人把洗车用的黄色橡胶软管胡乱塞进了男孩的腹腔。

"这里有一处伤口，子弹看来钻进去了，医生。"第一助手指着胃壁提醒道。

"这可能不是个好主意。"医生犹豫了几秒钟，"用衬垫把胃垫起来，我要从伤口切开，准备引流，别让里面的东西流进腹腔。"

手术刀在小小的伤口上做出十字切割，几乎同一时刻，一股黏糊糊的黄色流质猛地将子弹头推了出来，就算戴着口罩也能闻到四溢的恶臭，"上帝！"医生后退一步，摘下手术放大镜，"你们看到切面了吗？他已经完全没有正常的胃壁组织了，有种东西侵蚀了整个消化系统！这孩子是怎么活到现在的？手术暂停，准备缝合！埃德，去叫消化内科的朴教授来，现在！"

消化科主任匆匆赶来。在他的要求下，医生切下一小块胃壁样本，然后进行胸腹缝合。朴教授通过仪器做了简单观察，然后宣布这可能是一种罕见的真菌病，因为布满消化系统的东西是真菌的菌体，无数菌丝刺入消化器官内壁，向器官内部伸展，现在病人的整个消化道成了真菌的营养体，他吞下的每一克食物都要先被寄生者享用。

意识到事态的严重性之后，医院立刻通知CDC，并将汤姆·史迪威移入传染病观察室。这时汤姆的生命体征正在急剧恶化，仿佛触动了某种防卫机制，真菌的活动加剧了，棒球手的心跳、血压、激素水平和血氧含量出现大幅度波动，短短几个小时后，他的心脏、肝与肾脏都陷入衰竭，不得不以循环机维持生命。

当 CDC 将整个楼层完全封锁时，汤姆·史迪威的脑波消失了。

他是第一个牺牲者。

2015 年 4 月 3 日　　09∶06
美国内华达州提卡布山谷

贝尔 407 直升机从内华达戈壁上空飞过，炎热太阳下飞机的投影在仙人掌和月见草之间快速穿行。"科曼彻博士！"坐在副驾驶席的银发男人回头喊，"状况怎么样？能坚持住吗？"

"还没死。"祖尔·科曼彻回答道，衰弱的声音没能穿透防化服面罩，她随即意识到无线电没有开，于是举起右手大拇指作为回应。这简单的动作耗去了她大半力气。

"还有 5 分钟就到了，让伙计们准备好。"银发男人敲敲无线电麦克风。

"进入目视距离，中校。"直升机驾驶员指向前方，"与卫星图片一致，主建筑物只有一栋。"

"按计划来，当心防空火力。"

稀疏的铁丝网圈起几百平方米的土地，除了满地的风滚草以外，这个荒凉的农场看不到什么像样的植物。红色屋顶的主宅与车库、谷仓连成一体，坐落在杂乱无章的车辙辐射线中央，随着直升机高度下降，地面的杂草倒伏下来，瓦片噼啪作响。

四架 CH-47 奇努克直升机悬停在十五米的高度，身穿橙色防化服的突击队员沿滑降绳进行快速机降，将屋子四周包围起来。贝尔直升机缓缓降落在正门前，银发男人摘掉耳机，扣上防化服面罩，跃出机舱。后舱门开启，祖尔乘坐电动轮椅驶出，臃肿的 A 级防化服让她牢牢卡在轮椅里面，能动弹的只有两只手臂。

"你确定要这么做？"男人说。

"这屋子的地下室是一个迷宫，除了我们四个，没人能摸清所有机关。"祖尔的轮椅碾过沙砾，"我相信他正躲在地下室深处研究那种致命病毒。让我带路是最好的选择。"

男人做了个手势，突击队员扩大了包围圈，CDC 特勤小组点燃气囊弹，"砰！"水桶大小的弹丸被抛上天空，向四周洒出三百枚钢针弹，随着钢针"啪啪"地钉入地面，一顶覆盖整座建筑物的高密度聚酯薄膜帐篷建立起来了。特勤小组在气囊正面制造出一个拉链拱门，两名士兵抬着破拆器材钻进帐篷，将冲击槌的两脚架钉入地面。"砰！"第一次冲击就将那扇厚重的红橡木大门撞得四分五裂，士兵向屋内抛入几枚震爆弹，然后把 UAV 涵道风扇微型无人机送进门内。

"其实我有钥匙。"祖尔小声说。

嗡嗡作响的无人机在起居室上空盘旋，震爆弹的声光平息之后，屋内的光电/红感应画面出现在指挥系统上，一个三维战场模型正在被建立。投影式头盔内壁出现代表安全的绿色信号，"走。"银发男人手持冲锋枪钻进屋门，祖尔操纵轮椅跟在后面，四个战术小队鱼贯而入，胶底军靴悄无声息地踩过地板。

绕过沙发、餐桌和吧台向楼梯前进途中，祖尔说："让我走前面，中校。你不认识路。"

男人向身后打个手势，放慢了脚步。人类学家将轮椅驶到楼梯前，拉着扶手撑起身子，笨拙地迈步下楼。楼道里的壁灯亮着，"千万别启动那什么炸弹。"她一边艰难地挪动木柱子一样的腿，一边嘱咐，"那会毁掉所有的资料。你们需要那些资料。"

中校在无线电里说："看来无线电静默是没用了，博士。突击前破坏建筑物的供电系统，这是标准程序，对于这种拥有独立供电设备的房屋，我们不得不准备定向 EMP 冲击炸弹。在明确情况之前，我不会发动 EMP 攻击的，毕竟那对我们的电子设备也是致命打击。"

"那么，谢谢？"

祖尔喘着粗气踏下最后一级台阶。在身后的士兵转过螺旋形楼梯之前，她有10秒钟不受监视的时间，可这并不够，"小心！"她隔着厚厚的手套抓起旁边的一个金属罐子向楼梯丢去，来自中国的茶叶罐"叮叮当当"反弹着乱滚。她几乎能想象到中校和突击队员们动作突然静止的滑稽样子。

压缩空气阀门吱吱响着，祖尔向第三实验室走去。

2015 年 4 月 3 日　　　09∶10
芬兰赫尔辛基

不足四十平方米的房间里堆满了实验设备，除了烧杯和烧瓶之外，浅田叫不出任何一样东西的名字。他熟悉的是手中的瓦尔特 P22 手枪，0.22口径，短螺纹枪管，Silencerco 牌的消声器。这支手枪射出的子弹只能在眉心开一个洞，打不穿后脑的头盖骨，浅田最中意的就是这一点：翻滚的子弹能把脑子搅成一锅杂碎粥，而伤口最多淌几滴血而已，又干净又高效。

不过，他从来没有冲着朋友的脑门开过枪——如果他可以把眼前的人称作朋友的话。浅田是个不善交际、沉默寡言的家伙，长久以来唯一的消遣就是做完杀人买卖之后，回到横滨港的一家芬兰浴去洗个澡，趁着身体暖和，去临街的小馆吃老板娘煮的萝卜、炸豆腐和鱼板，喝三杯烧酒，然后回家躺在冷冰冰的木地板上睡觉。顾铁成立的沙龙对他来说是个非常奇特的存在，他害怕每年一次的面对面谈话，又对那种疏远而亲密的关系有所憧憬，甚至将自己的真实身份告诉了大家——尽管没人相信。

"下一枪打准一点。"安德鲁·拉尔森抱怨道。他捂着肩膀坐在地上，指缝里汩汩冒出鲜血，"原来你真是杀手，真让人意外。是谁派你来的？"

浅田沉默地望着对方，手枪的照门、准星重合在北欧人的眉间。他再次犹豫了，这对杀手来说显然是个极大的错误。想了想，他说："是顾铁。他说必须杀掉你。那种病毒……已经被你散布到全世界了吧。我和他的身体都不行了。"

拉尔森望着他，"那不是病毒，是真菌。病毒只能算一串基因而已，真菌才是完整的生物，浅田。没错，是我打破了青铜盒子，把里面的东西拿了出来，那时候我们四人都被最初的孢子感染了……想看看它的模样吗？"他把身体挪动了几厘米，肩膀一撞桌子，一个透明树脂球掉了下来。

浅田戒备地望着那东西。封存在树脂里的是一块黄色的生物组织，厚度约两厘米，像一块比萨饼的形状，凑近观察，能看到组织表面生满极纤细的绒毛。"这就是中国明代被封存进盒子的东西，一块被寄生后长满菌丝的胃，人的胃。"拉尔森靠在桌子上，胸部起伏，"当时我在黑暗中没来得及细看，顺手把它塞进衣兜，第二天回到亚特兰大的 CDC 实验室之后才拿出来研究。我有了惊人的发现。1622 年的真菌孢子至今仍保持着活性，它们以一种完全脱水的无生命状态度过 500 年岁月，然后在适合的温度湿度条件下复苏。它们寄生在人的消化道，几乎不可能被杀死。它们会改造人类的肠胃，生出无数菌丝结成菌毯，吸收人类吞下的水和蛋白质作为养分，分裂释放出孢子……"

浅田打断了他的话，"我不想听。我杀死别人是为了报酬，一份报酬，一条生命，这是必须遵守的游戏规则。你呢？"

"我快说到了。"芬兰人说，"真菌需要大量的蛋白质，所以它们寄生的第一步就是改造人体肠胃的消化酶。人的消化液中有许多种消化酶，每种酶都是专一的，只催化另一种化学反应，比如淀粉酶促进淀粉和糖原水解，脂肪酶分解脂肪，蛋白酶分解蛋白质。真菌改变黏膜细胞使其分泌的蛋白水解酶变质，极大地加强了蛋白酶的活性。你知道，酶本身就是一种蛋白质，变质的蛋白酶会将其他种类的消化酶全部分解，导致消化系统内只剩下一种酶存在。这种变化体现在人身上，表现为对肉类的强烈渴求，因为淀粉、脂肪类食物无法被分解，只有肉能够被肠胃（应该说肠胃中的寄生真菌）分解吸收。这就是我们饥饿感的来源，人类从杂食动物变成了食肉动物……这本应是上帝的工作吧。"

这时，电话振动的嗡嗡声响起。两个人对视一眼，日本人垂下枪口，默默地摸出手机按下通话键。

"喂，拉尔森还活着吧，我想跟他说几句话。"顾铁说，"给我视频对话模式吧。"

浅田把手机转个方向，屏幕上出现了一个黑发男人的形象。"顾铁，"芬兰人虚弱地抬起右手打招呼，"你好吗？"

"好个屁！"中国人毫不客气地说，"半死不活的，饿得想吃人。我昨天一顿吃下了两斤半猪五花肉，生的，吃得越多越饿。黄豆、豆腐、面筋……植物蛋白一点儿用都没有，看来肚子里寄生的玩意儿对动物蛋白情有独钟啊。"

拉尔森回答道："没错，真菌需要的是动物蛋白质，我猜可能与免疫球蛋白和赖氨酸含量有关，不过没有做相关实验。你我所经历的只是一个阶段而已，当真菌菌丝体彻底成熟，人类就不会再有饥饿感了。"

顾铁啐道："呸，废话，死了还知道饿啊！距离最后阶段还有多少时间？"

"因人而异，如果营养补充充分的话，成熟期会推迟一些。最多还有三四个月吧。"拉尔森说，"当整个消化道被成熟菌体侵占，人会死去，孢子则通过体腔飞散出来，完成真菌的生殖过程。你看过成熟的菌丝体吗？非常美丽的金黄色，与这种半成品完全不同。"他手指一松，凝固着人体组织的树脂球在地上骨碌碌滚动。

顾铁问："我身边的所有人都检测出了孢子感染。做什么都太晚了，对吗？"

"很抱歉，是的。"

"跟我说说有关真菌的事情吧。我搞不太懂它的生态。"

"它其实很单纯。第一，它通过孢子传播，孢子具有很强的环境耐受力，可以在空气、水和泥土中生存，极难被杀死，一旦进入消化道，它们会在食道、胃和肠中扎根；第二，它制造饥饿感，促使寄主大量进食肉类，分解蛋白质作为养分。孢子的正常生存期是 6 个月，而菌丝的正常成熟期也在 4 个月到 6 个月之间。接下来发生的事情很有趣：在一个小圈子里（比如古代中国一座被围困的城，或者日本一个被封闭的村），被感染的人类将会被饥饿感驱使化为食人魔，他们杀死别人，撕开其他人体腔的时候，未完全成熟的真菌会提前完成生殖过程，这时释放出来的孢子感染力很弱，只要短短几天就会失去活性；而倘若处在食物充足的环境中，寄主因消化道崩溃而自然死亡，这时菌丝会成长为真正的菌体，释放出第二种孢子：腐生孢子。可以这么说，寄生孢子是手段，腐生孢子才是目的，这种奇异的真菌有两种生命形态，藏在人体内部的寄生形态和生存在腐殖体之上的腐生形态，前者微需氧，后者需氧。"

顾铁皱着眉头说："那盒子里的孢子是怎么回事？上百年了啊。"

北欧人眼睛明亮，"这是最有趣的地方，寄生孢子若处于极端环境中，会产生一种我们尚不能理解的变异，或者说进化——孢子会自我脱水，进入无生命状态，再次接触到水源和氧气的时候又恢复活性。这种状态可能持续数百年甚至上千年，而复活只需要短短几秒钟。我最初在纽约散布的是盒子里藏着的原生孢子，而后来通过这种脱水假死制造了大量的新生孢子，两种孢子从形态到能力上都毫无不同。"

"你制造了大量孢子？用人类做原料？"

"当然。"

"你估计全球人类被寄生孢子感染的比例有多少？"

"接近 100%。"

"其中有多少人会死去？"

"接近 100%。"

"也就是说，人类还剩下几个月时间。这应该够了，如果全世界的科学研究齿轮启动，总会找到治疗感染的办法……"

"不。"

拉尔森咳嗽着，"我留给人类的时间，只有 10 天。你说的几个月是在肉类供应充足的前提下，可我已经在全球一百二十四处关键地点埋下了种子，它们会陆续爆炸释放孢子，全新的孢子……这些宝贝是我在实验室里制造出来的，不同于只以人类作为寄主的原生真菌，新孢子会感染一切具有完整消化腔的动物——所有脊椎动物。"

顾铁沉默了几秒钟，"你是说，从天上的鸟到海里的鱼到大象猴子青蛙，还有猪圈里的猪牧场里的牛羊养鸡场里的鸡……"

"一旦被感染，杂食与草食的牲畜会开始自相残杀，人类的肉食供应链在几天之内就会中断。植物蛋白无法满足需要，人工肉的技术尚不成熟。顾铁，现在全球的肉食储备最多支撑10天，10天后，整个地球将变成……天启二年的贵阳城。"安德鲁·拉尔森平静地述说着，仿佛谈着一件毫不起眼的小事。

这时，日本人突然扣动扳机。

2015年4月3日　　09:13
美国内华达州提卡布山谷

当突击队员进入地下室的时候，祖尔·科曼彻正倚着第三实验室的门喘气，"他不在这里。最里面的那扇门，第一实验室是生化实验室，他一定在那里。"她伸手指向地下室深处，"中校，我已经解除了警卫系统。这里安全了。"

中校挥挥手，士兵们如幽灵一样潜入地下室诸多收藏物的阴影里，在外星人标本、大头婴儿和风暴武士之间穿行。"你可以出去了，科曼彻博士。"中校说，"接下来的事情交给我们。"

"我走不动了。再说，我也想亲眼看到最后。"人类学家慢慢坐了下来。

突击队员们很快到达第一实验室门前，在铝合金气密门铰链处装上黏性炸药，插入引爆线路。这时，UVA垂直起降无人机"嗡嗡"地降下楼梯，开始在地下室中盘旋，头戴式显示仪仍然显示代表安全的绿色信号，这证明无人机的声光电探测设备并未找到任何潜在危险，例如枪口焰、瞄准镜反光和激光发射器等。

中校做出手势，士兵们隐蔽起来。"咚！"沉闷的爆炸声响起，冲击波推倒一排展示架，装满福尔马林的瓶子在地上摔得粉碎。大门轰然倒下，无人机加速冲向爆炸烟雾，机身下部激光致盲武器的保护盖"咔嗒"一声后迅速弹开。军靴碾过扭曲变形的金属门，两个小队的士兵跟着无人机进入房间。

"把手放在看得见的地方！"中校通过防护服肩部的扬声器高喊，"安德鲁·拉尔森，放弃抵抗！"

这一刻，他突然觉得这次行动有点儿太过顺利了。走下楼梯的时候，他发誓听到了什么声音，可不能确定。如今想来，那应该是机械或电流的噪声，从很遥远的地方传来。这个念头令他心神不宁，可爆炸烟雾正在散去，士兵已经控制了实验室，他必须前进。跃出隐蔽处，他快速冲进门内。

无人机悬停在房间中央，用传感器扫视四周，它的激光脉冲并未发射，因为这房间里并没有任何需要攻击的对象。"安全！"突击队员回报，"这里没有人，长官！"

中校愣住了。在头盔射灯纵横交错的光柱里，展现在眼前的是一个塞满了线圈和管道的狭窄房间，这根本不是什么实验室。他转身望向被炸开的大门，厚达十五厘米的门只有薄薄一层铝合金外壳，里面灌满了铅。几秒钟后，他猛然转身叫道："撤退！控制科曼彻博士！别让她再碰任何东西！"

然而已经太晚了。那种蜜蜂般的嗡嗡声越来越响，士兵们扭头寻找声音来源，发觉噪声从四面八方传来。

"你说得对，安德鲁。"祖尔自言自语道，"在知道死期将近的时候，人的行为模式会变得难以预料。文化背景、性别、年龄、教育程度，什么也好……研究了一辈子有关人的问题，却连自己都看不明白，这感觉真是无力啊……"

一千五百米长的巨蛇首尾相接，在深深的地下将整栋房屋环抱，质谱仪的串列加速器线圈正在全速运转，铯枪射出的离子被三百万伏特的电压差加速，在环形线圈中狂奔。负责供电的大型柴油机转速已进入红线区，带电粒子达到极限速度，正在这时，用以检修线圈的工作间防辐射门被炸开了。震动使环形真空管出现一丝裂缝，而比爆炸更早到来的，是强大的辐射。

橙色防化服在辐射面前如纸片般无力。人们的晶状体化为一团熟透的蛋白，内脏被热量煮沸，五官开始融化。

20秒钟后，一场爆炸将农场从内华达的荒原上彻底抹去。

2015年4月3日　　09:18
芬兰赫尔辛基

一个弹孔嵌在安德鲁·拉尔森的眉心，子弹射入头颅，男人却一时尚未死去。血沿着鼻梁流向嘴角，他目视窗子，眼神安静，声音低微地念起了诗：

假如我变成了一朵金色花，为了好玩，

长在树的高枝上，笑嘻嘻地在空中摇摆，

又在新叶上跳舞，妈妈，你会认识我吗……

顾铁说："没来得及问他到底为什么。我虽然总想着世界末日的事情，却从未有过亲手毁灭世界的念头，就算再破再烂，毕竟也是自己的家啊，被无良房地产商强拆就算了，难道住着住着突然抡起大锤乱砸？真是莫名其妙。"

"任务完成了。"浅田松开手指，手枪坠落在地，"我可以休息了吗？"

"当然。"

日本人捂着腹部，慢慢走向房门。他的脚尖踢到一件东西，透明树脂球滚向门外，在地板留下一行鲜艳的血迹。推开门，浅田沐浴在芬兰赫尔辛基的明亮晨光中，越过封冻的山麓，能看到宁静的城市被波罗的海环抱。几只燕鸥划过树梢，浅田转回头，望着树林中的红顶小屋，这是安德鲁·拉尔森家的老宅，那个男人出生和死去的地方。

两天前在横滨的家里，顾铁对他说："你这个白痴杀手。明知自己死期将近，还是按部就班过着从前的日子，简直无聊透顶！我给你一个任务，你要找到那个混账芬兰人，问出有关真菌的情报，然后杀死他。"

一天前，祖尔·科曼彻发来一封没头没尾的邮件："我受到监控，这可能是最后一次同你们接触了。拉尔森在芬兰，在完成一切之后，他一定会回到那个地方去。5 岁那年，他第一次在那儿完成了真菌培养试验；29 岁那年，我们在那儿第一次做爱，也是唯一的一次，是个错误，但很美好。我不会让美国人找到他，用刑逼问他解药的制作方法，因为开启魔盒的是我们几人，审判与被审判的，也应该是我们自身。再见，朋友们。"

一个小时前，浅田敲了敲门，门开了。拉尔森说："你终于来了，我等了很久，开枪吧，除非你还有什么事情想要知道。"

日本人做了个深呼吸，林间清冷而芬芳的空气令他内脏的灼痛逐渐平息。

在屋子后面，本来生长着大片铃兰花的地方，隆起数十座浅浅的坟茔。一层柔软的金黄色厚毯覆盖了大地，闪耀着湿润光泽的真菌迎着太阳展开菌伞，菌丝垂挂下来，如柔软丝绒在晨风中轻摆。成熟的孢子被风吹起，越过林巅，投向大海，它们不再是危险的寄生者，而是渴求腐烂原生质的甘美养分、能够在空气中茁壮成长的崭新生命。

2015 年 4 月 3 日　　09:30

中国山东省枣庄市一家国营养猪场发生意外，一头母猪吞吃了刚刚产下的六头猪崽。母猪产后食崽通常是营养不良造成的，负责调配饲料的几名职工因此被扣了当月奖金。养猪人老徐在下班后回到猪舍，用铁锹杆子抽打老母猪泄愤，突然被猪一口咬住脚腕。

"放开！"老徐挥锹用力戳向母猪的眼睛，可猪嘴却并未放松。人类血液和肉的味道对它来说是陌生的，可那毫无疑问，是食物的味道，代表生存的味道。

四百五十斤重的母猪奋力扬起前蹄将老徐扑倒在地，张嘴咬住了他的喉管。与此同时，幸存下来的两头小猪开始啃噬人类的手指，用乳牙磨破皮肤，吮吸着甜美的血浆。

2015 年 4 月 3 日　　　09：44

中国北京中关村华富大厦三十三层的办公室，顾铁在键盘上敲下最后的休止符。"准备好了。"一个穿白大褂的人从隔壁房间进来开口提醒道，同时推了推老式玳瑁框眼镜，"黑市医生的技术很不错，不过他可没做过这种手术。你想好了，可别后悔。"

"知道啦，马上过去。"顾铁嚼着肉干摆摆手，站了起来。他的办公室贴满了电影海报，天花板的高清投影仪在屏幕上投出一百五十寸的画面，十四只 DTS 环绕音箱隐藏在四周的墙壁中。他非常喜欢看电影，不过近一段时间以来，他的投影屏幕没有出现过任何电影片段，复杂的编程软件已经运行了两个月时间，到今天终于完成了最后调试。

这就是他为世界所作出的努力。他以旗下基金公司的名义收购了一家业内领先的基因工程公司，亲自编制了崭新的基因图谱，当项目启动后，五百个正在培育的人工胚胎将被注入新基因片段——除了顾铁本人，没人会知道这件事。

这家公司是世界医学伦理委员会放松基因调制管制后成立的高级定制企业，面对顶级客户服务，为富豪进行人工胚胎的基因优化工作。

"你算错了几件事情啊，老兄。"望着墙上的一张海报，顾铁自言自语着，"就算所有脊椎动物都被真菌感染，以浮游生物－肉食性动物为主链的海洋生态系统还能工作很长一段时间，鱼类蛋白质足够全世界有钱人活到生命机能的极限；而即使我们想不出治疗真菌寄生的法子，也还是能苟延残喘下去啊，拉尔森，这就是人类。"

投影屏幕上的基因序列表明，五百名富豪之子将成为先天性的无肠人，他们没有食道、胃和肠，没有适合真菌寄生的消化道缺氧酸性环境。位于腹部的黏膜是他们获得营养的途径，尽管效率低下，又有感染风险，可这些新生儿将对寄生孢子完全免疫。

顾铁脱去衬衣、西裤，换上手术用的蓝色开衫，走进隔壁的房间。在巨大无影灯的照耀下，几名面目模糊的医生围在手术台旁边，戴玳瑁框眼镜的人说："去消毒，我们马上开始。切下来的东西要怎么处理？"

"留着，种在土里，做个盆景什么的。"顾铁撇撇嘴。

这将是世界第一例消化道完全摘除手术。他决定将自己的消化系统切除，赶在身体机能崩溃之前，如壁虎断尾一样将寄生者抛弃。他可能死在手术台上，也可能撑过这离奇的手术，在有生之年他不能再吞咽任何东西，只能靠点滴维持身体机能，肠外营养无法长久维持人体运转。几年后，他将死于败血症与尿毒症，可在此之前，他能够见证那些新生婴儿的第一声啼哭，看护着他们以完全不同的方式慢慢长大。

手术台硌得后背生疼，凉丝丝的麻醉剂进入血管，"跟着我数数，1，2……"麻醉师的脸在眼前慢慢模糊。顾铁喃喃道："大饥之年。彼此相食，伦理崩坏，谁能想到我们的末世是这副模样……人类建立了文明，又以最不文明的姿态灭亡……几年之后，这世界会是什么样子？有多少人还活着？七十亿尸体，将开出多少朵金黄色的花？……应该说多少朵金黄色的蘑菇吧，噗，想想还真是好笑……"

"6，7……麻醉完成。"麻醉师说。

2015 年 4 月 3 日   09：59

"你为什么这么做？"

"5 岁那年，我妹妹失踪了。20 天以后，我们在山谷里找到了她，她被埋在厚厚的树叶里，身上长出五颜六色的蘑菇，非常美丽的蘑菇。生命的形态是平等的，祖尔，盒子里的东西选定了我，这是命运。"

2015 年 4 月 3 日   10：00

"Life finds a way."

手术台上的男人突然睁开眼睛，说出了他最爱的电影里的台词。

注：

1. 本文人物由《星空王座》里的角色客串；

2. 可以玩玩《瘟疫公司》，感受一下真菌传染病的威力。